绝色煙柳

中

一半是天使 著

風文創 080

目錄

第六十六章　莫與虎謀皮

本王要妳做太子妃！妳可願意？

「為什麼？」柳芙一驚，看著姬無殤，不明白他為何會有這樣的安排和打算。若只是為了套取情報，自己接近太子，或者被太子納為側妃就行了，為什麼非要做太子妃？

姬無殤看了一眼門邊，確定太子和李墨還在商談買茶之事，這才笑了笑，伸手捏起旁邊茶桌上的空杯，在手心中把玩著。「妳不是夢到過本王將來的情形嗎？本王，是想將妳的夢境變為現實。」說著，一抬首，目光直視著柳芙，一字一句地道：「這下妳應該知道為什麼要妳做太子妃了吧。」

既然話已挑明，柳芙臉上的膽怯和羸弱已經漸漸隱去，取而代之的是一抹與童顏完全不相符的睿智和沈穩。「太子哪裡可能娶民女為妃，裕王您未免也太看得起柳芙了。而且，民女身上所背負的醜聞，就算被捅出來，受人唾棄的也不會是太子，只會是民女自己，傷不了太子一分半點。」

「這不需要妳來擔心。」姬無殤也看出了柳芙神色中的微妙變化，總覺得眼前這個年紀小小的女子身上好像總裹著一層迷霧，讓人很難能夠看清。還好自己有信心能完全掌握她，不然，他可不願意和任何女子，即便是小姑娘來做交易。

將空杯盞遞給柳芙，示意她幫自己斟茶，姬無殤才表情輕鬆地道：「只憑妳一個來歷身分不明的小妮子，自然不可能。但有了本王的相助，太子妃之位，自將非妳柳芙莫屬。而且，本王並沒有打算利用妳的身世去扳倒太子，本王還沒有那麼天真。」

「那您是為了什麼？」柳芙覺得自己越來越看不清眼前的這個男子了。

「太子是本王的兄弟，本王可不能虧待他。沒了江山，至少也要有個美人相伴，這樣，他才會心甘情願地讓路。否則，『兵戎相見』、『手足相殘』可並非本王所願啊。」出人意料的，姬無殤竟是真的為了替太子打算一樣，順口就說了這句話出來。

睜著一雙清透澄澈的水眸，柳芙看著姬無殤，半晌沒有說話，連眼皮也沒有眨一下，就那麼認真地、專注地盯著他。「若您真如此想，那民女答應您又有何不可。只是，如果民女願意配合，裕王您也必須答應民女一個條件。」

被柳芙一雙清眸盯得有些不舒服，姬無殤收起笑意，眉頭蹙起。「本王給妳的交易是妳替我看好太子，我替妳管好秘密，僅此而已。妳若想要什麼，也得提出新的籌碼，讓本王願意才行。」

「如果民女能助裕王您『夢想』成真……這個籌碼你願意接受嗎？」不知為何，柳芙突然有種感覺，覺得姬無殤或許並不像自己想像中那樣不可戰勝，或許，他心底對皇位的渴望，就是他最大的破綻。

畢竟，他再具謀略也無法預知未來，他根本不能確定自己是否能夠成功地取代姬無淵成為天子。在一切都未塵埃落定之前，他心底始終會有一絲懷疑和慌亂。那是所有人對未知的將來都會懷有的一種無力感。

而重生的自己卻清楚明白的知道結果，這就是自己最好的籌碼。

「妳如何助我？」姬無殤有些不相信，冷冷一哼。「妳只要做好本分，將太子的動向暗中通知本王就行了，必要的時候安慰好他的情緒。其他，妳一個小女子而已，難道還能翻手為雲覆手為雨不成？」

頓了頓，見柳芙還是盯著自己，姬無殤擺擺手。「好吧，假設妳真能助本王成事，新的交易也要等到時候再說。」

柳芙等的就是他這句話，當即就含笑接過了話。「裕王您現在可以不信民女，但總有一天，民女一定能為您所用。到時候，還請謹記今日之言，記得您曾許了民女一個承諾才好。」

「若是本王能心想事成，許妳承諾又何妨。」姬無殤似乎並未將柳芙的話放在心上，隨口道：「只是眼下，妳得好好想想如何先抓住太子的心。」

柳芙也乾脆，知道自己暫時是逃不出姬無殤的手心了，臉上表情也放鬆了些。「這點就不用裕王您費心了。只是到時候若太子提親，皇上和皇后能否同意，那才是您需要操心的。」

「本王就說嘛，聰明人和聰明人打交道，一切都簡單明瞭。」姬無殤見事已談成，不由得露出了一抹舒緩的笑意，這還是從來不曾有過的。

柳芙看到姬無殤一副得意的樣子，心底恨得牙癢癢，不知怎麼就脫口而出道：「裕王，您說這是否就是所謂的『與虎謀皮』呢？」

「哦？」姬無殤挑挑眉，佯裝思考了一下，這才答道：「在本王看來，妳倒是有一絲母老虎的潛質。那勉強應該算是吧！」

被他如此反咬一口，柳芙憋得一張小臉通紅，可轉念一想，卻又釋然了，故意笑道：「也對，『與虎謀皮』還是『與狐謀皮』，這還是兩說之事。只希望，你我都不要是那個傻子才對。」

姬無殤被柳芙的話引得一笑。「妳不用這麼謹慎。自此之後，妳與本王就是同坐一條船的人了，相互之間，還是和平相處的好。」

「咦，你們好像很談得來啊。」突然間，太子帶著李墨推門而進，打斷了兩人的說話。

「見過太子。」柳芙趕緊上前相迎。「太子哥哥有吩咐只喚一聲芙兒即可，怎麼親自過來了。這邊連熱水都沒有，炭盆也不夠，還是回正堂去吧。」

說著，柳芙竟上前主動輕輕扶了姬無淵的手臂，讓姬無淵驚訝之下面露喜色，連自己要說什麼話都忘了似的，就這樣被柳芙帶出了屋子。

姬無殤對柳芙的反應很是滿意，親眼見到她和太子轉身去了正堂，這才對著李墨招了招手。「本王剛剛看到一本極有意思的古籍，其中有些不明之處。李先生供職翰林院，又是同門師兄弟，還請幫忙參詳之後再一起過去。」說著，唇角緩緩勾起了一抹弧度，彷彿一切都盡在掌握之中。

第六十七章　眼前有佳人

雖然外間只有白茫茫的一片雪，但柳芙還是耐著性子陪伴太子一路來到了花園中賞景。

太子興致極高，讓柳芙一起登上了假山，站在涼亭中俯瞰著文府的後花園。

隨其步上涼亭，柳芙知道姬無殤拖住李墨是為了讓自己和太子能夠單獨相處，也不著急，腦中還在仔細想著該如何與其周旋。

姬無殤要她去贏得太子的心，成為太子妃，這對於柳芙來說，其實並不算難，之前太子送上的禮盒已經將心意表露無遺。難的，是自己如何把握住這個機會，讓太子對自己更加喜歡，而非察覺到自己另有所圖。

感覺到身邊人兒的沈默，太子側過頭來，見柳芙目光飄遠，似乎有心事似的，心下微微一動，柔聲道：「芙妹妹，難道，妳就沒有話對我說嗎？」

聽見太子以「妳我」相稱，柳芙收住了腦中的思緒，粉唇微啟，卻不知該怎麼接話，只垂首喃喃道：「芙兒不明白太子哥哥是什麼意思。」

不想唐突佳人，太子只按捺住心裡頭的衝動，儘量用著如常的語氣道：「不知芙妹妹對本宮送給妳的禮盒，還滿意嗎？」

對方突然提及「禮盒」之事，柳芙並不覺得意外，但女兒家的矜持讓她一時間找不到合適的話來回答。一開始，她只打算裝作不知道他的心意，免得兩人相處的時候太過尷尬。但姬無殤的吩咐卻不能不顧及，眼下既然太子主動提及，想想，也算是個極好的機會。

於是柳芙將頭埋得更低了，只用著細弱柔緩的聲音道：「芙兒會送上回禮的，到時候太子哥哥就知道了。」

「也對也對，是本宮太心急了。」

太子見柳芙腮畔一抹如霞的紅雲隱隱而現，知道此事十成中肯定有了八成的期望，便也不急，轉了話題。「這廂要多謝芙妹妹幫忙引薦李公子。若『白牡丹』的事有了著落，一定送上一份酬禮答謝。」

見他轉了話題，柳芙不覺鬆了口氣，打趣道：「可別再是一堆沒用的藥材就行。」

「果真沒用嗎？」太子只深深地盯著柳芙的雙眼，想要看清楚那清澈如晴空般的目光中是否含了一絲深意。

話一出口，柳芙已經後悔了，自己真是「哪壺不開提哪壺」，原本紅霞褪去的雙頰又燒了起來，粉粉的，彷彿像是熟透的蜜桃。「若是金銀珠寶那才有用呢。」

「呵呵，隨芙妹妹喜歡，本宮送什麼都行。」太子一時間有些看得癡了，根本無法讓自己的眼神從柳芙的臉上挪開。

被他盯得透不過氣來，柳芙趕緊岔開了話題。「對了，有件事想請教太子哥哥。」

「妳說。」太子含著笑意，識趣地將目光投向了遠方一片白如瑩玉的景致。

柳芙鬆了口氣，忙道：「之前宮裡送來了帖子，讓芙兒去參加元宵節的夜宴，還要賞花燈和猜燈謎。芙兒初來乍到，去了一趟『拈花會』已是提心弔膽，生怕出錯了給文爺爺丟臉。如今還要去宮裡作客，規矩什麼的一概不懂，還請太子哥哥幫忙提點提點才好。」

「提點說不上。」太子想了想，又道：「擇日不如撞日，若是妳這兩天有空，本宮可以讓冷鳳過來為妳講解一下宮裡頭的一些規矩。」

柳芙當然願意，可又覺得似乎太過隆重了，便道：「會不會耽誤太子您做事兒？畢竟冷公公是您東宮的管事內侍呢。不若，讓個嬤嬤或者宮女姊姊來教芙兒也是一樣的。」

「最多耽誤半天時間，只簡單讓妳熟悉基本的規矩就行了。」太子擺擺手。「只可惜妳年齡還不到十歲，若是在皇家書院學習，那就方便了。裡頭專門有宮中禮儀的課程。」

柳芙眨了眨眼。「芙兒過了正月就滿九歲，離十歲還要一年。」

太子見柳芙俏皮的模樣，只覺得甜到心裡去了。「皇子們要在書院學習到十八歲，到時候妳入了書院，本宮還能照看妳一些日子。」

揚起一抹明媚的笑意，雙眸中映著滿園的白雪，柳芙玩笑道：「那到時候，芙兒便要改了稱呼，不叫太子哥哥，而叫太子師兄了嗎？」

太子看著柳芙笑意愈濃。「其實，本宮聽到四弟喚妳小師妹，心裡頭還真是羨慕呢。」

「裕王那樣稱呼芙兒嗎？」柳芙有些意外，不過轉念一想，姬無殤這樣叫自己也是正常，本來兩人都是文從征的學生。而且他在太子面前從來一副好兄弟的樣子，肯定不會表現出刻薄的一面，便道：「只等一年的時間罷了，到時候太子哥哥也叫芙兒小師妹就行了。」

太子卻搖頭，話音中泛著淡淡的柔情。「小師妹已經有人叫過了，本宮要想個特別的稱呼才行。」

如此包含曖昧情意的話，再配上太子一張俊美如星般的臉龐，實在讓柳芙無從招架，只覺得心跳都加快了，只好咬住唇瓣別過頭去不敢再與其對視。

「對了，之前冷落了芙妹妹，不知妳與四弟說什麼，本宮見你們相談甚歡的樣子。」太子也意識到剛剛言語中的「冒犯」，主動把話題岔開了。

「沒什麼，只聊一下那本叫做《戰國策論》的書罷了。」柳芙不想多談及姬無殤，只隨口道。

太子卻笑了起來。「四弟本不是個多言之人，甚至可以說有些少言寡語。但他卻很喜歡讀書，一談到書，多半都是滔滔不絕的。倒是芙妹妹千萬別介意他是個書呆子。」

「芙兒哪裡敢。」柳芙說著，不免暗想，像姬無殤那樣的「狐狸」，不僅能言善道，行事更是城府極深，虧得姬無淵還是他的親兄弟，都看不清他的本來面目。也難怪將來兩人的身分會對調，實在並非巧合，而是注定吧。

想著，柳芙禁不住抬眼看向了身邊的太子。

不過十六歲，姬無淵已經身量極高，修長而挺拔。自己和他站在一起只能夠到他肩膀的位置。他俊美的容顏中，雖然蘊含著皇家貴胄與生俱來的驕傲氣質，但言談舉止間卻處處透著親和謙禮，讓人不由得心生好感。

這樣的男子，將來會是比姬無殤更好的君王嗎？

一抹念頭閃過了柳芙的腦子，讓自己差些失了神。

「芙妹妹，妳怎麼了？臉色如此差。」太子發現了柳芙的異狀，見她臉色有些泛白，以為是受了涼，趕緊卸下了披風直接蓋在了身邊人兒的肩頭。「走，咱們回養心堂去，順帶讓下人熬點兒薑湯給妳喝。」

「芙兒沒事的。」柳芙覺得肩頭一沈，渾身也隨即暖了起來。看到太子眼中對自己的關心，是那樣真切，那樣毫無顧忌，不由得心裡一酸，脫口道：「太子哥哥，書裡總說『世事無常』。您有想過，將來若是您不做太子，只做一個普通人，您會快樂嗎？」

「不做太子？」被柳芙的話問得一愣，太子隨即又笑了起來，伸手輕輕點了點柳芙凍得有些發紅的鼻尖。「本宮生下來就被封為太子，也十六年了，還真沒想過這個問題呢。不過既然芙妹妹問了，便告訴妳好了。」

沒料到姬無淵果真會回答自己這個問題，柳芙睜大了眼，心底有些莫名的期待想要知道答案。

「身為太子，就是未來的儲君。所肩負的責任之重，其他人根本沒法體會和想像。」太子輕輕帶著柳芙的後背，一邊走一邊自嘲道：「若生於普通人家，或許我只會是個遊手好閒的公子哥兒吧。不用學習如何處理朝政，不用每天費盡心思去考慮民生大計，只按部就班的娶妻生子，過著平淡卻輕鬆幸福的生活。」

「那如果讓您有選擇的機會呢？您會放棄皇位嗎？」柳芙小心翼翼地吐出了這兩句話來。

表情有些不解地看著柳芙，太子不知道她怎麼會有這樣的想法，但還是認真思考了一下。「每個人都有自己的人生，或許，那會是另一種精彩吧，本宮也說不好。」

柳芙看著姬無淵，一旦那一天到來，他真的能夠承受嗎？只是這句話，柳芙卻不敢直接問出來，只柔聲道：「其實，只要過得幸福就行，不是嗎？」

太子也玩笑著道：「芙妹妹這麼小就開始想關於人生的幸福了，可見本宮是不如妳的。」

眼看前頭就是養心堂了，柳芙便不再多言，只伴著太子又回到了屋內，準備打起精神去應付姬無殤。

第六十八章　權以利為先

目送姬家兩兄弟並肩離開，柳芙這才長吁了一口氣，只覺得這小半日簡直比自己練一整天的字還要累。

雖然自己之前和太子相處得十分愉快，甚至心底已然對他萌生了一分淡淡的好感，但卻不至於許下終身、想要下嫁與他。

如果沒有姬無殤的威脅，柳芙知道，她永遠也不可能和太子有任何感情上的牽扯和瓜葛。對她來說，成為一個棄王的王妃並不足以抗衡胡氏帶來的威脅。她需要的，是一個可以成為自己依靠的夫家，從此不再讓母親受到來自柳冠傑那段婚姻的侮辱和委屈。

只是現在，一切計劃都已被姬無殤所打亂和破壞。

她不確定的是，自己能否在太子失去儲君位置之前全身而退……

想到此，一絲不經意的哀嘆從唇邊逸出，柳芙抬眼，看著還守在一旁的李墨，只得把心頭的焦慮暫時壓住，開口道：「對不起，剛剛我走神了。你繼續說吧。」

「太子已經相信了小人的身分，但他卻提出一個條件。」李墨見柳芙面色有異，愁雲不散，將語氣放輕了些許。「這個條件不知小姐是否能接受，所以小人並未立即答應，只說要和家父先商量再給太子回話。」

「什麼條件？」柳芙飲了一口熱茶，看出了李墨對待自己十分小心，不覺有些感動，笑了笑。「其實你不必事事都要先經過我的同意，既然我給了你茶園少主人的身分，就會相信你的判斷。」

「小姐還是先聽聽太子提出了什麼條件吧。」搖搖頭，李墨表情並不輕鬆，繼續道：「他要求茶園出產的白牡丹只提供給宮中，若京城流出哪怕一片茶葉，他都會追究到底。說白了，若咱們同意給宮裡供給，就等於切斷了財路，成為皇家的私家茶園了。」

「這樣？」這點倒是柳芙沒有預料到的意外。「他可向你打聽了茶園的出產情況？」

點點頭，李墨隨即道：「按照之前小姐的交代，小人告訴太子，因為京城土壤和福建那邊有些不一樣，可以用於種植白牡丹的地實在不算大。所以勉強一年能收個五、六十斤茶葉。但這五、六十斤裡頭，卻只有二十斤左右是頂級的白牡丹，其他的，只能保證品質在中流。」

「他怎麼說？」柳芙又問。

李墨解釋道：「太子聽了很是驚訝，說沒想到京城的出產如此少，隨即便提出了一年給茶園兩萬兩銀子，要買斷咱們出產的所有白牡丹，但只限於上品，中流的他不會要。」

「兩萬兩？」柳芙聽得眼中一亮。「太子倒是大方，二十斤茶葉願意出兩萬兩的高價來買斷，算起來，還不錯。」

「可餘下那三、四十斤豈不白費了！」李墨倒是覺得有些划不來。「現在京城的茶行裡頭，中下品的白牡丹都能賣到大約四、五百兩銀子一斤，這又是接近兩萬兩的進帳，更別提上好的白牡丹，恐怕能賣到七、八百兩銀子一斤呢。兩萬兩，實在不算多。」

柳芙見李墨張口就算出來帳，滿意地笑道：「我沒看錯人，李墨，你真是個天生做生意的料。」

李墨卻臉一紅，似乎有些尷尬。「讀書人本不該合計這些，但想到事關小姐利益，就不免上心些。」

柳芙知道讀書人一般都輕賤生意人，只將話又轉回茶園上來。「我已經把扶柳院的情況給你說了，若茶園沒能建起來，單靠那二十來株茶樹，一年收個幾十來斤也就頂天了。要知道，若是咱們答應了太子的要求，就得每年按時送上茶葉。若缺了，恐怕得按規矩賠上雙倍的銀子。」

「那怎麼辦？」李墨聽了柳芙的話，朗眉微蹙。「到底該不該接受太子的條件呢？」

「這樣好了。」柳芙倒是想到一個穩妥的法子。「你下次和太子談，就一口答應他的所有要求，但契約書卻只簽一年，因為明年開春我才能知道咱們茶園的出產。若是移植失敗，咱們就按著之前商量的，每年只供二十斤。」

「那若是移植成功了呢？咱們豈不吃虧！」李墨還是不死心。

柳芙卻一臉輕鬆笑意。「若是成功了，咱們第二年再重新和太子談條件便是。」

「太子的心意恐怕不會輕易改變。」李墨卻不看好，分析道：「據小姐所言，太子是想借白牡丹上貢之機討好皇上。若是這白牡丹變得不再稀缺，那他能拿到什麼好處？想來定是不會願意的。」

「這倒不一定。」柳芙輕輕摩挲著手中的茶盞，細想了想。「若是來年春天茶園擴建成功，那出產預計可能有百斤左右。我們只告訴他另外三、四十斤咱們運回南方去賣，賣出的銀子與他均分，你覺得他會拒絕一年一萬兩銀子的誘惑嗎？」

「小姐若要利誘，不如與太子商量，讓他入股，咱們開一家茶行。」李墨覺得此計或許可行，提議道：「三、四十斤的白牡丹不算多，整賣不過也最多能得兩萬多兩銀子。但若是咱們自己開茶行，兼賣其他南方珍貴的茶葉，那就不可同日而語了。粗略算來，一年十萬兩都不是問題。」

「怎麼說？」柳芙眼睛一亮，聽見李墨口中那個「十萬兩」極感興趣，畢竟李墨乃是京城人士，以前又做過中人，對這些生意上的事兒和行情肯定比自己要瞭解得多，他能說出這個數字，多半並非虛言，定有原因。

「小姐可知曉京中茶行的底細？」李墨先是反問，復又顧自道：「京中但凡大的茶行，都是皇商所開。民間茶行根本不可能擠進來瓜分這塊肥肉。所以，一年下來茶行的收益都絕不會低於之前小人所說的那個數字。」

「皇商？」柳芙蹙了蹙眉。「皇商都是世代沿襲，與皇家有著千絲萬縷的關係，利益均分，外人輕易不得撼動。既然你說京中茶行都是皇商背景，那咱們怎麼可能開茶行呢？」說到此，柳芙突然明白了過來。「所以，你的意思是借太子之名，就算不是皇商，也能在其中分一杯羹？」

「對！」李墨點頭，眸中也透著一股子興奮。「咱們不做倒手買賣，只賣自家茶園的出產，肯定都是南方才有的珍貴茶種，這樣既能避免與其他茶行爭這中低層的老百姓買賣，又能把茶園出產完全出手。加上太子的這層關係，其他茶行就算不滿，也不會太過介意。」

「好！若是開春後茶園那邊有了消息，你就按照今日咱們所商量的計劃辦。」柳芙被李墨說得極為動心，連手中茶都冷了還沒發覺。

「只是……」李墨又有些猶豫，似乎在考慮接下來的話該不該說。

柳芙察言觀色，當即就道：「你我已是一條船上的人了，有什麼話就直說吧。」

李墨倒也不拖沓，便直言道：「皇家有慣例，不與民爭利。要說服太子同意入股茶行，並非是一件簡單的事兒。恐怕僅靠小人去勸說，還不足以讓太子點頭答應。」

「與民爭利……」柳芙默唸著這四個字，突然腦中冒出了另一個想法。

姬無淵現在雖然是太子，但遲早會被廢。但姬無殤卻不同，他才是大周皇朝未來的天子。若自己能與他合作，豈不是穩當得多！

「這樣吧，你先去答應太子，簽下一年的契約，其他都不用多提。等茶園的事情落實了，我會想辦法的。」柳芙覺得這件事不能操之過急，恐怕得暫時按住「發財」的心思，等局勢明朗之後再判斷該怎麼做。

似乎是看出了柳芙的猶豫，李墨探問道：「難道，小姐是想和裕親王合作？」

沒曾想自己的心思被李墨看出，柳芙也不隱瞞，承認道：「李墨，你和太子與裕王都打過交道，在你看來，誰更適合咱們去拉攏和合作？」

李墨想也沒想就脫口而出。「太子是儲君，難道不應該是他嗎？」

柳芙卻認真地又問：「若拋開他們的身分，只看他們的人呢？」

「這……」李墨一時愣住了，仔細想來，好半晌才開口道：「若是只看其人，那肯定是裕王殿下了。」

「說出你的原因。」柳芙對李墨凡事都仔細思考的習慣很是欣賞。

「在小姐面前，小人就不用顧忌是否冒犯天家了。」李墨略頓了頓，這才道：「太子雖然謙和有禮，深受百姓愛戴，是個正人君子，但性格未免過於平和柔軟。相比之下，裕親王才學過人，兼具謀略，行事比太子更加果斷大方。」

「看來你已經有了答案。」柳芙對於李墨的分析也不下判斷，只含笑起身來。「記得早些去給太子回話。那兩萬兩對我們來說很重要，緩不得。」說完，又顧自重新斟了茶，示意李墨可以退下了。

第六十九章 各自復思量

天泉鎮，錦鴻記總店。

第二層樓的正屋中，姬無殤正飲著香茗，神情不乏一抹凝重，只半瞇著眼，聽著陳妙生回稟今年的總帳。

「主人，今年的帳勉強平衡了，可明年眼看就要到了，若是不另尋進帳，恐怕要耽誤西北那邊的大事兒，還請您早作決斷才好。」

陳妙生合上帳本，看了一眼姬無殤身邊的常勝，朝他使了個眼色，好像在暗示他幫忙說話。

常勝卻撇撇嘴。「陳掌櫃的，在下只負責影閣的事宜，你才是財神爺，這些問題還是您老仔細想想比較好。」

「要過年了，容本王先好好休息一下，明年再說吧。」姬無殤說著從側榻之上起身來，掃了陳妙生一眼。「而且，本王相信你至少還能堅持個半年。」

「主人！」陳妙生表情愁苦。「您這是要榨乾了屬下啊！」

常勝在一旁看得直樂。「能者多勞，陳掌櫃，你這算盤打得叮噹響，可不能白得了『財神爺』的名號。」

「常勝，你以後別想在我這兒蹭茶喝了！」陳妙生狠狠瞪了他一眼。

「好了，常勝你下去，把影閣這一個月的情報整理了送過來，本王還有話和陳妙生說。」姬無殤看著兩人鬥嘴，不覺唇角微翹，神情總算稍顯輕鬆了些。

「是，屬下遵命！」常勝拱手領命便退下了。

陳妙生見姬無殤表情有些複雜，主動探問道：「主人，您剛剛從文府歸來，可是柳小姐那邊又有交代？」

姬無殤沒有立即回答，只轉身回到側榻邊，伸手抄起茶盞，這才淡淡道：「本王用她的身世為要脅，要她討好太子，並承諾要助她登上太子妃的寶座。」

陳妙生目光一轉，嘆道：「只要是女子，恐怕都不會拒絕太子妃的位置，柳小姐應該答應了吧。」

「她不喜。」姬無殤微瞇了瞇眼。

「這可新鮮了。」陳妙生憶起那個主動找上門來的小姑娘，一張俏麗的小臉，目光雖然清澈，卻讓人怎麼也看不見底的感覺，和同齡的女孩子很不一樣。

「她沒有選擇，必須答應本王。」姬無殤抿了抿唇，回頭看向陳妙生。「她妥協之後，又提出了一個交易。」

「好個小姑娘！」陳妙生大驚，隨即笑了出來，搖搖頭。「屬下還真沒想到她竟有膽子和主人談條件。」轉而又道：「或許是年紀小，無知者無畏吧。」

「你以為她是因為年紀小所以才膽子大？」姬無殤冷笑了一下。「若真如俗語所言，那她就不應該是個小丫頭，而應該是個老妖怪才對。」

「怎麼說？」陳妙生覺得很是稀奇，上前替姬無殤的茶盞裡添了熱水。

示意陳妙生也坐下說話，姬無殤躺在榻上，微瞇了瞇眼，腦中浮起了初見時柳芙臉上那種深入骨髓的恐懼表情，這才道：「不知為何，她很怕本王。」

「主人在外人眼中可是個親和有禮的親王，她怎麼會怕您？」陳妙生不解。

「她給了本王一個理由，但本王將信將疑。」姬無殤語氣有些低沈。

「什麼理由？」陳妙生這下更是感興趣了。

放下杯盞，姬無殤抬手點了點鼻翼一側，抬眼看著陳妙生。「她說，她夢見本王坐在龍椅上，君臨天下，君臨天下！」

「君臨天下？」陳妙生臉上的笑意被愕然的神情所替代，只見他「蹭」地一下從椅子上站起來。「她怎麼可能知曉主人的大計？」

「按照她的說法，或許這個世上真的有先知吧。」姬無殤挑了挑眉。「反正本王手中握有箝制她的籌碼，倒也不怕她張口亂說什麼話。」

「可是……可是……」陳妙生卻有些沈不住氣。「她說不說出去是另一回事兒，當然她也不敢亂說。但她竟然會對主人你這樣說，未免有些太過蹊蹺了。」

「你也這樣覺得嗎？」姬無殤蹙了蹙眉。「開始本王還未曾把她的話太放在心上，可她今天還向本王提出了一個交易，說是要助本王『夢想成真』。」

陳妙生表情一下嚴肅了起來。「主人，此女不能留。」

「怎麼？」姬無殤瞳孔一縮。「為什麼不能留？」

上前一步，陳妙生湊到姬無殤的面前低聲道：「主人的大計豈能讓一個小女娃娃參與其中。女子無信，若是她將來哪怕只洩漏一丁半點主人的秘密，恐怕都要讓主人大禍臨頭。雖然……」

陳妙生有些猶豫，但還是接著道：「雖然皇上另有安排，但一切尚未蓋棺論定之前，誰能保證不會有變故？胡家人可不是表面那樣簡單，也不是皇上想的那樣容易對付。雖然咱們養了十萬大軍，但誰能保證胡家沒有暗地養精蓄銳？知曉主人大計的都是心腹死士，若是讓一個女子，還是個小姑娘參與進來，豈不太過冒險了！」

「那你說該怎麼辦？」姬無殤似乎也想過這一層，語言中卻流露出一絲不確定來。

陳妙生一字一句地道：「讓常勝出馬，滅了口實，永絕後患。」

蹙起眉頭，姬無殤下意識地道：「不用這樣吧。」

陳妙生見姬無殤臉上竟閃過一抹從未有過的猶豫之色，心底暗驚，只趕緊放鬆了語氣，轉而道：「除非，主人能確定此女的忠心，能夠完全掌握住她。否則，還是小心謹慎的好。」

「她和她母親的秘密掌握在本王的手中，她不會玩什麼花樣。」姬無殤故作輕鬆地一語帶過。「倒是她說將來有能力幫助本王成就大業，這點，讓本王很是感興趣。」

陳妙生忍住心裡的疑惑，接話道：「柳小姐雖然是文從征先生的乾孫女，卻並不足以輔佐主人成事。屬下也想不出來她有何依仗。」

姬無殤也很難在短時間內猜透柳芙的葫蘆裡到底賣的什麼藥，只搖搖頭。「本王總覺得，那小姑娘身上似乎藏了什麼秘密，若是不搞清楚就殺掉她，有些不甘心。」

陳妙生忍不住提醒道：「主人，成大事者不拘小節，更不能心軟。您可千萬別因為對方只是個小女孩兒就……」

「不用多言，本王自有定奪。」打斷了陳妙生的話，姬無殤不知怎麼總覺得心裡頭憋得慌。「砰」地一聲放下手中杯盞，擺手示意他不用送，便顧自推門離開了。

兩日之後，李墨就回到了文府，在暖兒的帶領下悄然來到後院的流月百匯堂與柳芙見了面。

「小姐，太子暫時同意了咱們的提議，契約書在此，您請過目。」李墨見柳芙神情有些疲憊，沒忍住，下一句話已經說出了口。「小姐，前幾日見您和太子走得極近，又相談甚歡，是否有意太子妃之位？」

「李墨，你逾矩了。」柳芙剛剛將契約書打開，卻聽得李墨這樣講，柳眉輕蹙。「再說，這也不是你應該關心的。」

李墨臉色微微有些發紅，似乎很是尷尬，猶豫片刻還是選擇了有話直說。「雖然小姐年紀尚小，但十年之內小姐總是要嫁人的。李墨既然奉了小姐為主，就不能不為小姐分憂。」

柳芙卻擺擺手。「太子的事你不用管，我討好他也並不是為了嫁給他做太子妃的。」

李墨卻不甘心似地。「其實，在小人看來，裕親王是比太子更適合小姐的人選。」

對方這一句話說出口，柳芙「噗」地一下把剛入口的茶水給噴了出來，臉色狼狽至極。

「你怎麼會這樣想？」

沒有料到柳芙的反應會這麼大，李墨趕緊掏出白絹手帕上前想要替她擦拭，剛伸出手卻又收了回去，臉色很是不自然。「裕親王年輕有為，將來前途不可限量。而且，他周圍沒有那麼多鶯鶯燕燕，平日裡也和那些千金小姐們保持著適當的距離。不像太子，外傳，敏慧郡主和吏部侍郎家的大小姐都屬意於他，想要爭太子妃之位。」

沒有介意李墨有些唐突的舉動，柳芙站起身來，伸手拿過他的白絹顧自擦拭著身前的茶漬，歪著頭看向他。「所以，你覺得我爭不過她們，想勸我放棄？」

「小人並非此意。」李墨連忙解釋。「小姐性情人品俱是上等，太子若有幸娶到您為妃，那是他的福氣！只是，小人怕太子挑花了眼，估計胡皇后的意思，萬一要納小姐為側妃，小姐豈不委屈。」

「李墨，你還真有意思。」柳芙聽著聽著，竟笑了起來。「有你這樣快二十歲的大男人和八、九歲的小姑娘說婚嫁之事的嗎？」

李墨知道自己的逾矩行為，雖然有些彆扭，但卻臉色真誠。「在小人心目中，從未將小姐看作是個八、九歲的小姑娘。若論心思細密、考慮周到、籌謀遠大，小姐在小人所見之人中，至少能排到前三位。」

「只前三位嗎？」柳芙掩口一笑，眉眼間盡是輕柔嬌俏之色。

表情異常認真，李墨略屈身，點頭道：「可小姐，您畢竟才不到十歲啊。小人相信，再給您十年的時間，您絕對能超越前面那兩人的。」

「你果真如此看得起我？」柳芙覺得有些意外，睜大了眼睛看著李墨，似乎是想從他臉上找到一絲破綻。

「或許一開始小人是為了報小姐知遇之恩才答應奉小姐為主的。」李墨目光清澈，毫無半點隱晦。「可跟在小姐身邊短短幾個月的時間，小人就已經發現，能成為小姐的助力，是小人之幸。而小人，也是真心佩服小姐，心甘情願替小姐分憂。」

第七十章　迷霧欲瞕目

再聽過李墨的話之後，柳芙臉上的笑意越發地燦爛起來，她發現重生或許並不是壞事。之前，她心底總是懷著一絲難以排解的抑鬱，那是對歷史是否會重來的恐懼。她害怕自己會再次面對北上和親的結果，再一次體會那種無力回天的悲慘境遇。

可是不知為何，在李墨的話裡，柳芙一顆黑暗的心似乎被緩緩地打開了一扇窗，窗中透出的點點亮光在漸漸照亮自己的心扉，變得開闊和光明起來。

至少，上天給了她一個重新活一次的機會。在這個機會裡，自己需要用盡最大的力氣來把握每一個人、每一件事，至少，將來在面對或許同樣的境遇時，自己的勇敢不僅僅只能用在結束自己的生命上。

李墨並未意識到他無意間說的話竟會帶給柳芙如此大的感慨，只發覺面前的這個小人兒，那眉宇間總是淡淡鎖住的愁緒似乎一下子就散開了，整張臉顯得更加晶瑩若玉，笑顏如冬日裡明媚的暖陽，讓身邊的人也會禁不住感到一絲幸福和溫暖，更會不知不覺沈浸在那一抹輕柔甜蜜之中，久久無法自拔。

第二天，文府前廳。

太子說到做到，隔天下午就派了冷鳳親自過來，同樣的，冷鳳手中托著一個巴掌大的核桃木匣子，一看便知是太子的禮物。

「柳小姐，這是太子託我送來的謝禮，說是要感謝您中間牽線，讓他如願以償。」冷鳳的表情和語氣都不冷不熱。

「多謝冷公公。」柳芙讓身邊的暖兒接了過去先遞給文從征過目，謹守著大家閨秀的禮儀。

見文從征抬了抬眉毛，表情有些怪異，柳芙按住好奇。「爺爺，元宵節那天我接了帖子要入宮，太子好意讓冷公公過來幫我簡單講解一下宮中相關禮儀，我帶他去養心堂說話，行嗎？」

「去吧，但記得中午和妳母親一起過來用飯，我讓文來把裕王送的兩隻獐子弄了鍋湯，妳這副身子太弱，得好好補補。」文從征好像並不願和冷鳳有過多的交往，也不怎麼理會他，只囑咐了柳芙這兩句就端茶送客了。

「那就煩勞冷公公移步了。」柳芙朝著冷鳳笑了笑，起身示意他跟隨自己出了前廳。

一路上冷鳳都一言不發，柳芙也沒有主動與其攀談，等到了養心堂，讓暖兒去備茶，這才笑道：「冷公公請進。」

見柳芙態度如此客氣，冷鳳因為文從征淡漠而有些僵硬的臉色稍微舒緩了些，略微屈身道：「柳小姐先請。」

柳芙卻笑咪咪地搖搖頭。「冷公公是客，應該先請的。」

冷鳳伺候太子多年，還沒有見過他對哪位女子如此上心，自然不敢順杆上爬，只語氣越發恭敬地道：「柳小姐萬萬不要折殺了咱家。」

「外頭冷，咱們若一直客氣下去豈不便宜了老天爺。」柳芙看出了他對自己的顧忌，便也不堅持，只調笑了一句就先行移步入內了。

不一會兒，暖兒端來了茶，柳芙讓她在門邊守著，朝冷鳳笑道：「冷公公，就煩勞您為我先講講宮裡頭的各位貴人，哪些會參加元宵賞燈的夜宴，順帶提點一下我入宮飲宴的相關規矩。」

「不敢不敢，小姐千萬別客氣。」

冷鳳先是一番推託客氣，之後便悉數將宮裡頭出席夜宴的貴人還有一些飲宴的規矩講了出來，十分仔細，並未有所保留。

柳芙則邊聽邊記，腦中對那一夜所面對的情形已然有了大概的瞭解。

元宵夜宴，無非是皇帝率領各宮妃嬪一起吃個團圓飯。因為除夕那一夜，按規矩皇帝只會到皇后所在的坤寧宮和嫡系兒女一起守夜。只有這正月十五，其餘的妃嬪才能得見皇帝一面。所以對於那些平日裡不怎麼受寵的後宮佳麗來說，這個場合就成了她們奪得皇帝矚目的絕好機會了。

柳芙聽完冷鳳的介紹，親自替他斟了茶，問道：「那我需要也帶上自己製作的花燈嗎？」

冷鳳起身來謝過了柳芙為他斟茶的舉動，復又道：「其實就是應應景，但許多受邀的閨秀都會花費心思在這花燈的製作上面。畢竟若是誰能得了皇上的點魁，便能成為皇上的貼身女書，擁有進出御書房的機會。這樣的榮耀，對於任何千金小姐大家閨秀來說都是無上的。」

「女書？」柳芙來了幾分興趣。「這個女官是做什麼的？還能自由進出御書房嗎？」

見柳芙不知，冷鳳趕緊解釋道：「女書是女官中的一種，官比三品。」

柳芙有些不解。「宮女在宮中乃是供貴人們驅使的，難道那些千金小姐們願意做這些僕役的工作嗎？」

冷鳳好像早就料到了柳芙的反應，白面微動，笑道：「女官雖然是宮女中的高階，但和宮女還是不一樣的。她們品高位顯，握有實權，不僅在宮中受尊重，甚至得到外朝官員的逢迎。而且身為皇上的女書，其身分地位更是超然，還配有貼身宮女隨侍，幾乎是所有官家小姐們都想要得到的殊榮。」

柳芙則有些不以為然。「《舊唐書》就記載——前唐高祖之子，舒王的保傅曾經對其說尚宮品秩高，他應該去拜見她。但舒王卻說尚宮只是家婢，自己不需要對她行拜禮。這樣看來，如果入宮做了女書，那見到宮中貴人必然要執以下禮，以奴婢自稱，難道她們也願意？」

「柳小姐，這可不是願不願意的問題。入宮做女官，就必須遵守宮中的規矩。得失之間，也只有自己權衡了。」冷鳳沒有想到柳芙竟會質疑，眼中透出一抹光亮來。「但咱家可以向小姐保證，所有的官家小姐們絕對都不會因為這一點而放棄對元宵燈魁的爭奪和渴望。而且，對於行走御書房的女書，連皇上都會尊敬，其餘後宮妃嬪也好，甚至皇后也好，又哪裡會將其看做奴婢下人呢！」

柳芙倒是不懷疑冷鳳所言，並未就此再繼續爭論下去，轉而問道：「你說每一年的魁首都能獲此殊榮，那只需要入宮一年就可以離開嗎？」

「這是當然，除非哪一位小姐能奪得兩年的魁首，自當別論。」冷鳳點點頭，略有猶豫，但片刻之後還是繼續道：「不過，自十五年前元宵飲宴定下此規矩和彩頭，幾乎每一年奪魁的都不一樣，可以說宮裡也在給參加飲宴的小姐們一個平衡的機會。但縱觀這些年，幾乎每一個中魁首的小姐第二年都會被指婚，而且對象不是皇親國戚就是第二年的狀元郎。而這一次……」

「這一次又如何呢？」柳芙抬眼看著冷鳳，看出了他言語間的猶豫。

「宮裡有傳言，這一次的魁首或許能被指婚給太子。」冷鳳知道這些話不應該他來說，但想到太子之前在東宮時的囑咐，便也沒有了顧慮，壓低聲音提醒道：「所以，還請柳小姐認真對待，切莫因小失大，誤了您的終身。」

「這是太子讓你轉告我的話？」柳芙有些愕然，沒想到太子竟會存了如此心思。

「是咱家逾矩了，小姐還請不要放在心上。」

冷鳳肯定不會承認，只輕飄飄一語帶過，忙道：「時候不早了，咱家也不耽誤小姐和文大人還有令堂一起用午膳。」

「多謝冷公公提醒。」

柳芙當然明白冷鳳的顧忌，沒有再追問，起身送他來到門口。

臨門，冷鳳卻又停住了腳步，轉回頭來看著矮了自己不止一個頭的柳芙，見她目光澄澈，對於剛才自己的話除了有一絲驚訝之外，竟然連一抹小女兒家的羞態都沒有表露出來，不由得心中越發多了幾分欣賞。「柳小姐，這些話本不該由咱家來說，但以柳小姐的出身，或許只有走這一條捷徑，才能得與太子良緣終成，還請一定慎重對待元宵節的夜宴。」

柳芙有些被冷鳳的誠意打動，便也不隱藏自己的情緒，只道：「冷公公肯對我說這些話，芙兒心存感激，但燈節奪魁並非易事，請您轉告太子，我只能盡力而為。若是讓太子失望了，還請冷公公多多相勸才好。」

「小姐雖然年紀尚小，咱家看來卻是個明白人。」冷鳳笑著點點頭，示意柳芙不用多送，屈身福了一禮便轉身離開了。

第七十一章　風雪俏佳人

進入臘月，京城的天氣越發的寒冷起來，連續幾日的大雪將街道兩旁和屋頂都覆蓋上了厚厚的積雪，放眼望去，連綿不絕，幾乎分不清哪裡是天、哪裡是地了。

「芙兒，今年冬天特別冷，今日施粥妳就別去前面了吧。要是受了涼，耽誤宮裡的元宵節夜宴豈不麻煩。」

五年過去了，歲月卻似乎沒有在沈氏的臉上留下任何痕跡，反而這些年的養尊處優，加上心境開闊的緣故，使其越發的充滿了成熟女人的嫵媚和風韻。

看到女兒一身粗布棉衣，額上還滲著細細的汗珠，正在廚房清點著等會兒施粥要用的碗盞，沈氏只覺得心疼不已，將她拉到一邊。「咱們已經連續四年來幫忙了，今年已經第五年，妳不去前頭，想來廣真師父應該也不會說什麼。況且，妳要的好處也得了，廣真師父已經答應免去馬夫人的長明燈香油錢，這次就算了吧。」

見母親神色擔憂，柳芙心頭一暖，卻還是搖搖頭。「娘，您也說今年特別冷，又連著下了幾天的雪。饑民比起往年只有多沒有少的。咱們既然來了，就不能半途而廢是不是？」

說著，也不顧天冷，柳芙一把將袖口挽到手臂上方，直接將高高的一疊碗盞抱在了胸前。「外面的雪越下越大，咱們得快點呢。」

沈氏見勸不動，想了想終於又找到一個藉口，忙道：「再說了，妳如今已非小姑娘，翻年，妳就十四了，還在這寺裡和僧人們一起做事兒，要是傳出去豈不有損妳的閨名嗎！」已經走到了廚房門口，柳芙忍不住回過頭來朝沈氏粲然一笑。「我這是做好事兒呢，誰敢嚼舌根？就算是傳揚出去，也會被人稱讚柳小姐樂善好施，親力親為，對我的閨名只有好處可沒有壞處！」說完，也不等沈氏，顧自往外而去。

看到柳芙已經走遠，沈氏也沒辦法，只趕緊拿起兩個施粥用的大杓跟了上去。

一路上，看到柳芙的僧人們都會停下，面帶微笑雙手合十地唱一句「阿彌陀佛」，好像已經習慣了每年的臘八看到她過來幫忙施粥。對一個千金小姐甘願粗布麻衣，親手給那些饑民施粥，他們也已經見怪不怪，反而從心底真心實意地佩服柳芙和她的母親來。畢竟第一年還能說是心血來潮，這已經是第五年，就不是常人所能做到的了。

「沈施主，妳們來啦！」

年紀還不到二十歲，廣真就已經接過了無常的衣缽，成為龍興寺的代住持。一身青灰僧袍根本掩不住他越發俊美的容顏，和那恍若不食人間煙火的絕然氣質。

見柳芙和她母親踏雪而來，廣真讓旁邊的僧人繼續手頭的活計兒，親自迎了上去。「怎麼也不披件斗篷出來，這雪越落越大，要是涼著了兩位施主，貧僧豈不得向文老先生負荊請罪。」

廣真雖然是對著沈氏說的話，但眼神卻落在了一旁俏立的柳芙身上，眼中除了欣賞外，更多的是一抹有些複雜的心疼之色掠過，只趕緊伸手接過了那高高的一疊碗盞。「快，先進棚裡，穿上我的斗篷吧。」

兩人說話間，沈氏已經顧自來到幾口正在翻滾的大鍋前，一個裡頭丟了一把杓子進去，不停地攪動著，還時不時和負責熬粥的僧人交流如何讓粥更加均匀，以免前頭來領粥的人吃的是清湯，後頭來領粥的吃的是稠米。

看到母親嘴上說不願來，但行事動作絲毫不比自己慢，柳芙笑了笑，這才收回了眼神，望向廣真。「這裡頭火燒得極旺，還怕熱得慌呢，哪裡會冷？倒是你……」柳芙說著壓低了嗓音。「前日裡我悄悄去了一趟鳳眼蓮池那邊，發覺越到冬天它們長得越好。改天你再親自陪我走一趟，我覺得那兒肯定有蹊蹺。」

這些年得益於廣真對九華山的熟悉，柳芙時常在他的親自陪伴下進入那片山坳。她知道，雖然九華山已經是屬於她名下的產業了，但此山中真正的主人卻是龍興寺。也只有依靠著龍興寺為支撐，自己才能著手修建未來的溫泉莊子。

「回頭再說吧，快些進來。」廣真一邊伸手用衣袖幫柳芙擋著落雪，一邊低首對她一笑。「妳急也沒用，怎麼也要等這雪停上三、五天才能再進山，不然，咱們可就有進無出了。」

「你可是這裡的山大王，誰敢攔你！」柳芙打趣著和廣真並肩就進了粥棚，並未發覺不遠處一道鋒利的目光正罩在自己的背後。

微瞇著眼，姬無殤端坐在馬車之中，目光透過片片飛雪只聚在了那一道略顯纖細的嬌小背影上。

五年了，他眼中的柳芙似乎還是一如當年那樣，身上總是被一團迷霧所包圍，就像此時此刻被飛雪隔住的她，讓人無法讀懂心中所想。

臨近十四歲的她出落得越發婀娜娉婷，只是當年那樣絕豔傾城的容貌，現在多了抹溫婉柔媚的韻味，宛然一笑間，比春日暖陽還要溫暖的臉龐讓人不知不覺的陷入，無法挪開眼的同時，也會主動地沈浸其中，難以自拔……

「這個女人，五年前來湊熱鬧還不算，竟年年都來這兒作踐自己。」蹙起眉，姬無殤收回了目光，似乎對自己之前的遐思很是不喜，甩了甩頭，張口道：「常勝，你盯緊柳芙，若是有暴民鬧事，先去救她。」

常勝在車廂邊頂著一個斗笠，奇怪的是上面竟未沾上一片雪花。聽見姬無殤的吩咐，只扯了扯唇角，半晌才道：「屬下前日裡去北方刺探情報時腳受傷了，恐怕到時候有變故，來不及去保護柳小姐。」

眉頭蹙得更深了，姬無殤薄唇緊抿，冷哼了一聲。「那你今日為何要主動前來幫忙，早知道，本王就不帶你了。」

「屬下只是擔心主子，不放心其他人。」常勝實話實說，也不像是拍馬屁。「這次從北方回來，看到很多北蠻子都混入了流民的隊伍裡，萬一潛入一、兩個在今日的施粥會，屬下也正好可以逮了回去拷問一番。」

「好了，人流已經從山下開始上來，你讓御林軍就位，睜大眼睛，一定要給本王逮出來一、兩條大魚才好！」來不及顧及柳芙，姬無殤眼底閃過一抹嗜血的猙獰，使其原本就俊逸的容顏更加顯出了幾分別樣的邪魅來。

「饑民來了，開鍋施粥！」

廣真站在粥棚前，望向延伸而下的青石階梯，果然今年前來領粥的人極多，密密麻麻的幾乎看不到盡頭在哪裡。

總覺得有種不好的預兆，廣真回過頭來，看了一眼認真擺放碗盞的柳芙，又看了一眼在大鍋旁邊忙碌的沈氏，略想了想，大聲道：「沈施主，妳帶著柳施主回後廚房再熬幾鍋粥過來吧。貧僧估算了一下，今年的饑民至少是去年的三倍之多，僅這點兒粥恐怕根本不夠。」

沈氏抬眼看向廣真，見他朝自己使了個眼神，頓時就明白了對方的意思，趕緊將大杓交給身邊的僧人，上前拉住柳芙的臂膀。「聽到沒，走，咱們回去廚房那兒，再熬點兒粥過來，廣真師父說這兒不夠了。」

「也好。」柳芙不疑有他，點點頭，這就準備跟母親先回去廚房那邊。

「斗篷穿上。」廣真跟了過來，手裡拿了兩件遮雪的蓑衣遞給沈氏母女。「等會兒貧僧讓人過來抬粥，兩位就守在廚房一直熬，若是夠用了會有人來通知，所以兩位也暫時不用過來了。」

柳芙還想說什麼，已經一把被母親拽住。「走走走，拖久了就來不及了，這兒應該撐不了多久的。」

顧自披上蓑衣斗篷，柳芙這才無奈地跟著母親離開了。

不遠處，坐在馬車中的姬無殤看到柳芙母女被廣真支開，彷彿鬆了口氣似的，喃喃自語道：「還好廣真機靈。」

只是柳芙剛走到半路，突然想起了什麼，停住腳步。「廚房那邊鍋子已經只剩兩個了，不行，得讓粥棚那兒先騰出來兩口鍋備著。」

「不如咱們先做著，等會兒讓僧人他們捎帶空鍋過來。」沈氏不放手，想拉柳芙走。

柳芙卻執意道：「娘，萬一前頭久久不來人，咱們怎能來得及。您聽女兒的，先行一步回去準備著，我跑得快，兩、三下就跟上您了。您放心，我讓廣真安排兩個師父幫忙拿鍋子，一定不會自個兒逞強的。」

知道自己這個女兒主意大，沈氏覺得與其在此浪費時間還不如讓她快去快回，只好叮囑道：「那妳小心些腳下，這雪已經下大了，別耽誤。」說著，上前又替柳芙整理了一下斗篷。

「嗯，別擔心，就這兩步的距離，像是隔得多遠似地。」柳芙聽著母親的念叨，並不覺得囉嗦，臉上浮現出了恬然的微笑，反手又幫沈氏重新把領口的繫帶綁緊了，這才轉身小跑著往回而去。

只是剛回到粥棚，柳芙就發現眼前黑壓壓一片人潮席捲而來，彷彿將漫天的飛雪破開了一道口子。

臉色一變，柳芙只來得及叫聲「糟了」，就發現為首的一群饑民已經如「猛虎餓狼」般地直接衝進了粥棚之中。

第七十二章　英雄救美人

今日是臘八，是正月之前唯一的節慶之日了，可今天的天氣卻出奇的差。此時不過才剛過晌午，漫天的飛雪密密匝匝地落下，一丈之內幾乎都無法目視清楚。

剛剛才回到粥棚的柳芙睜大了眼，只見饑民中為首的一群人竟是一副窮凶極「餓」的樣子，嚇得忍不住往後一退，卻發現自己好像撞上了一堵牆。

粥棚是用木樁加粗布簡易搭建的，哪裡可能有什麼牆？柳芙突然回過了神來，趕緊往後一看，卻只見一雙含著三分怒氣七分冰冷的眼睛望著前方饑民的位置，正是親率御林軍前來支援的姬無殤！

「你怎麼來了！」柳芙下意識地脫口而出，慌亂中竟也忘了尊稱。等自己反應過來想要拉開和姬無殤有些過分「親密」距離的時候，卻被他反手一把將頭按到了胸前，腰際也被他用另一隻手環住，一瞬間兩人調轉了位置，變成姬無殤背對饑民，柳芙則被他牢牢地抱在了胸前。

耳邊傳來饑民們的嘶吼聲，柳芙根本還來不及開口，就聽得「噗」一聲悶響，而姬無殤的臉色也隨之一變，原本緊抿的薄唇發出「嘶」的一聲抽氣。

柳芙見狀，知道事有不妥，想要看粥棚外面的情形，卻被姬無殤高大而寬闊的肩膀給擋住了，加上腰際被他死死護住，也沒法挪動半分，只好焦急地開口問道：「怎麼了？」

姬無殤卻只眯了眯眼，臉上痛苦的表情瞬間隱去，一手將柳芙的腦袋往下一按。「什麼也別看，什麼也別問，跟我走！」

「怎麼走……啊……」

柳芙一句話還沒說完，已經覺得眼前一花，自己竟是被姬無殤給一把扛在了肩上。無暇顧及頭朝下那種翻江倒海般的難受，因為柳芙眼中只看到了一枝插著孔雀翎的細箭，此時此刻，正深入到了姬無殤後背肩胛骨的位置。隨著姬無殤極為快速地飛身縱起，那鮮血彷彿是被人從身體裡往外擠一般，正順著傷口處擴散開來，只幾個呼吸間，大片的衣裳就已經被染紅了。

閉上眼，柳芙腦中響起了剛才姬無殤在自己耳邊叮囑的話——「什麼也別看，什麼也別問，跟我走！」

心裡泛起了莫名的酸意，柳芙根本控制不了自己的情緒，一瞬間淚水就跟著從眼眶裡滴落下來，混在姬無殤後背的血跡中，很快便被掩蓋了過去。

伴著耳邊「呼呼」的風聲，柳芙感到風雪正肆意地往自己身上灑落下來，臉上像是刀割肌膚那般難受。可眼前染血的衣裳卻讓柳芙忘記了寒冷，只能選擇緩緩閉上眼，任由姬無殤將她帶走。

即便是背後中箭，姬無殤的速度也絲毫不慢，只幾個飛縱就已經帶著柳芙遠離了粥棚的所在，往龍興寺後院而去。

「砰」一地一聲響，姬無殤踢開了一間屋門，順而也將肩上的柳芙放了下去。

雙腳落地之後，柳芙還來不及站穩，下意識地伸手一把抓住了正想往回走的姬無殤。

「你要幹什麼！你受傷了難道不知道嗎？」

「本王沒事。」姬無殤回頭看了一眼柳芙，見她臉上竟流露出無比焦急的神色，不由得一時間愣住了。可片刻之後，背後的刺痛就讓他臉色一變，手一甩，將柳芙推開。「妳在這兒待著，不論外面有任何情況都別出這間屋子。」

「別走！」柳芙可顧不得什麼禮數和禮教，只牢牢抓住了姬無殤的手臂。「你已經流了很多的血，難道還要出去？這個時候，你能不能不要逞強！」

「我沒有逞強。」姬無殤的力氣自然比柳芙大得多，一手將她纖細的手指掰開，一邊一字一句地道：「本王要去把這一箭之仇先討回來。」

「你……」柳芙被他說這句話時臉上猙獰的戾氣給嚇住了，任由他掙脫開來，眼看著他一個轉身走到了門口。

「妳母親那邊本王已經安排了人過去保護，妳一定記得待在這裡，絕對不要出去！這是命令！」眼看要提氣再縱身離開，姬無殤竟特意停下步子，轉頭看著柳芙，表情嚴肅地說了這話。

柳芙一驚，倒是慌亂間竟忘了母親沈氏還一個人在廚房，只是聽得姬無殤那樣說，不知怎麼的，突然就覺得不慌了，反而出奇的踏實和平靜。

「砰」的一聲，屋門再次被姬無殤關上，只留下了柳芙獨自在此。

按捺住對母親的擔憂、對姬無殤傷勢的擔心，柳芙環顧了一下四周，發現此處竟是自己從未來過的。

黑漆楠木的家具擺設，絳紅色的繡墩靠墊，柳芙怎麼看，怎麼覺得有些奇怪。這五年來，在廣真的陪伴下，柳芙幾乎把龍興寺逛遍了，就連供皇室來人進香後用的客房都沒有落下過。

可這間屋子，無論風格還是感覺，都太過陌生，讓柳芙毫無印象可言。

看到前方有個書桌，柳芙移步過去，發現上面放了茶盞，伸手一摸，竟還是溫的。而屋中還燃了一個炭盆，淡淡的橘香從烤焦的橘皮上散發而出，盈盈滿室。

再一看，那書案上密密麻麻擺滿了書有「密」字的信封，她突然就明白了過來。

「莫非，這裡是姬無殤的秘密書房？」

柳芙覺得自己的猜測沒有錯，腦中回憶起剛才被姬無殤扛過來的情形。可因為風雪太大，加上自己的注意力完全被姬無殤背後那枝觸目驚心的細箭給吸引了過去，她怎麼想，也想不起到底是從哪條路過來的。

自從重生，柳芙就沒有像這樣坐以待斃的時候，立在屋中，她看到了那扇門。

腦中再次響起了姬無殤的吩咐，讓她不許開門，柳芙蹙了蹙眉，卻緩步來到了門邊。

而這時，柳芙才發現，這間屋子除了這一扇門之外，竟沒有窗戶。

本來她還想不開門，那就開個窗戶縫往外瞧瞧，以她對龍興寺的熟悉和瞭解，應該能從外面的景觀推斷出來自己的位置。

可這間屋子卻只有眼前緊閉的大門……一時間，柳芙遲疑了。

到底是聽從姬無殤的吩咐留在這兒？還是悄悄開門打探一下外面？躊躇間，柳芙進也不是退也不是，伸出的手也只停在了半空中，久久沒有觸碰到這扇門。

柳芙已經分辨不清自己在門邊待了多久，一動不動，雙手交握著，越是等，心中就越發地焦急起來。可奇怪的是，她對姬無殤的擔憂竟超過了對母親的擔心。

「母親有姬無殤親自派過去的人相護，應該沒有什麼危險。反倒是姬無殤，傷勢看起來並不輕，都這些時候了，就是不疼，只流血，恐怕他也該撐不住了，怎麼卻還不回來？」

自我辯解著，柳芙咬了咬唇，眼前似乎又浮現出了姬無殤那染血的後背。

臉色有些發青，甩甩頭想要將擔憂一併給甩出腦海似地，柳芙突然就覺得自己不能在這兒乾等了，與其坐以待斃，不如看看外頭是什麼情況再說。

想到此，當即便上前一步，伸手眼看就要把門給推開……

「柳小姐，請留步。」

冷不防門外卻傳來熟悉的聲音，柳芙嚇了一跳，像是摸到燙手山芋似地趕緊收回了手。

「誰？是常勝嗎？」

「我受命在此保護柳小姐，還請柳小姐待在屋裡不要出來。」

門外果然是常勝，他聽見柳芙的問話，當即便道：「主人還吩咐，若是小姐強行闖出來，就讓屬下直接點了您的睡穴，把您困在屋裡。所以還請小姐別輕舉妄動，免得我難做。」

「你……」柳芙只覺得一股怨氣往上湧，一張小臉脹得通紅。「你這人是木頭嗎？難道姬無殤說什麼，你就聽什麼？難道你不知道你的主人現在身負重傷嗎？」

常勝聽出了柳芙氣話中的一抹擔憂，不自覺地微微揚了揚眉梢。「主人說了，我的任務是保證妳的安全，其他一概不顧。」

「你這叫愚忠，你知道嗎？你是人，不是看門狗，我不管了，你點我睡穴也好，打昏我也好，我要出去看看外面到底是個什麼情形！」

說著，柳芙竟不管不顧，準備硬闖。

可沒等柳芙開門，這門卻突然一下自己就打開了，一股風雪咆哮著就往屋裡竄了進來。

隨之而進的，還有姬無殤。

「本王就知道妳會不老實，不聽話。」

那雙還隱隱未曾褪去嗜血眼神的黑眸盯住柳芙，姬無殤抬手揚了揚，一縷黑髮就這樣飛落在了屋中的炭盆裡。

「這是什麼？」柳芙好奇地順而望過去，卻想起了他還帶著傷，趕忙又回過頭。「你的傷如何了？快些讓常勝幫你看看，敷上藥才是最要緊的。」

反手關上門，姬無殤雖然臉色有些蒼白，但神情間似乎並沒有多難受，只走到了炭盆前，看著已經被燃盡的那一束黑髮，冷冷道：「最要緊的，是傷了本王的那個人已經不在人世了。」

第七十三章　懵懂不解意

那一束染血的髮絲在炭盆中很快就被燃盡了，散發出一股奇怪的刺鼻味道，不過很快又被橘香味所掩蓋，好像從來不曾存在過，連灰燼也不剩。

姬無殤迎面而來，柳芙盯著他的臉，見一道細微的傷口從右上額斜斜而下，直達鬢角，只覺得心底一緊，下意識地伸手拉住了他。「你的傷，還有你的臉……」

話一出口，姬無殤正好轉過了身，柳芙看到了他的後背。

原本直插入後背的那枝細箭已經不知什麼時候被拔掉了，傷口處還撒了明黃色的粉末，應該是止血的金創藥一類，因為姬無殤的衣服上已經沒有了新鮮的血跡。

見他已經簡單的處理了傷口，柳芙懸著的一顆心也落了下來，上前道：「你殺了那個偷襲你的人？」

「這還用問？」姬無殤收回了目光，抬眼看了看柳芙。「我不能帶傷回宮覆命，妳幫忙包紮一下。」

也不知是因為認識了這些年已經彼此熟悉，還是因為這一場突如其來的變化偶然間拉近了兩人之間的距離。慌亂之中柳芙和姬無殤一直以「你我」相稱，如今一切暫時歸於平靜，兩人也極有默契地沒有恢復到以往的疏離。

「讓常勝來吧，我沒做過這些事情。」柳芙搖頭，下意識地拒絕了。

「我進來之前已經讓他走了，他得去主持收拾殘局。」說著，姬無殤根本沒有理會柳芙，竟直接走到了角落的羅漢床，顧自開始脫起了衣服來。

眼看著姬無殤一件件脫去外袍、中衣之後露出了骨肉勻稱的上身，柳芙卻根本沒法害羞，因為他後背的傷口實在看起來太過猙獰和可怖，讓她根本無暇去思考所謂的「男女有別」和「授受不親」。

「書案後面有包紮用的藥和乾淨的布條。」姬無殤背對著柳芙，側過頭淡淡的吩咐了一聲，便直接面向羅漢床顧自趴在了上面。

收回目光，柳芙倒吸了一口涼氣。之前她沒有看到他的傷口，以為只是流血過多而已，卻沒想，那樣細的箭竟會造成幾乎如手指般粗細的血洞。雖然那裡已經停止了流血，但被凝固的血所封住的地方卻好像一個深幽的黑洞，讓人一見之下幾乎忘了挪開眼，只覺得頭暈目眩間有種幾欲發嘔的難受感。

「別看了，若不是因為傷在背後，我也不會讓妳幫忙。」

或許是感覺到了柳芙還在死死地盯著自己的傷口，破天荒的，姬無殤竟然用著平和的語氣解釋了起來。

柳芙回神過來，知道這樣的傷口耽誤不得，現在也不是自己多想那些亂七八糟的時候，趕緊將姬無殤所說的藥和白布都找到了，捧著來到羅漢床邊。

第一次給人包紮傷口，柳芙的技術還算不錯，雖然布條繞得有些不平整，但總算鬆緊適度，而且動作輕緩，因為在上藥包紮的過程中，姬無殤始終連哼都沒有哼過一聲。

拉過羅漢床上的一床薄毯為姬無殤蓋好，柳芙沒有叫醒在剛剛就已經沈沈睡過去的他，只來到了屋中，蹲下將炭盆拖到了床頭的位置。

做完這些，柳芙才發現自己胸口和後背的中衣都被汗給浸濕了，虧得屋內還算暖和，不然，這樣的天氣裡若是一吹冷風肯定會著涼的。而且自己身上這件粗布棉襖上也沾了不少姬無殤的血，看起來又髒又嚇人。

想著，柳芙看了一眼閉目沈睡的姬無殤，又看了一眼剩下的白布，猶豫了一下，還是將布拿在了手上，顧自取了溫在火爐上的熱水，繞到屋角的屏風後，將領口拉開，將就著擦拭起來。

擦得差不多了，柳芙伸出頭看了一眼姬無殤，見他還在睡夢之中，略猶豫了一下，目光掃到屋中有一個衣櫥，便輕手輕腳地走了過去，拉開櫃門。

衣櫥裡果然整齊地碼放了幾件男子的衣裳，柳芙顧不得挑揀，只取了最上面那件月白色細水紋的薄棉長袍出來，又回到屏風後將身上的髒衣服脫下來換了。

袍子有些長，柳芙只好散開頭上的髮髻，用絲帶將腰際給繫緊，往上提了提，勉強看起來不算怪異，這才繞了出來。

「妳怎麼還是有偷穿男子衣裳的習慣呢？」

姬無殤竟已經從羅漢床上坐了起來，斜斜靠在枕墊上，眼中充滿了戲謔的目光，上下打量著穿戴一新的柳芙。

略顯寬鬆的長袍罩在嬌軀之上，更顯得腰身纖細。半敞開的領口不經意間露出一截藕似的玉頸，偶爾幾縷散落的長髮也順著鑽進了衣襟，纏繞而下，襯得肌膚越發雪白晶瑩。

很少被姬無殤這樣仔細又放肆的打量，柳芙下意識地護住胸口的位置。自己只顧得小心翼翼地換衣裳，根本沒注意到他什麼時候醒的。此時又聽得他「舊事重提」，臉不自覺地就紅了起來。「對不起，我的衣裳太髒了，怕等會兒見到娘她會胡亂擔心，所以才……」

「沒關係，挺好看。」姬無殤唇角微翹。

本以為他會劈頭蓋臉嘲諷自己一頓，卻沒想，姬無殤此時此刻雖然臉色虛弱，語氣細慢，卻沒有了平日裡的冷漠和距離感，這讓柳芙一時間愣住了。

隨即，兩頰又不由自主地泛起了一抹紅暈，卻並非是害羞，而是十足的尷尬。垂首側目，柳芙咬了咬唇，半晌才道：「你先把衣裳穿好，我給你倒杯水過來。」

姬無殤低頭，才發現身上蓋著的薄毯已經滑到了腰際，上身除了被柳芙包紮的布條之外，自己是未著寸縷。

「妳光顧著自己換乾淨衣裳，也不給我拿一件嗎？」姬無殤卻臉色坦然，悶悶地笑了一聲。「還是，妳想讓我撐著受傷的身子自己去拿？」

柳芙不等姬無殤說完，已經轉身極快地從衣櫥裡扯了兩件衣裳，埋頭捧到羅漢床邊。「給。」

「我連手都抬不起來，妳幫忙更衣吧。」說著，姬無殤扯開了薄毯，在柳芙的面前站了起來。

眼前就這樣大剌剌地站著一個半身赤裸的男子，任柳芙再鎮靜也免不了臉色緋紅如霞。

知道他是真的沒辦法自己更衣，只得咬牙，強忍住羞惱和尷尬的心情，抬眼道：「我從未幫男子更過衣，若是弄得不好，還請裕王殿下您見諒。」

低首看著眼前臉紅得像桃兒的柳芙，姬無殤彷彿心情很不錯的樣子，只淡淡道：「妳有工夫說這些，還不快動手。以後妳是要伺候太子的人，這些都得好好學學。」

姬無殤無心之語一出口，兩人之間原本還算和諧的氣氛突然一下就有些變味兒了。

柳芙咬了咬唇瓣，一邊胡亂的將衣裳往姬無殤身上套，一邊有些負氣地道：「裕王殿下放心，民女知道分寸，不會壞了您的大事的。」話語中，已然恢復了謙稱，語氣也帶著幾分疏離。

「本王只是想提醒妳，今日救妳，並非因為本王介意妳的死活，而是妳現在還不能有任何閃失。這已經是妳第六年參加元宵夜宴了，一開始妳還可以用年紀小，比不過那些閨秀作為藉口。只是這一次，本王不會再容妳懈怠了。」姬無殤微瞇了瞇眼，自然也順著柳芙的話又重新自稱「本王」。但不知為何，總覺得先前和她說話時那種放鬆的感覺似乎一下子就不見了，心底有些淡淡的失落。

柳芙沒有注意到姬無殤臉上和語氣中細微的變化，只轉過身，拿起自己的那件髒衣裳道：「既然裕王沒有大礙了，也該放民女離開了吧。」

「這個不急。」姬無殤說話時牽動了傷口，疼得又坐回了羅漢床上。「妳可知道，此處是什麼地方？」

「應該是裕王您設在龍興寺的秘密書房吧。」柳芙也不藏拙，直接說出了自己的猜測。

姬無殤對柳芙的坦白似乎很欣賞，笑了笑。「本王的秘密已經讓妳知曉，難道妳想就這樣離開？」

「那您要民女如何？」柳芙卻蹙著眉，表情有些氣悶。「來時風雪漫天，您又走得極快，民女連路都沒看清楚。這會兒您放我離開，讓常勝將我眼睛蒙住，等到了寺裡再讓我自己走，這不就沒法洩漏您的秘密所在了？」

「要是本王不信呢？」姬無殤臉上滑過一抹類似無賴的表情，明顯就是想要刁難柳芙的意思。

「那您說該怎麼辦？」柳芙這次倒是沒有遺漏姬無殤眼底的戲謔和盤算，反唇相稽。「難不成，要民女自剜雙眼？」

「妳可是太子爺的心頭肉，本王怎麼捨得。」姬無殤冷冷吐出了這句話，手一招。「妳過來。」

柳芙依言上前了兩步。「裕王有什麼吩咐就說吧，民女聽得到。」

看到柳芙始終不願靠近，姬無殤卻從羅漢床上撐著站了起來，一步一步地走到了她的面前，低首看著表情冰冷中帶著一絲挑釁的一張俏臉，湊到了她的耳邊。「本王要妳以妳母親來起誓，若洩漏此處的位置給任何人知道，就讓妳母親死後入輪迴地獄，永世不得超生……」

第七十四章 山中有密道

冰冷的雙眸中透出一股寒意，柳芙看得出，姬無殤並非只是開玩笑。

「你！」柳芙默然平靜的目光與姬無殤相接，心底強忍住了一掌推開他逃離此處的衝動，只得一字一句地道：「如你所願，我柳芙起誓，若洩漏此處位置給第三個人知道，生母沈氏永世不得超生。」

看到柳芙竟乖乖的遵從了自己，姬無殤釋放出一抹極為難得的明朗笑容。「放心，只要妳遵守諾言，剛才那句話就只會是一句戲言罷了。」

「那現在民女可以離開了嗎？」柳芙側過頭，似乎並不想再看姬無殤一眼。

「元宵節夜宴的花燈，本王已經讓陳妙生給妳準備好了，過些時候會悄悄送到文府。」姬無殤沒有再阻止柳芙的離開，只是看著她如此生硬的態度，臉上也浮現出了一抹不耐之色。「若是妳再不能達成本王交代的任務，順利和太子訂婚，就別怪本王不守信用了。」

「請放心，這一次，民女不會再讓步了。」柳芙說完這句話，便屈膝福了福禮，轉身來到門邊，一把拉開了屋門。

烈烈的冷風直吹而進，柳芙看著眼前的景象，竟是一瞬間完全呆住了。

放眼望去，九華山就在自己的腳底下，那綿延起伏的山脈，那被大雪覆蓋、一片茫茫的雪白……這些景象，已經告訴了柳芙，她如今所處的位置。

回神過來，反手「砰」地將屋門關上，柳芙有些氣悶地看向了立在屋中的姬無殤。「還請裕王給民女指一條明路。這外面就是懸崖，叫我怎麼走？」

「妳怎麼越來越沈不住氣了？這可不是本王所熟悉的柳芙啊。」姬無殤聽見她又忍不住去了尊稱，反倒輕鬆地笑了起來。「所以，才叫妳過來啊。」

說著，姬無殤側身讓開，露出羅漢床，指了指床頭位置的一個矮几。「妳走不出那道門，走山內的密道吧。」將矮几上的一個看起來像是把手的位置重重往下一壓，頓時一個幽深漆黑的通道露了出來。「不過這裡連本王也沒有走過，妳自己摸索看著辦吧。」

「密道？」柳芙這下總算是明白了，為什麼以她對龍興寺的熟悉，卻根本沒有發覺山頂上藏著一個秘密書房。原來根本就沒有路上來，只有這個看起來深幽幽、黑漆漆的密道才能通往此處。當然，不算常勝和姬無殤這種會輕功的練家子，他們提氣縱身，能夠從正門進來也不足為怪。

「有火把嗎？」柳芙回頭看了看姬無殤。「太黑了，民女不知進去後能不能看清路。」

「這裡面可是封閉的，火把根本燃不了多久就會熄滅。而且除了本王，就只有常勝才來過，皆不需要走此處，自然不會準備那些東西。」說著，姬無殤從腰間取下一只極小的荷囊遞給了柳芙。「算了，這個給妳。」

「這是？」柳芙有些奇怪地接過在手中，看了一眼這個精緻小巧的東西，覺得有些熟悉……「啊，這是敏慧送給你的夜明珠！」

「妳知道？」姬無殤挑挑眉，臉色有些淡淡的尷尬。「嗯，這夜明珠應該能當火把用，妳暫時拿去吧。」

「這可是敏慧專程讓淮王府管家花重金購得送與你恭賀生辰的……」柳芙搖搖頭，將荷囊塞回姬無殤的手中。「民女還是摸索著走吧。」說完，也不等姬無殤反應過來，貓腰直接鑽進了密道之中。

蹙眉，姬無殤看著柳芙的背影，將荷囊掛回了腰際，正準備將密道的入口關上，卻聽得裡頭傳來一聲驚呼。

盯著深幽並無半點光亮的密道，耳邊還縈繞著柳芙的尖叫聲，姬無殤低聲喃喃唸了一句「麻煩」，竟也隨著鑽入其中，追著柳芙身後而去了。

這山中的密道果然一如姬無殤所言，根本就沒有人走過，到處都瀰漫著一股潮濕腐敗的味道。階梯上似乎長滿了苔蘚，走起來感覺極滑，加上根本看不清路，柳芙剛走了幾步就直接坐到了地上。

捂住唇，柳芙可不願意被姬無殤聽見自己的驚呼，下意識的，自己心底壓根兒就不願意讓他覺得自己害怕，或者在他面前再流露出哪怕是一絲恐懼，或者懦弱。

遇強則強，這便是和他相處五年來柳芙最大的感觸。

姬無殤圖謀大計，他需要的是能夠輔佐他的人，而非一個懦弱無能毫無用處的人。如果自己不能勇敢的面對他，他就永遠只會將自己用作成一顆棋子，隨意擺佈。

還有，胡氏為了讓柳嫻坐上太子妃的位置已經蠢蠢欲動了，柳冠傑也偶爾藉口找上文府來，藉機接近母親。特別是北邊的戰事，今日施粥時前來搗亂的明顯並非饑民，而是北蠻假扮的。如果兩國一旦面臨交戰，那送一位公主前去和親穩住北疆局勢已經迫在眉睫。而且這些年來，柳芙也領悟到了一個和姬無殤相處的法則。雖然兩人打交道的時候不算多，但也不算少。柳芙清楚他心底所堅持的是什麼，她盡力去幫他完成，這就行了。到時候，他欠自己的，她才能作為籌碼討回好處。

想到這兒，柳芙伸手摸索著，想要找到支撐可以從這冰冷的石階上起身來，可一伸手，卻突然觸到了一抹溫暖。

「妳倒是有趣，摔倒了竟坐著發起了呆。」

說話間，一抹亮光在身後顯現，柳芙轉過頭，果然是姬無殤跟來了。而自己的手覆蓋的地方，不上不下，不偏不倚，正是他的膝蓋。

像是摸到刺一樣，柳芙的手立馬就縮了回來，借助亮光撐著洞壁從階地上起身。「裕王，您怎麼來了？」

「妳那聲叫喊如此刺耳，難道還奢望本王聽見後不來救妳嗎？」姬無殤看著柳芙一臉狼狽，冷哼了一聲。「妳不願取走夜明珠，那本王就送妳一程好了。萬一這山洞裡有什麼蛇啊、毒蟲的，害妳破相，豈不可惜。」

「多謝裕王殿下。」柳芙被他諷刺倒不覺得有什麼，至少此時此刻光明對於自己來說比什麼都重要。

循著夜明珠發出的光亮，柳芙看了一眼前方的路，極狹窄的通道，兩邊的山壁都長滿了苔蘚和一些山草，看起來極為怪異。因為按姬無殤的話來說，此處乃是密道，這些植物連陽光都見不到，也不知是如何生存下來的。

不過眼下柳芙還由不得自己去東想西想，只側開身子。「還請裕王您走前面，這樣民女才能看到路。」

手中舉著夜明珠，姬無殤也不退讓，上前一跨步，便從柳芙身邊擠了過去來到前面，步子也並不急，好像是刻意在等身後的人跟上。

走在後面的柳芙只覺得腳踝處一股鑽心的疼，先前因為太黑，自己還沒來得及察看傷勢，卻沒想，竟是扭到了腳。

可眼前除了姬無殤，並沒有人能幫自己，柳芙只好咬緊牙關，忍著傷痛勉強跟上。幸而只是扭到筋，並未傷及骨，柳芙只是走得慢些，並未被姬無殤察覺。

「等等！」

前面離了兩、三步遠的姬無殤突然停下了腳步，將夜明珠高舉在頭頂，似乎在察看什麼。

柳芙也只好停下，也趁此機會讓腳踝休息一下。「可有什麼不妥？」

「原來是蝙蝠。」姬無殤淡淡道，回頭望了望柳芙，眉頭一蹙。「妳怕什麼？」

「沒什麼。」柳芙並未發覺，自己額上全是細密的汗珠，臉色也蒼白得毫無血色。

「妳怎麼了？」姬無殤察覺出了柳芙的緊張，將夜明珠往她臉上一照。「臉色這麼差，妳不該這樣沒膽量才對。」

說到此，姬無殤突然想起了什麼，低頭看向柳芙的腳。「剛剛摔在地上，是不是扭到腳了？」

「沒事兒，只是有些疼罷了，民女還忍得住。」柳芙擺擺手，表示並不要緊。

姬無殤此時身上也帶著傷，本就有些虛弱，見柳芙嘴硬，淡淡道：「那就最好，別耽誤了本王的時間。」

「嗯，裕王請繼續走吧，民女能跟上。」柳芙點點頭，被他眼底閃過的一抹不耐煩激發自尊，咬咬牙，快步往下走了兩級階梯。

可就是這負氣地一衝，柳芙根本沒注意頭頂剛才姬無殤察看之處。「轟」地一聲一隻蝙蝠竟騰空而下，帶起一團山壁的石渣子直接撲面而來，讓她根本沒法站穩，就這樣尖叫著往前倒去……

原本以為自己肯定摔得很慘，柳芙只能緊閉雙眼，下意識地護住頭。可誰知半晌之後竟沒有預料中的疼痛從身體的任何部位傳來，反而一股溫熱的氣息在耳畔撩動著。

第七十五章　世事難預料

漆黑的甬道，潮濕的空氣，本來就讓人呼吸困難，心情詭異……而此時此刻，柳芙感覺到一雙有力的手正攔腰環抱著自己，腦中只「轟」地一聲炸響，讓她一瞬間喪失了思考的能力，只能下意識地反手抓住唯一的「救命稻草」。

呼吸間，懷中人兒馨香的味道不斷從鼻息中鑽入腦海，姬無殤聽見身後動靜，也只是本能的轉過身想要接住摔倒的柳芙，可沒想到，兩人竟會以如此曖昧尷尬的姿勢完全抱在了一起，連一丁點兒縫隙也不剩。

心跳聲，低喘聲，還有剛才那隻作惡的蝙蝠拍打翅膀的「呼呼」聲，讓原本就黑暗的甬道越發顯得安靜得過分。

不過片刻間，兩人都感覺彷彿過了很久。

神智漸漸清明，理智也逐漸回到了各自的身上，兩人極有默契地同時放開了對方，只各自埋頭理著略顯凌亂的衣裳。

「妳站定別動，我去把夜明珠找回來。」姬無殤看了一眼向下蔓延黑漆漆深幽幽的甬道，暗道了聲「該死」，這才回頭又道：「剛剛為了接住妳，不小心讓珠子掉在了地上，眼看前頭一點兒亮光也沒有，或許已經滾了不知道多遠。咱們只有走一步算一步了。」

黑暗中，柳芙看不見姬無殤的表情，但聽他的語氣，平緩中似乎略微有些低沈和暗啞，卻並未就剛剛的事情揪住不放，不由得鬆了口氣。「沒關係，這密道只有一條路，走著走著總能看到的。」

說著，柳芙便往前邁了一步，卻沒想，前頭的姬無殤還未挪動步子，兩人毫無意外地又「貼」到了一起。

緊張地反手推開姬無殤，柳芙剛想說什麼，就被對方一把握住了手腕。「這裡太黑，妳又走得慢，來，到本王的背上。」

「可你的傷……」柳芙首先想到的並非拒絕，而是姬無殤剛剛才被利箭刺中。「我還是慢慢走比較好。」

「別囉嗦了，本王沒事，這點兒小傷不算什麼。」姬無殤卻態度十分堅決，背對著柳芙，也不挪開，只半蹲了下去。

咬咬牙，柳芙知道他並非是為了自己著想，只是不願多浪費時間在自己身上罷了，便自我安慰這黑漆漆的密道裡眼不見心不煩，伸手摸索著撐住了姬無殤的肩頭，爬了上去。

「妳如果害怕，就閉上眼睛。」

耳畔傳來姬無殤淡淡的吩咐，柳芙還沒意會是怎麼回事兒，只覺得一陣刺骨的冷風夾雜著潮濕的空氣就這樣撲面而來，竟是他用了內功在這甬道中飛身縱起。

這樣的速度，不過幾個呼吸，這甬道就漸漸到了盡頭，柳芙免不了心裡暗想——要是他早些揹著自己走，也免得先前那尷尬的情形上演了。

放下柳芙，姬無殤撿起了腳邊的夜明珠，就著光亮找到了密道的機關，只聽得「咔咔」

兩聲響，一抹亮光便隨著石門打開而湧了進來。

「妳出去吧。」姬無殤回頭看了一眼柳芙，見她好奇地望著外面，似乎對剛才的一段插曲並未放在心上，便側開了身子，示意道：「只是小心些，不要被人看到了。」

猶豫了一下，柳芙從姬無殤身邊擠過，回頭望向了他，道了一句。「多謝。」

勾起唇角，那熟悉的邪魅表情又回到了姬無殤的臉上。「妳是本王的人，本王自然要保妳安全。去吧，元宵夜宴的時候再見。」

「不用裕王殿下提醒，民女知道你我之間的交易。」柳芙淡然一笑，便屈身貓腰鑽出了密道盡頭的這扇石門。

因有一會兒不曾見到亮光，柳芙抬手遮了遮眼，卻發現此處竟是龍興寺前堂所供的釋迦牟尼佛像背後，讓她驚訝了好一會兒。

「怎麼，還不快下來？」

突然一陣耳熟的聲音傳來，柳芙嚇了一跳，往下一望，竟是廣真正仰著頭含笑看著自己，眼底竟還有一絲戲謔之色劃過。

「你怎麼知道我在這兒？」發現此處離地至少有三尺高，柳芙只好屈膝先坐在佛座上，伸手撐住廣真伸出的臂膀，一縱身這才跳了下來，臉上布滿了驚色。

這可是人家正殿的佛堂，自己從佛祖雕像上跳下來，放在哪裡看都是極不妥的行為。可柳芙仔細看廣真的表情，發現他除了含笑望著自己之外，並無責怪，才放下了心。「對不起……我……」

廣真臉微微有些紅，見柳芙站定了便放開她，側過頭低唱了聲「阿彌陀佛」，這才回過頭笑道：「想知道貧僧為何會來這兒接妳？」

「我大概知道了。」柳芙撇了撇嘴，似乎是在埋怨廣真沒有給自己說實話，顧自理了理身上不太合適的寬大棉袍。「除非經過你這個代住持的允許，否則，裕王殿下怎麼可能選在龍興寺的山頂修建秘密書房。你之前沒有告訴我也就算了，反正我也只是個人微言輕的小女子罷了。」

「誰說妳人微言輕？」廣真陪著柳芙往外走去，遇到好奇的僧人便揮揮手讓他們退開，一邊小聲道：「見妳被裕王救走，貧僧就知道他一定會帶妳去那一處地方，這才早早地候在這兒等著接妳。妳卻不識好人心，真是叫貧僧傷心。」

和廣真這些年已經極為熟悉，兩人私底下也常開玩笑，柳芙聽見他這麼一說，還是噘起嘴唇一副不高興的樣子。「罷了，你們男人的事兒與我這個小女子有何干係？快告訴我裕王把我母親安頓在哪裡了，我得快些過去陪她回文府才是。」

「妳放心，常勝已經帶兵護送令堂回去了。至於妳，小僧親自送柳施主，可好？」廣真不像是開玩笑，停下來看向了柳芙。

「你不過一個手無縛雞之力的僧人罷了，難道還能和那些來鬧事的饑民打一架不成？」柳芙側頭看著廣真，大約是聽到母親已經安全地返回了文府，捂嘴終於笑了起來。

廣真卻收起了笑意，神色嚴肅地道：「若貧僧告訴柳施主，即便沒有裕王的突然出現，我也能保得妳平安，妳可相信？」

柳芙對廣真有著足夠的瞭解，知道他並未習過武，便搖頭笑笑。「我不信。」

廣真卻擺手道：「佛法無邊，有時候武力並非唯一的解決方式。」

「難道那些暴民衝了進來，廣真師父只需要唸誦幾句佛經就能打發了他們不成？」柳芙歪著頭，露出了只有在放鬆時才會有的俏皮模樣。

「這可難說。」廣真會心一笑，唱了聲「阿彌陀佛」，也不再繼續這個話題，轉身向前走去。

柳芙只得匆匆跟上，但臉上的笑意卻也越發濃起來。

龍興寺的馬車倒也平穩舒適，廣真讓一位老僧駕車，自己則進了車廂與柳芙對坐。

或許是有些累了，柳芙也沒有興趣再和廣真說什麼，只斜斜倚在車壁，半瞇著眼。

搖晃的車廂很是催眠，不一會兒柳芙就沈沈睡去了，卻沒發覺廣真的目光只牢牢鎖在她的臉上，不曾挪動。

「阿彌陀佛。」廣真習慣性地誦了一聲佛號，搖頭自言自語地嘆道：「這樣一張臉，不知將來會引起多大的災禍啊……師父，當年您要徒兒力保此女安危，卻不知，她的存在，已經對大周皇朝的江山起了怎樣的作用！您算出一卦就離開了，只告訴徒兒若裕王果真意圖皇位，那此女，必然是他行路上最大的助力，可徒兒看柳施主，怎麼也看不出有何地方能被裕王所用。當然，除了美人計這一條……可是，太子並非表面那樣光風霽月，若是讓他知道此女和裕王有所牽連，恐怕……」

緊接著又是一嘆，廣真似乎不願再想，也閉上了眼。

只是在廣真閉眼的同時，柳芙卻突然睜開了眼，迷糊間有一抹清明之色從眼底劃過。

「廣真，你剛才的話是什麼意思？」

「妳且慢慢體會。」廣真仍舊閉著眼，雙手合十，嘴唇微動，似乎在默唸著佛經。

「你是在勸我不要和裕王糾纏在一起嗎？」柳芙可不會就此放過他，追問道。

廣真卻沒有再回答，口中的誦唸之聲越來越大。

柳芙蹙著眉頭，盯著廣真，想從他的臉上找到哪怕一絲破綻。可憑藉著昏暗的行燈，廣真的臉卻讓柳芙怎麼也看不清。

「你可以不理我，但你卻故意提醒我，到底，你還是念著我的。」

柳芙不再追問，因為她知道就算再怎麼問，廣真也不會再多說半句，便語氣一轉，用著軟軟的話音道：「只是你這樣的做法，恐怕有違出家人的戒律。」

這時廣真卻停下了誦經，緩緩又睜開了眼。「歷代龍興寺的住持都並非簡單的出家人，無常師父是這樣，貧僧更是這樣。」

「什麼意思？」柳芙不明白。

「若貧僧告訴施主，裕王殿下是我的親兄弟呢？」廣真臉上突然露出一抹無比放鬆的笑意，就像一個懷揣著秘密終於得以傾訴的人，話一出口，心情就會油然而生十分愉悅。

第七十六章　毒淬心難測

跳躍的火苗，細微，卻散發出陣陣熱意，使得一室如春。

柳芙手裡拿著一只曬乾的橘皮，正將其掐成指甲蓋兒大小，一點兒一點兒地丟到炭盆中，看著它漸漸被燒成灰燼之前，躍出的那一團橘紅色的火苗。

沈默並不代表心境也一如表面那樣平和，與之相反，柳芙此時腦海中各種思緒和猜想紛紛湧來，感覺像要爆炸一般，塞滿了整個腦子，卻找不到發洩和理順它的方法。

姬無殤的籌謀自己是清楚的，但他和廣真之間的關係竟是親兄弟！這讓柳芙根本就難以接受。

或許這就是自己一直沒有看清楚的關鍵之處吧。

龍興寺外表破敗，卻享有鎮國大寺的稱號，究其原因，除了它修建之處位於龍脈之心，還有一個深藏的秘密，那就是幾百年來，守護它的歷代方丈都是皇室血脈！

可為什麼廣真要把這個天大的秘密透露給自己聽呢？

柳芙百思不得其解，只覺越想越是頭痛欲裂，手上掐橘皮的動作也越來越快，最後乾脆一股腦兒地丟了剩下的到炭盆裡，像是發洩一般。

「芙兒，怎麼了？」

門被推開，是沈氏手裡端著親手熬製的壓驚茶進來了。「文老讓妳好好休息，妳卻坐在這兒發呆，真是小孩子氣。」

「娘！」柳芙趕緊迎了上去。「爺爺讓我過年之前都不用去書院了，可天天悶在府裡實在難受，不如咱們到街上逛逛，順便置辦點兒年貨吧。而且扶柳院也許久沒有回去過了，咱們茶園眼下應該搭棚過冬，也不知情況如何了。」

「娘都說了好多遍了，妳一個女孩子家的，翻了年都十四歲了，怎麼還一門心思去做什麼茶行的生意呢？」沈氏將茶倒出來，明黃的湯色冒出一股股怪味兒，裡面混合了不少藥材。

遞給柳芙，沈氏勸道：「之前，妳說要給自己存嫁妝。五年來，茶園裡的收成越來越好，單是賣茶葉這一項，沒有十萬兩也有五萬兩了吧？做嫁妝那是綽綽有餘的。再說，北方戰事吃緊，妳不如聽娘的話，快些了結了神農園和茶行的生意，和娘回南方一趟，等這危機過去再回來，豈不更好！」

「女兒不走。」柳芙搖搖頭。其實她內心何嘗不想帶著銀子和母親遠走高飛。但如今她和姬無殤是一條線上的螞蚱，而且胡氏那邊，最近頻頻帶著柳嫻進宮見胡皇后。她害怕，若是太子屬意自己的消息一旦在元宵夜宴之時洩漏，胡氏會不顧一切只為扳倒自己母女。

這幾年來，她盡力將太子對自己的好感掌控在兩人之間，外人看來，根本沒辦法察覺任何異樣。但這次元宵燈節，姬無殤已經下死命令，若是她無法奪得燈魁，恐怕事情就會失去自己的控制。

太子翻年也要滿二十二了，之前自己一直拖著他，藉口年紀太小，無法堪配。就算太子願意拖下去，大周皇朝也不會允許他再拖延了。

一邊是姬無殤要自己一定得成為太子妃，一邊是太子即將面臨被奪儲位。自己如何周旋到最後平安脫身，這才是現如今最要緊的大事兒。

可元宵燈節離現在還有一個月時間，這短短的一個月，自己真能找到脫身之法嗎？她可不會真的那麼傻，聽姬無殤的話成為一個會被廢掉太子的太子妃！

「芙兒，妳在想什麼？」沈氏心疼地伸出手輕撫女兒的前額。「娘看妳自臘八回來就精神不太好，是有什麼心事兒嗎？」

搖搖頭，柳芙可不會讓那些煩心事兒去打擾沈氏，只笑笑。「娘，上回您教女兒的什錦繡，女兒還沒學會呢。不如趁著這幾日得閒，您再好好給我講講竅門在哪兒！」

「妳呀，本來在女紅方面極有天賦，可整日只想著怎麼掙錢去了，反倒落下了這最根本的女兒家該學的東西。」沈氏做出為難的樣子。「也罷，今日陳掌櫃讓我去一趟錦鴻記，說是上一次那個雙面繡的壽桃呈仙，買家很滿意，專門打賞了五百兩銀子，讓我取應得的二百兩。既然妳那麼想出門，就替娘跑一趟吧。」

換上一身湖水藍繡桃紅團花的薄棉襖裙，繫上滾了白兔毛的厚棉披風，柳芙也沒讓還在病中的暖兒陪伴，讓張老頭套了車，獨自出府往錦鴻記總店而去。

這些年，錦鴻記的生意越發興旺起來，除了刺繡和衣裳方面的買賣，還兼營海外運來的一些珍貴寶石做的首飾。單單一筆買賣都能夠價高千金，卻讓京中權貴們趨之若鶩。

柳芙從錦鴻記的後門進入，熟門熟路的直接來到了二樓陳妙生的處所。

陳妙生正飛快地打著算盤，見來訪的是柳芙，面上並無意外之色，只放下手中活計兒，迎了上來。「柳小姐，快請進。」

屏退領路的小廝，陳妙生親手為柳芙斟了茶，態度恭敬。「離得小人為您送信已經快小半個月了，小人還琢磨著您什麼時候來取這妙手千佛的花燈呢。」

「妙手千佛？」柳芙飲著這杯盞中的白牡丹，知道乃是自家茶園出品，臉上流露出一絲放鬆和愉悅的表情來。「聽這名字就知道是好東西，拿來我看看吧。」

「這可是再好不過的東西了。」陳妙生「嘿嘿」一笑，轉身回到書案那邊，從腰際摸出一把鎖，從抽屜下方小心地取了個木匣子出來。

匣子很普通，只是材質一看便知是上好的黃花梨木，雖然沒有雕琢任何花樣，但其本身自帶的紋路就已經極美，像極了一幅水墨山水畫。

「還是請柳小姐親自打開吧。」陳妙生見柳芙眼底閃過一抹驚豔之色，頗有幾分得意的樣子。「這可是主人專程讓人從海外購得的，造型極美，用料也講究得過分，相信一定能助柳小姐一舉奪魁！」

定定的看著這個匣子，柳芙頓了片刻，卻並沒有伸手去接。「五年了，我每年參加宮裡的元宵夜宴，看著那些千金閨秀們挖空心思找來各種奇珍異寶妝點在花燈之上。美則美矣，卻能讓人看出並非親手所製，空有其華麗的表現，卻失了元宵燈節的本意。」

「小姐是何意思？」陳妙生見柳芙竟拒絕接過這「妙手千佛」，臉上滑過一抹詫異之色。「歷來，宮裡元宵燈節的各色花燈就並非真正出自受邀前往赴宴的千金小姐們之手，這也是從皇宮到朝中都默許了的事實。怎麼，難道柳小姐要另闢蹊徑不成？」
「這叫回歸本源而已。」柳芙擺了擺手，臉上露出了一抹釋然的笑意。「而且，你這錦鴻記自開始做海外珍寶的買賣，我相信，就一定有比你所提供的這東西更好的吧。」
「這……」陳妙生一愣。「小人確實不敢保證有比這『妙手千佛』材質更好更珍貴的，但……此物的工藝卻是獨一無二的，柳小姐，不信您且一看便知。」
坐回位置，柳芙已經沒有了興趣，只淡淡道：「你能找到海外工匠，難道別家就不能？這一次，你家主人要我一定奪魁，因為太子即將年屆二十二，誰能奪得魁首，必然將會成為太子妃的熱門人選。所以，我必須全力以赴，不然，這齣戲就沒法演下去了。」
「哦？」陳妙生眼睛一亮。「難道小姐已經有了妙計不成？」
「真本事才最重要，妙計嘛，用得好自然也能錦上添花。」柳芙並不否定，悠然的品著茶。「只是你得讓你家主人放心才好，不然，他疑神疑鬼的，打擾了我，到時候說不定就失手了，那可怨不得我。」
「小姐放心，主人這陣子恐怕沒工夫來管您的事兒。」陳妙生神色一變，臉色有些嚴肅。
察覺了陳妙生的異樣，柳芙隨口問：「你家主人又在籌謀什麼大計嗎？」
「唉……」陳妙生欲言又止，等了好半晌才咬牙道：「那些北蠻真是狠，竟在襲擊用的細箭上淬了毒！」
「淬了毒?!」柳芙一驚，差些打翻了手中的茶盞。「怎麼可能？那天我幫他包紮的時候，血色是鮮紅的，而且他只睡了一覺就跟個沒事兒人一樣的，並未有中毒的跡象啊！」

「所以小人才說那些北蠻真是心狠手辣，手段陰毒！」陳妙生一捶桌，似乎極為憤慨。

「那細箭上所淬之毒極為罕見，乃是用天山雪蟾的唾沫混以天山雪蓮的蓮心所製。」

柳芙腦子裡像翻書似地，一下子就找到了關於這兩樣東西的記載，反問道：「據我所知，這兩樣東西並無劇毒，到底怎麼回事兒？你且仔細說與我聽。」

「這兩樣東西的確並非劇毒之物，但……」陳妙生看著柳芙，吞吞吐吐之下，終於還是直言相告道：「混合了雪蟾唾液和雪蓮的蓮心，女子服之可不孕，男子服之，則能絕嗣！」

「什麼！」柳芙一聽，幾乎從座位上跳了起來。

第七十七章 十年結一果

絕嗣！

對於男子來說，延續香火絕對是首要的人生使命。而作為皇室宗親，為大周皇朝誕下龍嗣更是姬無殤責無旁貸之舉。更何況，他屬意皇位，將來若是沒有兒子來繼承大寶，在他死後，就得拱手將皇位讓給同族兄弟。那這一切，他爭來又有什麼意思呢？

看著柳芙驚訝的表情，陳妙生眼底閃過一抹複雜的情緒。「在下之所以將這個秘密告訴柳小姐，是想柳小姐能夠幫助主人。」

「怎麼幫？」柳芙當即便脫口道：「我能做什麼？」

陳妙生略頓了頓，細說道：「據傳，西域神龍教十年前，進貢了一枚火龍朱果，此物乃至陽至剛之寶，正好可以和天山雪蓮的蓮心相剋。」

「你家主人乃是皇子，又極得皇上信任和寵愛，直接找他索要豈不就行了？」柳芙不明白，眉頭緊蹙，看著陳妙生。「還是……你話沒說完，有瞞著我的地方？」

「小姐聰慧，簡直在男子之中都少見啊。」陳妙生順而拍了一記馬屁，這才認真道：「因為十年前這枚進貢的朱果被皇上賜予了太子。此物極為罕見，若是吞服之，也能起到延年益壽的作用。所以，若無極好的理由，太子根本就不可能割愛。」

「而裕王中毒之事也絕不能讓太子知曉，否則，僅絕嗣這一條就能讓咱們所有籌謀全盤皆輸，化為泡影！」

柳芙順而歸結了陳妙生的話，眼中充滿了思考和一抹無奈。

陳妙生滿眼的期待和央求，幾乎就只差下跪了。「所以，小姐一定要成為太子妃，藉由您，才有可能從太子的內庫中盜得火龍朱果！這一次的元宵燈節，小姐您輸不起啊！」

「你家主人掌管影閣，手下高手如雲，神通廣大。難道，就不能派人去一趟西域再求一枚回來嗎？」柳芙只覺得背後直冒冷汗，這樣的變數，根本就不是她願看到的。

苦笑著搖搖頭，陳妙生嘆道：「火龍朱果十年生根，十年發芽，十年結果，每株僅成熟一顆果實，乃是西域神龍教的鎮教之寶。此物乃是上天所賜，僅此一株，別無其他。錯過了這一枚，主人就要等上二十年的時間才能得到，您說，他能等嗎？」

「那萬一太子已經服食了呢？」柳芙又提出了一個疑問。「畢竟是這麼好的東西，尋常人都不應該就那樣放著吧！」

「應該還沒有。」陳妙生頓了一會兒，這才猜想道：「此物珍貴可比百年紫蔘，無病無痛之下一般人是不會就此吞服的，那無疑是暴殄天物。太子年少，身子骨也一向硬朗，相信他定然收藏起來，並未食用過。」

「這一切都只是你們的猜測而已吧。」柳芙的表情很是嚴肅。「萬一沒有，那怎麼辦？」

「盡人事，知天命，若真結果如此，那也只有接受了。」

陳妙生似乎也想過這個可能，眼神瞬間黯淡了下來。

看到他這樣沮喪的表情，柳芙也沈默了，沒來由覺得世事難料，有種天命難違的感覺。姬無殤擁有一切，卻偏偏遇上了這樣的事情，而此事的起因，卻又緣起他對自己的相救。說到底，盡力地去幫助他，這是自己的責任，也是該償還他的命債。

腦中又浮現起那一日施粥的情況，漫天風雪中，北蠻混在饑民中直撲向粥棚，若非姬無殤替自己擋了那一箭，那面臨絕育的人就是自己了。

想到此，柳芙起身來，走到了陳妙生的面前，目光中有著一抹堅韌。「放心，既然你們分析太子可能還保留著朱果，我就一定能從他手裡取到此物，無論代價如何！」

「小人代主人給柳小姐磕頭了。」陳妙生心底湧起一股激動的情緒，瞬間就雙膝跪地。「砰砰砰」磕了三個響頭，讓柳芙完全措手不及。

「陳掌櫃，咱們都是一條船上的人了，你這樣，我也受不起，還是快些起來吧。」柳芙反應過來，這才將他扶了起來。

「只是，這件事乃是小的背著主人告訴柳小姐的，還請柳小姐暫時保密，只等事成之後再說，好嗎？」陳妙生又面露了懇求之色。「小人只告訴主人安排了影衛前往西域尋找朱果。太子那邊，僅僅是同時想辦法而已。」

重重的點了點頭，柳芙沒有反對，她明白，是男人都無法一時接受這個結果。若期望太高，失望也就越大。

見柳芙完全沒有異議，陳妙生這才鬆了口氣，從袖兜裡掏出了一疊銀票。「這是一萬兩白銀的兌票，小姐暫且收下。」

「怎麼？」柳芙不解，並未立即接過。

陳妙生卻直接塞到了柳芙的手裡。「小姐要打點元宵夜宴的衣著首飾，還得用錢和各路王侯公孫交際應酬，這點兒銀子，就當是小人盡的一分綿薄之力，希望小姐能無後顧之憂，一舉奪魁！」

「那好，我便暫時收下吧。」柳芙沒有再推辭，將銀票納入袖兜之中，看了陳妙生一眼。「他有你這樣的忠僕，不愁將來不能成事！」

陳妙生卻擺擺手。「小姐過獎了。小人幾乎是看著主人長大的，若說他尚年幼之時，小人還能籌謀劃策幫襯幾分。但隨著主人日漸長成了大人，他的心思之縝密、謀略之遠大，就已非小人能追趕上的了。唯有，盡一分綿薄之力罷了。」

「陳掌櫃，成大事者，除了本身具有的天賦謀略之外，更重要的，是要有人在背後支撐他、幫助他，而且還要毫無代價的付出。」柳芙看著陳妙生，眼底滑過一抹欣賞。「有了你這樣的人，他才能真正的成功。」

「借小姐吉言，希望吧。」陳妙生沒有再自謙下去，只勉強的笑了笑，但笑容之中無疑多了一絲自信。

第七十八章 真心無假意

臨近年關，皇家書院也開始了冬季的沐休，從臘月二十一直到正月十九，整整一個月的時間。

今日是沐休前的最後一天，柳芙想去一趟書院，順帶回扶柳院看一下茶園子的情況，於是和沈氏軟磨硬泡好說歹說，終於得償所願，在暖兒和另一個小丫鬟的陪同下出了文宅。

小丫鬟名喚真兒，是三年前文從征從書院帶回來給柳芙做貼身「伴讀」的。

柳芙十歲那年被文從征親自帶到了皇家書院，總在上課的時候看到一個瘦小的身影倚在門邊，大眼睛充滿羨慕地望著他們這些坐在教習堂內的學生。

看到真兒，柳芙彷彿看到了八歲之前的自己。

於是鬼使神差的，柳芙找到了文從征，說是要收一個「伴讀」。

因為這裡的學生多是皇親貴戚家的孩子，無論男女，身邊總是會跟著一個書僮或丫鬟，幫忙在上課的時候給他們伺候筆墨。一開始柳芙覺得可笑，畢竟讀書是自個兒的事兒，但若是連墨都不用自己磨，寫出來的字兒再漂亮，不過也透著一股子虛氣兒。

所以當她看到真兒的時候，只下意識的想要幫她，讓她也能夠進入教習堂，便主動向文從征提了這個要求。

文從征自然看得出柳芙的真實用意，卻也沒有點破，只第二天就讓文來將真兒帶回了文府。

柳芙打心底感激文從征，因為真兒若是真的要作為伴讀進入教習堂，必須得是文府的下人才行。但文從征讓文來每個月支付真兒二兩銀子的薪餉，只算是請她做事，並未讓她賣身，顯得極為尊重。

於是，上課的時候有真兒伺候筆墨，下課的時候有暖兒伺候茶水糕點，柳芙也慢慢和書院裡其他千金小姐越來越相似了，只不同的是，她對待真兒，是真的像妹妹一樣。

「小姐，今日是沐休前的最後一天，書院裡在舉行遊園會呢！」真兒有一雙會說話的大眼睛，水靈靈清透透。「既然咱們要去書院，不如也要上一圈兒，聽說彩頭可是裕王殿下親筆的字帖一幅呢！」

「真兒，要去妳去，別拉著我和小姐吹冷風。」暖兒這些年倒是越長越回去了，一張臉像吹了氣一樣，圓滾滾的像個小嬰兒。不過勝在肌膚白皙，所以站在北方女人中間看起來倒是圓潤可愛至極。只是臘八前幾日的落雪讓她染了風寒，身體還沒好透，所以整個人顯得沒什麼精神。

柳芙見暖兒還是懨懨的，只對她笑笑，問真兒：「年年都有著遊園會，來來去去還不就是猜燈謎啊、擲套圈兒啊、蒙眼打鼓啊那些花樣，妳怎麼今年偏得這麼想去？」

「聽說今年的遊園會裕王殿下會親自來呢，小姐，您就去湊湊熱鬧吧！」真兒說著幾乎跳了起來。

「妳怎麼知道裕王要去？」柳芙聽見姬無殤竟會出現在書院的遊園會，不知為何眼皮跳了一下。

「我的好姊妹負責廚房雜務，那天文大人讓我去取了小姐的東西回來，碰到她，她告訴我的呢。」真兒有些驕傲的拍拍胸口。「這可是個秘密，除了我別人都不知道的。」

「妳以為呢！」暖兒撇了撇嘴，她平日無聊就喜歡和真兒鬥嘴。「妳又不是不知道，書院裡的女學生們至少一大半都對裕王殿下懷著小心思。若是裕王殿下有什麼動向，她們肯定是最先知道的。虧得妳還是書院的『老人』呢，這都不知道！」

柳芙笑咪咪地伸手揪了一下暖兒圓圓的臉。「暖兒，妳病了這些時候，身子早就痊癒了吧。可妳這精神卻老好不起來，不如咱們也去遊園會湊湊熱鬧？」

「小姐，咱們回程不是要去扶柳院一趟嗎？」暖兒翻了翻白眼。「要是去了遊園會，恐怕就來不及了。」

「沒關係，反正今日要去書院，李先生應該在的。」柳芙淡然一笑，一句便帶過了，眼底卻有著提醒的意味。

暖兒這才回神過來，趕緊又岔開了話題，拉著真兒追問這個時候書院的廚房有沒有什麼好吃的。

柳芙仔細觀察著真兒，發現她只含笑應付暖兒，並未追問關於「扶柳院」和「李先生」的事情，便也暗暗地點了點頭。

在文從征接了她入府的時候，柳芙就在流月百匯堂向她言明了幾點。

第一，便是要求她跟在身邊除了做伴讀，其餘事情要做到「不聞不問」才行，否則便不能收留她。

真兒從小在書院長大，養父又是最會察言觀色的門房，她自然也不會笨到哪兒去。她知道這是一個交換，柳芙給了她讀書的機會，給了她一份工作，她只要明白這兩點就行了。至於其他，與己無關，不聞不問也並非難事。

所以這三年她倒是乖巧得很，對於柳芙和書院李先生之間的關係沒有多問一句。對於柳芙時不時要去一趟扶柳院，回來還滿腳的泥她也不多看一眼，謹守著作為「局外人」的身分。

這也是柳芙越來越喜歡真兒的原因。但為了真兒好，她不會把李墨和茶園的事情都告訴她，畢竟這些事情已非當初那樣的單純，特別是茶園後來因為需要經南方海運托帶茶葉的事情和錦鴻記有了牽扯，而錦鴻記又分明是影閣的「明棧」，那就和姬無殤也脫不了干係。

所以，真兒知道得越少，她就會越安全。

「小姐，書院到了。」

車停了，張老頭吆喝了一聲，熟練地跳下車將腳凳放好，先是接了自己的孫女兒下車，然後暖兒和真兒一起扶了柳芙下車，他便利索的又收好東西，直接將車駕到了皇家書院的後側門。

柳芙才一站妥，就聽得身後傳來極為柔媚的笑聲。轉頭一看，原來是公孫環正從一輛馬車上下來。

此車黑漆紅頂，車身上一個殷紅的「影」字十分顯眼，正是姬無殤的座駕！

看著公孫環雙頰緋紅，笑意未褪，嬌羞半含的樣子，柳芙蹙了蹙眉，本想轉身當作沒有看到他們，可想到陳妙生說起姬無殤的「毒」，腳步便不由自主地滯了半分，正好讓公孫環和姬無殤趕上。

「咦，柳小姐今日怎麼來了？聽說妳在臘八那日受了驚，我本想來府上看望，但文老先生說不用，就遲遲未能成行。」公孫環看到柳芙極為親熱，卻還是沒捨得放棄身邊的姬無殤。「正好妳來了，等會兒咱們一起結伴去遊園會吧，裕王殿下也會去呢。」

「見過裕王殿下。」公孫環都開了口，柳芙只好回身福了福禮，眼睛掃過姬無殤，見他神色如常，絲毫沒有中毒人該有的任何跡象，便心裡稍微踏實了些，知道至少不會要命，便轉而對著公孫環道：「公孫小姐今日怎麼沒有坐府裡的車？」

公孫環聽得柳芙這樣問，含羞帶怯地看了看一眼身邊的姬無殤，柔聲道：「我家的馬車半路輾到一個大石頭，壞了。幸而和裕王殿下巧遇，不然，可就來不了了。」

「這皇家書院非要建在這城郊九華山邊上，也難怪公孫小姐府上的車會輾到石頭。」柳芙聽了挑挑眉，不知怎麼的這句話就吐了出來。只要是書院的學生都聽得出來，她是在暗諷公孫環已經在書院讀書這麼些年，不可能府上的車伕不知道此路難行，不相信馬車會輾到石頭。

公孫環一聽，臉更紅了，似乎想要辯解，卻咬住唇半晌沒說出一句話來。

姬無殤見柳芙竟是少見地「咄咄逼人」，不禁覺得有些奇怪，上下一打量，見她一身玉蘭紫的薄棉夾襖，內襯一條月白色的幅裙，外罩一件同色鑲白狐毛邊兒的披風，整個人看起來就像雪地裡綻放的玉蘭花兒，晶瑩雅致，氣質清雋，配上一雙澄澈得過分的水眸和挑起的柳眉，讓人幾乎有些無法逼視，便隨口道：「這幾日雪落得厲害，路上積了雪，公孫小姐的車伕只是不小心罷了。柳小姐，並非人人都是常上山下山的。」

這一句話，姬無殤卻是意有所指。

第七十九章　針尖對麥芒

大周朝的皇家書院坐落在京城城郊，亦屬九華山範圍。

書院建在山中，春夏時被掩映在一片青綠之中，只聞朗朗讀書之聲而不見樓閣。過了秋季進入隆冬時節，其更是被漫山的落雪所覆蓋，遠遠望去，根本看不出這山中竟藏了一座修建於百年前的樓閣。

若說此書院與其他民間書院還有何不同之處，那便是高達三丈和皇城一般的圍牆了。高牆擋住了屬於京城的喧囂和屬於世俗的浮躁，只留得一片清靜。可此處，卻從未真正靜下來過，高牆隔絕了外間的一切，卻也將各種世情百態牢牢鎖在了裡面，氤氳煉化，讓其中的每一個人都被潛移默化地接受著改變。

因為此間所接收的學生身分嬌貴，所以從山腳開始，就有隸屬於御林軍的侍衛負責書院的守衛。雖不至於同皇宮那樣三步一哨五步一崗，卻也足夠嚴密，保證了書院範圍內不會有外人前來打擾。

「柳小姐，並非人人都是常上山下山的……」

柳芙看著姬無殤伸手輕輕帶了公孫環經過自己的面前，齊齊步入書院，腦子裡卻想著剛才他的那句話。

她當然聽明白了姬無殤話中之意，意指自己經常上下九華山出入龍興寺罷了。可他為何語氣帶著一絲淡淡的酸意呢？就像一個不滿自己妻子夜歸的丈夫……

柳芙蹙了蹙眉，將這種荒唐的感覺甩到腦後，神思聚到了姬無殤和廣真之間微妙的關係上來。

自從知道了廣真也是皇家之人後，柳芙自然不會天真的以為姬無殤和廣真之間的關係會一如表面那麼簡單。廣真若真是姬奉天的兒子，那他為何單獨與姬無殤交好，而非身在儲君之位的姬無淵呢？

她知道將來姬無殤登基之後，廣真是以國師的身分享受尊崇無上地位的。之前，柳芙一直認為那是因為廣真找到了女神之眼的溫泉，解了皇家公主們每年遠途跋涉之苦的緣故。可現在看來，那僅僅是流於表面的原因吧！

而且自己的最大秘密就藏在九華山那片長滿鳳眼蓮的山坳中，廣真雖然不知這底細，但是否曾經透露過呢？

「小姐，咱們也進去吧，這山裡冷風像刀子一樣，吹在臉上生疼。」暖兒裹緊了身上的厚棉衣裳，抬眼看了一下朱紅色的高牆，總覺得這牆好像望不到盡頭似地。

她側眼看著柳芙眼神怔怔地望向裕王和公孫環消失的方向，不由自主地轉了轉黑白分明的大眼睛。

「是啊小姐，裕王殿下都到了，遊園會說不定已經開始了。」真兒也湊著攙扶了柳芙。

「嗯。」回過神來，柳芙暗暗下定決心，既然茶園給自己掙的錢已經足夠了，那女神之眼的事情也不能再耽擱了，於是臉上換上如常的溫和笑意，與暖兒和真兒一齊進入了書院。

這麼冷的天，遊園會自然不會真的在花園子裡舉行。

書院裡有一個名叫「一覽閣」的地方，因修建在一塊凸出的山石平臺之上，可遠眺九華山雪景，故而得名。

這遊園會，正是在此處舉行。

皇家書院收的學生除了皇子公主和皇室宗親子弟之外，便是朝中三品以上大員的子女，學生的人數並不多，總共不超過五十人。因為人數少，男、女學生都一併聽講授課，只按照入學的年紀簡單地劃分了一下類別而已。從十歲入學開始，算是「甲」等。女子十五歲滿級到「戊」等，男子十八歲滿級到「辛」等。

柳芙已經是第四年的學生了，按照天干的排序，如今已是「丁」等了，所以來往遇見不少年紀比她小的師弟師妹們，對方都會停下腳步向她頷首行禮，叫一聲「師姊」。

因為今日乃是沐休前最後一天，又沒有授課，大家都來參加遊園會，所以書院並未讓學生們穿青綠的常服。少見的，女學生們都悉心打扮，爭奇鬥豔，只希望在這樣一個特別的時候能吸引住所有人的注意，特別是親自來到遊園會的裕王殿下的注意。而男學生們也個個著裝得體，透著一股子風流瀟灑的韻態，以期給師妹們留下深刻的印象。

柳芙走上一覽閣，見除了在學的同窗之外，書院以前的師兄和師姊們也回來了不少，臉上都帶著喜氣洋洋的笑容，互相攀談著，氣氛異常融洽。

「咦，不是聽說妳在施粥的時候受驚了嗎？怎麼今日又出現在這兒？看來傳聞有誤啊！」

說話間，一個神色嬌美、體態窈窕的女子款款而來，明眸如珠、點唇如櫻，那水紅色的綢衫更是將其襯得如春風沐雪，妖嬈明豔得不可方物。

「嫻妹妹，姊姊讓妳惦記費心了，真是該死！」柳芙頓時也揚起了無比柔和的笑容迎了過去。「本不想來，可就是怕你們擔心，所以來告訴大家一聲，我沒事兒，順帶嘛，也湊湊熱鬧不是？」

柳嫻上下打量著柳芙，見其笑顏如花、肌膚如玉，除了神色間稍有些疲憊之色外，並無大礙，不由得有些失望。「唉，我還想著和母親一起過府探望一下芙姊姊呢，看來是不用了。」

「這裡可真是熱鬧！」一身大紅色騎馬裝的敏慧「噔噔噔」地從樓梯而上，剛到門口就看到柳芙和柳嫻在「敘舊」，咧嘴露出一口玉牙，笑道：「看芙妹妹精神還不錯，等會兒可有興趣陪我一起去騎馬？」

「見過敏慧郡主。」柳芙先是依禮給敏慧福了福，這才笑道：「姊姊可是逗趣妹子吧，我今日是好不容易得了家母的允許才溜出來透口氣的。要是被她知道我穿成這樣去騎馬，豈不得說得我耳朵起繭子？還是免了吧。」

「連我父親都說令堂可是個溫柔賢淑的夫人呢，芙妹妹妳可別賴在她身上。」敏慧似乎心情極好，連柳嫻在一旁不理會她的失禮舉動也沒怎麼放在眼裡，只環顧了四周一圈，發現姬無殤果然在場，臉上笑容一揚。「我先過去和四哥哥打聲招呼。」

「看來，令堂的本事不小啊……」

眼看敏慧郡主把自己當成空氣一樣連招呼也不打，柳嫻背對著所有人，眼中充滿了挑釁和忿忿不平的目光。「連淮王殿下都在敏慧面前稱讚妳的母親，看來……」

「妳想表達什麼？」柳芙眼底閃過一抹寒光。

「沒什麼。這麼多年了，看來有人寶刀未老嘛，感嘆一下難道不行嗎？」柳嫻張狂地仰頭笑了笑，輕蔑之色溢於言表。

「真兒，妳去那邊取一盞熱茶過來。」柳芙強忍著沒有動氣，反而將真兒給支開了。

「也對，有些話，還是留給我們姊妹倆說比較好。畢竟，家醜不可外揚嘛。」柳嫻一雙和母親極為神似的鳳眼笑得無比燦爛。「只是，妳還不配做本小姐的姊妹，野種……」

「小姐，茶來了。」

真兒急急過去取了茶就回來了，因為她看得出來，柳嫻和自己的主人之間並不是表面那麼輕鬆愉快地交談著。

「多謝。」柳芙笑著接過茶盞，細長如彎月般的水眸中散發出一抹冷光。

「怎麼？想喝口茶消消氣？」柳嫻輕啐了一口，極為嫌惡的樣子。「別一副當了婊子還要立牌坊的貞節樣兒，妳們母女以為躲在文府就萬事大吉了？告訴妳，只是現在還不是時候罷了！等我當上……」說到這兒，柳嫻收住了話，眼波一轉。「算了，跟妳這種人說也沒什麼意思。等那一天到來，看妳們往哪兒躲！」

見柳芙只笑著盯住自己，也不像以往那樣反唇相稽，柳嫻冷哼了一聲。「怎麼？想在我臉上看出一朵兒花來不成？野種就是野種，上不得檯面，見不得光！我奉勸妳一句，好好乖乖地從書院休學了，有本事一輩子都別在我面前晃，說不定，本小姐心一軟就求母親放過了妳們，哼！」

最後一個字出口，柳嫻一副勝利者的姿態，正準備轉身拂袖而去，卻沒想對面一直婷婷端立的柳芙手一揚，那一盅還未冷下來帶著滾燙溫度的茶水就這樣直接潑到了自己的臉上。

「啊！」柳嫻尖叫著，一隻手捂住臉，一隻手指著柳芙，那臉上又氣又急、又慌又亂的表情，完全顛覆了先前囂張的樣子。

「嫻妹妹，妳怎麼這麼不小心，喝個茶都要打翻杯子！」柳芙卻收起了眼底隱隱的笑意，故作驚慌地上前，掏出絹帕在她身上胡亂一陣拍打。「看看看，臉都燙紅了，要是破了相怎麼辦！」

「破相！」柳嫻一雙眼睛瞪得像銅鈴一樣大，本想好好給柳芙一頓罵，可聽她這樣一說，嚇得臉色蒼白，拔腿就往門口跑去，顯然是想找鏡子來照照，確定自己的臉是不是還完好無損。

第八十章　墨香一如故

瀰漫脂粉香氣的溫暖室內不時傳出陣陣嬌言俏語，讓人能夠輕易地忘卻寒冷，只癡迷在這浮華而虛空的環境中。

大周皇朝的民風並不算開放，但在皇家書院，因為男女混讀，所謂的世俗之禮反而被摒棄於腳下，讓大家只看到了貴族後輩之間的融洽友好，以及種種政治聯姻的可能，反倒忽略了凌駕於利益之上的道德規則。

法不壓眾，罰不責貴。在皇室的默許之下，這皇家書院的遊園會少了幾許僵硬的寒暄，多了幾分屬於少男少女們的情愫流淌，這在柳芙看來，並不是壞事兒。至少在這裡，能發現許多平日裡無法察覺到的人性根本。

比如姬無殤身邊，圍繞著許多鶯鶯燕燕，她們的眼裡掩藏不住對他的欣賞和喜歡，可姬無殤卻一直保持著謙和有禮的微笑，既不顯得與這些女子過分親密，又不會讓她們覺得他有距離感，態度冷淡。這些女子裡，公孫環和敏慧郡主恰好是完全不同的兩種類型。

公孫環氣質娟秀，素有才名，她像一隻乖巧的小鳥般隨時跟在姬無殤的身邊，讓人一見便知她對裕王殿下已然心有所屬。

而對比溫婉可人的公孫環，敏慧郡主則有種強烈的霸道之美。一身大紅的騎馬裝，孤高驕橫的表情，雖然眼神只是偶爾停留在姬無殤的身上，但那種深刻的目光中顯露出來的熱情，卻是任誰也不會忽略的。

有時候柳芙都覺得好奇，為什麼身邊有那麼優秀的女子喜歡姬無殤，他卻能無動於衷，只一心想要江山王位，而幾乎毫不染指這些風月之事。而實際上大家都知道，娶妻，且娶一豪門之妻，不但不會拖他的後腿，反而能給他帶來不少的助力。

男人都是驕傲的，做了皇帝，除開坐擁江山，那便是能將天下的美人都收入後宮，喜好權力與美色，本來就是男人本性。但本該順理成章的事情，為何到了姬無殤的身上就變得晦澀艱難了呢？

或許是察覺到了柳芙投在自己身上的目光，姬無殤轉頭望去，想起先前的一幕，於是和周圍寒暄的人暫時別過，踱步而來，將別過眼正要走向人群的柳芙給攔了下來。

「妳怎麼了，為何如此沈不住氣？妳應該知道惹惱了柳嫻並不是一件好事。胡氏足夠聰明，所以未曾把妳的真實身分道破，但柳嫻只是一個十來歲的小姑娘，有時候，她不一定會和她母親一樣考慮周全。」姬無殤說這話的時候，已經提前一個眼神讓跟在柳芙身邊的真兒挪開在五步之外。

沒料到姬無殤會特意過來囑咐自己和柳嫻的事，柳芙看了一眼身邊並沒有其他人，真兒又知禮地站在五步以外，這才咬了咬唇。「她可以侮辱我，但不能侮辱我的母親。」

抬眼直直地看著姬無殤，柳芙悶哼了一聲。「裕王殿下，若是您擔心那個秘密將來無法掌握住我，我可以告訴您，我與您合作，為的，並不僅僅是讓您守口如瓶。」

「那是為了什麼？」姬無殤覺得自己越來越看不透眼前這個女子了，不僅僅是因為她年齡增長的關係，而是隨著這些年兩人的相交，卻始終有一層迷霧罩在她的身上，撥開，卻還是只見一片雲霧。

回眸朝姬無殤一望，柳芙並未告訴他答案，只留下了一個意味深長的笑容，更是越發讓姬無殤迷惑而不解起來。

好整以暇，柳芙同樣也不願再多想關於姬無殤的一切，見相熟的玉琅郡主也在那邊，便迎了上去。

「芙姊姊！妳沒事吧？」玉琅郡主不過年十三，正是水蔥兒似的春華，粉頰透水，靈動逼人，看到柳芙臉上頓時浮起無比親切的笑意，伸手就挽住了她。「娘親吩咐我這些日子不許出宮，所以沒能抽時間去看妳，妳不會怪我吧？」

「玉兔兒，聽說妳要嫁人了？」柳芙見周圍的人都看向了自己，知道大家均好奇她在施粥那天遇襲的事兒，並不想多提，只轉移了話題。

臉一紅，玉琅郡主竟露出了難得害羞的神情。「還沒有定婚期呢，只是皇姨父指了婚而已。」

「狀元郎該有十八了吧，興許，過一年郡主就得嫁了呢！」柳芙知道玉琅郡主被許給了今年殿試上一舉奪魁的狀元郎，也由衷替她高興。「聽說劉狀元封了翰林院侍讀，正好和我乾爺爺成了同僚。玉兔兒，妳可想讓我乾爺爺替妳打聽打聽未來夫君的人品？」

玉琅眼中有些期待，但礙於女兒家的臉皮薄，並不敢真的開口央求什麼。但其餘人也紛紛看向了柳芙，明顯都對這位新科狀元極為感興趣。

「郡主若是想知曉狀元郎的為人如何，在下倒是能告知一二。」

說話間，竟是李墨踱步而來。

五年過去了，李墨越發成熟內斂起來，言談舉止都充滿了儒雅的風度，絲毫看不出曾經浪跡於市井的半點痕跡。雖是一身半舊的青色翰林院常服，但極為乾淨整潔，更襯得其氣質清俊。

「李先生。」

「先生好！」

「見過李先生！」

學生們看到李墨，都態度恭敬地打著招呼，一、兩個女學生臉上還浮起了一絲紅暈，似乎看到他有些害羞。

柳芙見李墨來了，心中正想正事兒，只笑著對他點了點頭。「李先生，上次您找文爺爺借的書，他託我見了您轉交一下。」

「芙姊姊，書的事兒等會兒再說。」玉琅郡主從人群中走向了李墨，笑容依舊帶了幾分焦急。「李先生，您和劉子揚有過照面嗎？」

玉琅郡主素來受寵，在宮中又是堪比公主的重要人物。雖是仍舊害羞，但見李墨主動開口，哪裡還矜持得了，趕緊迎了上去。

微微含笑，李墨倒是直截了當。「子揚雖然是新科狀元，但為人極和善，且是一位飽學之士，翰林院上下都十分喜歡他。當然，李某本人也很高興能與其共事。」

李墨的話恰到好處，聽得玉琅郡主一顆懸著的心就此放了下來，嬌笑著道了聲謝便又回到了人群之中。

「李先生，書在我婢女那兒，若不嫌棄，還請一起去拿。」柳芙朝李墨使了個眼色，示意他單獨說話。

李墨聞音知雅意，當即就點頭跟了上去。

因為是在書院，柳芙礙於禮數，只能頂著寒風與李墨行走在花園中，後面遠遠跟著真兒，以顯得不那麼怪異。

畢竟按禮，李墨是書院先生，就是柳芙的師長，若獨處一室，被人撞見難免會有詬病，柳芙可不願意給任何人抓住自己的把柄，特別是李墨這個秘密武器，乃是她身邊最重要的依仗了。

「小姐，茶行出事了。」李墨見四下並無閒雜人等，低聲說出了一句話。

柳芙蹙了蹙眉，只兩個字。「細說。」

「錦鴻記的人在插手。」李墨語氣略顯得有些急。「小姐應該知道，這幾年來錦鴻記憑藉海外的珠寶生意已經是賺得盆滿缽滿。但好像錦鴻記的東家絲毫沒有滿足，準備將手伸向茶業生意。」

「他們掌握了南海邊幾乎八成的大船資源，會想到做茶葉生意也不意外。」柳芙甩了甩頭，嘆了口氣。「他們不滿足於只從海外將珠寶運回大周皇朝買賣，想將茶葉運到海外高價售賣，這樣一來，既解決了單方的空船，又能再賺上一筆，只要思維正常的人都會想要染指的。只是，為何這麼多年了，現在才想起……」

柳芙彷彿是在為李墨解答，又彷彿是在自言自語。「難道，錦鴻記的東家急需用錢？」

「小姐，您告訴過在下，說錦鴻記後面的人是這位！」李墨不敢說出姬無殤的名字，只伸出一隻手將大拇指扣住，在身前比了一個「四」。

點點頭，柳芙看著李墨。「你別擔心，我們有神農園在，京城的茶行都要賣一分面子的。而且太子那邊每年雷打不動兩萬兩銀子供著，暫時不需要去考慮錦鴻記那邊。」

「可是小姐，他們除了想要把茶葉賣到海外，也想做南茶北賣的生意。這就對神農園有了影響啊！」李墨見柳芙並未上心，忙道：「他們若是走水路，不到七天就能將茶從福建運到京城。小姐，若是別家茶行，負擔不起水路大船的費用。但錦鴻記本身就有行船來往於京城和南海邊上，對於他們來說，這簡直就是不值得一提的。到時候，咱們的白牡丹不再物以稀為貴，茶行生意肯定要受影響的！」

看著李墨一臉的憂心忡忡，柳芙反而笑了。「李墨，最近你花了很多心思在茶行，翰林院的工作還順利吧？」

沒想到柳芙會突然問及自己在翰林院的事兒，李墨一愣，隨即才答道：「翰林院裡高才如雲，需要學習的還很多。不過，最近有一事，在下倒想爭取爭取，就是不知小姐是何打算。」

「何事？」柳芙緩移蓮步，側眼看著李墨。

第八十一章　汝可願為友

冬日的園林中並無一絲翠色，只有蔓延在腳下石板路的青和那無邊無際混雜著明亮藍色的雪白。

被柳芙一雙水眸盯得有些不自在，李墨側開眼，低首道：「皇上下令翰林院重新編修《周史》，其中地質文理一篇無人接手牽頭，因為需要走遍皇朝國土，極為艱難辛苦。但在下……」

柳芙有些驚訝，停下了腳步，開口打斷李墨。「你想編書？還是地質文理篇？」

李墨見柳芙面色吃驚，眼神微暗，趕緊道：「在下與小姐還有五年之期，請不必擔心。而且編修國史並非任何人都能染指，在下雖然名義上是翰林院修撰，卻在書院講學，不過掛職而已。就算心有所願，也不得其要，小姐放心就是。」

「不！」柳芙雖然臉上仍舊帶著意外之色，眼底卻掠過一絲欣賞和鼓勵。「你去！別顧及所謂的十年之約了。過去的五年，你已經幫我做了不少的事情，茶園也打理得很好。編修《周史》可是名揚百年的大事，我不會就此掐斷你的前程。」

「小姐……」李墨似乎完全沒有料到柳芙會說出這樣的話，臉色瞬息萬變，極為精彩。「小人最多兩年就能完成任務，等回來，願為牛馬繼續奉小姐為主！若有二心，天誅地滅！」

柳芙已經挪步，耳邊聽得李墨誓言，唇角微翹，似乎對他的話早有預料，笑意盎然間已一切盡在掌握之中。

等回過神來，李墨見柳芙已經走開了不短的距離，忙快步跟了上去。「小姐，在下是認真的，您相信我。」

「君子重諾，我又豈能不信先生所言。」柳芙淺笑顧盼，卻把稱呼變了。

「小姐稱呼在下為『先生』，可見是不信我。」李墨是個聰明人，一下就聽出了柳芙言語上的變化。過去的這些年，柳芙每每與自己私下相見，都直呼名諱，也暗示了兩人之間的主僕從屬關係。可剛剛，她卻直呼先生二字，不由得讓自己心頭一緊。

柳芙卻仍舊笑意嫣然，輕聲道：「這五年來，先生可看出我的打算？」

李墨仔細地看著柳芙的側臉，光潔如玉，淡然若天邊飄過的一絲雲，心底不禁一顫，有種無助的痛感蔓延而來。深吸了口氣，摒除這種不該有的感覺，李墨才一字一句慎重地道：「小姐雖未言明，但在下看在眼裡，其實都明白。」

「怎麼說？」柳芙知道李墨在端詳自己，卻並不羞於躲閃，反而抬眼，她的目光澄澈，讓人毫無遐念。

「當年，小姐需要有人在皇家書院相助，在下便身在此了。」李墨收回目光，眼神飄向遠方，似乎是在回憶。「在皇家書院有個不成文的規矩，若是男子，一連八年都能考評為『天』，則八年後可直入六部為郎中一職。那可是正五品的官職！就算是世族子弟捐官，最高也不過是從五品。而女子……」

「女子呢？」柳芙當然知道，卻含笑反問著李墨。

「女子若一連五年都考評為『天』，則能拿到豁免選秀的錦繡玉牌，自行擇郎婚配，不受宮中限制！」

李墨一口氣說完，眼中不由得射出了幾許光彩來。「小姐那年下定決心時不過才八歲而已，這也是在下對您最為佩服的地方。許多女子終其一生或許都無法想清楚未來她要的是什麼。可您，卻在別人還是懵懂孩童的時候就開始籌劃將來，並步步為營，周全且周到地給自己定下了目標。」

「你可懂我？」柳芙水眸流轉，輕啟粉唇。

李墨深吸了口氣，這才重重地點了點頭。「小姐比這世上大多數人都活得明白。您知道對於一個女子來說，家世背景很重要，所以成為了文家的第三十六代乾孫。您知道名門閨秀最重才名，雖然您在宮中的元宵夜宴上隱藏鋒芒而不露，卻年年都在拈花會上奪魁。您還知道將來若是婚配，女子最能倚重的只有娘家陪嫁，所以您建茶園，開茶行，得萬金傍身。而您最了不起的，就是能周旋於太子和裕親王以及眾多公主、郡主之間，如龍入江海，遊刃有餘，無論將來會面臨何種變故，憑藉這些您多年積累的人脈，至少能保得您周全。」

抬眼，一抹笑意綻放在如玉般儒雅靜謐的容顏之上，柳芙聽得李墨細細道來，只覺得有種難言的感動。「五年前，我與你萍水相逢，我看中你的才學和人品，所以才以成為文爺爺的弟子來誘你認我為主。」

說著，柳芙頓了頓，抬眼看了看身邊比自己高出半個頭的李墨。「可五年過去了，你我已經相熟。對你，我只想說一句。」

「什麼？」李墨薄唇微啟，總覺得柳芙的眼神好像一條緩緩的溪流，纏繞間彷彿能滌蕩心靈，讓自己的情緒變得極為平靜。

「我需要的，不是一個忠心的僕人，我需要的，是一個可以依靠信賴的友人。」柳芙眨了眨眼，睫羽微閃，目光澄澈，極為真切，粉唇微啟道：「李墨，你可願與我為友？」

「我……」好像一抹明媚的陽光照在身上，李墨在柳芙的眼裡看到了溫暖，也感受到了無比的真誠，只覺得這一句話從她的口中傾吐而出，彷彿天邊仙樂，讓人聽在耳裡只覺迷醉，有種虛幻的不確定感。

柳芙看著李墨一臉的愕然和驚訝，還有眼中難以掩飾的激動，只覺得一個大男人這樣有些好笑，掩口捂唇。「先生不用現在就回答我，回去好好想想吧。還有，茶行和茶園的事情先生不用操心，我會另外物色人選接替你的。」

說完，見李墨還立在那兒用著複雜的神情看著自己，只甩甩頭，暗道自己似乎有些超越了禮教，不該把話說得那樣露骨而直白。像李墨那樣飽讀詩書的文人，恐怕得花些時間來消化吧。於是也不再理會他，只朝後面遠遠跟著的真兒使了個眼色，便從李墨身邊掠過，往一覽閣的方向踱步而去。

第八十二章　佳人入迷心

突然一陣寒風吹過，揚起了柳芙掩在披風之下的裙襬，柔柔而動，好似蓮花若綻。

守在後面的真兒看到柳芙抿唇含笑、步履輕鬆，往李墨矗立之處悄悄看了一眼，臉上又生出了狐疑之色。但謹守著「不多言、不多問」的原則，她只安靜地緊緊跟在其後，往一覽閣而去。

而李墨的眼神隨著那移步而去的窈窕身影，變得虛幻起來，臉上的神色卻不免暗含了幾分沈重和決心。

當初，自己為了前途願意委身一個八歲女童為僕，內心裡，其實還是存了一絲對自身的鄙夷。只想著熬過十年，將來把這段記憶塵封便好，就當這十年自己身不由己，十年之後，便是解脫之日。

可不過五年過去，柳芙卻要解除當初的約定，與自己相交為友……

友，是一輩子的。如同茶杯與茶壺，形影不離，缺一不可。自己雖然欣賞這個女子，可與其相交一生，許下諾言，對方卻又不是自己的妻，這實在太過離經叛道，不合於世情倫理。

可她的那一句話——「李墨，你可願與我為友？」卻好像是迷音魔咒般，不停地迴蕩在自己的腦海之中，久久無法消散，反而越發牢固，像刀刻一樣清晰地鐫在了神魂之間。

自己該怎麼選擇，怎麼回覆她的「邀請」呢？

不由自主的，李墨臉上揚起了一抹無奈的笑意，只看著消失在不遠處的那一抹背影，低聲自語道：「無關風月，只求知己。李墨啊……看來，你已經不是賣身十年為奴，而是會一輩子陷在那方無言的陷阱中難以自拔啊……」

回到遊園會，柳芙發現最熱鬧的猜燈謎已經開始了，男女學生們都圍在了姬無殤前方的掛燈臺之處，只盼著能拔得頭籌，獲得裕王殿下青睞和獎賞。

遠遠看著姬無殤，柳芙想起了陳妙生所言，細細望去，只覺得看不出他身上有絲毫寒毒的症狀。之前與其交談，也並未流露出任何的不妥之處，不由得暗暗有些佩服姬無殤沈得住氣。

絕嗣之毒，就算毫無痛楚，內心的煎熬也絕對不會少半分。可偏偏姬無殤竟像個沒事兒人一樣，還有閒心來書院湊這個熱鬧，柳芙只覺得有些難以理解。

想起自己在一旁還有些替他擔心，但為了自己將來的依仗，不得不討好太子以取得那火龍朱果，柳芙只覺得很是無辜，也無趣。

止住了腳步，柳芙知道趁這個時候離開最不會引人注目，便側身囑咐真兒去找暖兒，只說累了，得先行離開，讓她們先去套車，她一會兒自己過來。

真兒依言先行退下，只留得柳芙一人在一覽閣。

「裕王殿下，這最後一個燈謎若是小女子猜出來，這彩頭可不能僅是一方端硯了事！」

說話的正是公孫環，只見她俏臉微紅，言語卻相當有信心，還暗含了幾分挑釁，聽在柳芙的耳裡，只覺得甚妙。

公孫環素有才名，容貌娟秀，性情溫柔，關鍵時候還能這樣直白地挑動心意所屬的男子，就算是身為女子的柳芙，都覺得有幾分意動了，更何況身為男子的姬無殤呢？

可柳芙看姬無殤的表情卻只是淡淡的，雖然臉上笑意正濃，但卻明顯看得出幾分敷衍。

「公孫小姐要什麼彩頭，本王能做到的，答應便是！」

公孫環一看姬無殤竟點頭了，雙頰不由得浮起一抹紅暈，只咬了咬唇，含羞道：「若小女子猜出此燈謎，裕親王生辰那天可否只與小女子共度？」

此言甫一從公孫環口中說出，現場頓時炸開了鍋。柳芙聽了，也不由得睜大了眼，露出一抹驚訝之色。

她認識公孫環已有五年，第一次見面就是當初在淮王府上的拈花會。只覺得此女是典型的書香門第之後，直到後來與其在皇家書院同窗幾年，感覺上公孫環也是一如既往像畫中人兒一般，似乎一輩子都不會行差踏錯一步，直到……她成為了姬無殤的簇擁之一。

京中貴族少女對姬無殤有意者眾，其中數公孫環最為顯眼。

可像如今這樣，毫不掩飾地主動邀請姬無殤與其共度生辰之日，簡直是大大超出了柳芙和現場所有人的預料。

而當事者姬無殤，卻仍舊保持著如常的微笑，似乎對周圍人的驚異和公孫環如此突破禮數的言行毫不在意，只略點了點頭。「如妳所願。」

狂喜之色掩不住地流淌在公孫環的俏臉之上，她伸出手，有些顫抖地取下掛在紅繩上的燈謎箋，上前一步。「裕親王，最後這盞燈王的謎面為『一鈎新月掛西樓』，謎題是打一個字。小女子仔細思考過，覺得謎底應為此字。」說著，她來到字檯邊，取了筆墨在燈箋上落書了一個「楣」字。

姬無殤略蹙了蹙眉，似乎沒有料到她會給出這個答案，低首看了一眼掌上的謎底小冊，問道：「何解？」

公孫環表情篤定，一副極有信心的樣子，用著略帶激動的嗓音朗聲道：「因新月如『眉』，『西樓』以字體結構之方位扣『木』，『木』在『樓』西，豈不正是一個『楣』字！」

隨著公孫環寫出答案並解釋，大多數人都點了點頭，另有少許用手指在手心比劃著，似乎也在思考。

環顧眾人，再看著略微昂頭信心滿滿的公孫環，姬無殤突然露出了一抹難得的釋然，唇角勾起，打破了遊園會中難得的安靜。「雖然本王很想與佳人共度生辰，奈何公孫小姐的答案並非正解，真是可惜了。」

「並非正解？」公孫環有些不信，睜大了眼。「還請裕王殿下明示。」

姬無殤笑著將謎底冊翻到「一鈎新月掛西樓」這一頁，高舉面向下首眾人。「大家自己看便是。」

果然，謎底上所書一字，乃是「禾」，而非「楣」！

「為什麼是『禾』？」

公孫環生於詩禮之家，才名並非外人吹捧，乃是有實學之人。見答案與自己所書不服，自然提出了質疑。「小女不服！」

「南唐有詩云——無言獨上西樓，月如鈎。寂寞梧桐深院鎖清秋。製謎者擬詩為面，亦是由詞之意境中運化而來。」

說話間，竟是柳芙蓮步輕移，緩緩上前。「公孫小姐，可否讓芙兒為您解惑？」

比起公孫環，柳芙才女之名幾乎更甚，大家自然讓開了一條道，讓她來到公孫環的旁邊。

看到柳芙，公孫環的臉色稍微有些異樣，只咬著唇點點頭。「還請柳小姐明示。」

柳芙有意無意地掃過上首的姬無殤，卻轉身面對這下首同窗，徐徐道：「一鈎新月，以形狀之相似點而扣一撇。」

說著，柳芙伸出青蔥似的纖指，隔空書了一個「丿」後便又繼續道：「因新月如『眉』，所以此字必含此筆劃。『西樓』，以字體結構之方位扣『木』，為『木』在『樓』西，乃是指形。面文之『掛』，關聯生動，使『丿』之起落，所以此謎底為一『禾』字，乃是意與景會。」

一字一句，隨著柳芙言語和手上比劃動作的解釋，眾人都釋然般地齊齊點了點頭，更襯得一旁公孫環很是尷尬。

柳芙卻並不相讓，只含笑轉而面向姬無殤。「著此一字，得題外傳神之妙。此謎風格淡雅，韻致動人，比擬貼切，形象生新，融詩情畫意謎趣於一爐，堪稱佳作。不知，民女所解是否合理呢？」

啪啪啪！姬無殤雙掌相擊，只以行動代替了回答，引得眾人也跟著紛紛擊掌為柳芙喝彩起來。

對於柳芙這一舉動，公孫環只覺得又羞又憤，卻偏生拿不出任何的反駁之話，只得悶悶地說了一句。「看過答案之後再循序反推，自然容易些。」

「公孫小姐說得是，我不過是占了便宜。」柳芙對於公孫環的挑釁之語並未放在心上，只自嘲地笑了笑。「所以大家也別再給我鼓掌了，真是讓人臉紅呢。」

說著，柳芙伸手捂住雙頰，那嬌羞怯笑的模樣，頓時讓氣氛又回復到了公孫環「發難」之前的輕鬆融洽，引得大家紛紛大笑起來。

「看來，生辰之日，本王得邀請柳小姐共度才是啊。」姬無殤從座位上站起身，踱步來到了柳芙的身邊。「就是不知，柳小姐可願賞臉一聚？」

柳芙卻語氣輕鬆地推託而過。「剛才公孫小姐已經說了，民女乃是討巧罷了，算不得猜出了燈謎。所以，這彩頭可不敢要，還請裕親王另覓佳人才好。」

聽見柳芙這樣一說，公孫環和一旁一直都閉口不言卻神色緊張的敏慧郡主都鬆了口氣。而姬無殤則眼神中閃過一抹複雜，似乎對於柳芙的拒絕有些介意。

第八十三章　精打不細算

臨近年節，加上天氣寒冷，即便是緊鄰京城的天泉鎮也是家家戶戶大門緊閉。不過因為京城百姓大多富庶，所以好些類似絲綢鋪子、珠寶店還有些繡莊還開著，生意倒也和這天氣成了對比，很是興旺。

「咵噠咵噠」的車轂轆聲迴蕩在街巷之中。花了約莫半個時辰的時間，柳芙才從皇家書院來到了神農園所在的扶柳院。

馮嬤前來開門，見是柳芙，臉上揚起了濃濃的笑意，伸手扶了她進屋。「小姐，您可好長時間沒來了，劉老頭還說今年冬歇的時候找您商量個事兒呢。」說著，又看了看沒精打采的暖兒和一旁小心翼翼的真兒，笑道：「小姐，老婦人一直念叨著讓您多添一個丫頭在身邊伺候，這一個可是新進的？」

「這是真兒，並非我的丫鬟，乃是文爺爺從書院中挑選出來為我陪讀的女侍。」柳芙示意真兒上前，為馮嬤簡單的介紹了兩句，又朝真兒道：「這是扶柳院的管事嬤嬤，以後見了要喚一聲『馮嬤嬤』。」

「馮嬤嬤。」真兒乖巧地立馬朝著馮嬤福了福禮。對於柳芙並未把自己當成下人來介紹，好像已經習慣了，臉上並未露出過多的表情，只一如既往地保持著淡淡笑容。

「原來是真兒姑娘。」馮嬤上下打量著，只覺得這個姑娘長得極乾淨，眉眼間透出一股子靈氣，越發的喜歡了起來。「今年多少歲了？」

「十三了。」真兒答道。

馮嬤點點頭。「好個討巧的模樣，讓人看著就喜歡。」

暖兒見馮嬤開始犯嘮叨病了，癟癟嘴。「這外頭天寒地凍的，有什麼家常話咱們進屋去說行嗎？小姐可是經不得風吹呢！」

「怕是妳吹不得風吧，這病可沒見把妳折騰瘦，卻養胖了不少，真是！」馮嬤和暖兒極熟，也不介意她的撒嬌，笑著將柳芙先迎了進屋。

真兒聽得馮嬤這樣說暖兒，忍不住掩口笑了起來。

「真兒，妳別笑話我。」暖兒抬了抬下巴，跟在柳芙和馮嬤身後進屋。「妳這副身子太瘦，也要養結實點兒才行。」

柳芙回頭瞪了暖兒一眼，卻是含著笑的，這才轉身和馮嬤踱步進屋，環顧四周，只覺得此處比起文府來的確要簡陋些。但有馮嬤的悉心打理，卻處處透著溫暖的人情味兒。加上此處乃是自己置辦的第一個家，不由得身心放鬆起來，隨口問道：「馮嬤嬤，先前妳說劉爺爺提及的，可有言明是何事？」

奉上茶，馮嬤那張老臉笑得像一朵綻放的秋菊。「他說這京城天冷，一到冬天便要落雪。雖說對茶園不好，但這茶樹上盛的雪卻是極好的泡茶之水。」

「哦？」柳芙喝著自家出產的白牡丹，舒服地眯了眯眼。「我只聽說梅花瓣兒上的雪可以收到甕中來年泡茶用，卻沒想，茶樹上的雪也能用嗎？」

「這就得讓他自個兒來給小姐細說了，老婦人也不懂這些個。」馮嬤說起劉老頭，原本蠟黃的老臉會不經意放出一抹光彩來，看起來就像是枯木逢春猶再發似的。

柳芙當然不會錯過馮嬤的異樣，抿唇甜笑道：「劉爺爺在我面前總是不大愛說話，還是馮嬤去細細問了再告訴我吧。」

馮嬤卻有些忸怩，替劉老頭解釋道：「他以前在福建也是大茶園裡出來的，自然謹守外男不與內院女眷相通的禮數。就他那樣的老古板，對小姐做茶園開茶行多有言語呢，根本不知道小姐是不在乎那些俗禮的。他有了想法也就在我面前嘮叨兩句罷了。」

柳芙聽得馮嬤如此說，卻有些感慨。「我和母親雖然依附著文家，但畢竟是乾親而非血脈。母親為人性情敦厚純良，自不會顧及這些世俗，若是我不操心，還有誰能幫我們母女？」

「說起來，還是家裡頭沒有個支撐啊！」馮嬤見柳芙臉色黯然，嘖嘖道：「所以老婆子想多嘴問一句小姐，您如今翻年就十四了，難道夫人和文老爺都沒有打算給您尋一門親事嗎？若是訂了親，有了夫家，小姐就不用親自受這些累了。」

「馮嬤嬤，我和母親相依為命，其他的且不說，有一個道理卻是再明白不過的。」柳芙放下茶盞，抬眼看著馮嬤，眼神中全然不見了之前的晦暗，只有一股堅毅的目光透出來。「這世上，男人並非是最可靠的。靠什麼，都不如靠自己。」

此言一出，馮嬤的臉色一僵，似乎並未當即就會過意來柳芙是什麼意思。暖兒則對柳芙的性子早就熟悉，聽了柳芙的話也並無意外之色。

倒是真兒，側眼瞧著柳芙，見她說話間絲毫沒有一點兒情緒波動，只緩緩啟唇好像說著什麼平常的事兒一樣。同為女子，不由得打心眼兒裡升起了敬佩之意。

細想來，跟在柳芙身邊足有三年的時間了，但真兒覺得自己對這個主子的瞭解卻總是永遠不夠似的。

在府中的時候，柳芙每天做女紅、練字、看書，偶爾出門走動，並不時常帶著自己。這也是她第一次陪同來到扶柳院。

雖然只聽得馮嬤幾句話，但真兒已然知道了此處並非一個簡單的行院，而是藏了一座茶園子，以及柳芙經營一家茶行的事兒。

這些雖不是什麼驚天的秘密，但對於一個大家閨秀來說，卻也足夠讓人驚訝了。不過身為陪讀的女侍，她早已習慣了將侍奉的柳芙和其他千金小姐區別開來另眼看待。在皇家書院讀書，柳芙年年考評俱是「天地人」中的「天」等。這還不說，書院偶有詩會或者文會，她都屢屢奪魁摘桂，才華不輸男兒，一直以來都讓真兒是打心底佩服。

加上今日知曉她竟會經營這一個茶園，還開了茶行，對於真兒來說，既覺得柳芙對她信任而心存感激，也越發地敬佩起這個主人來了。

而剛剛柳芙不經意間的那一席話……

真兒細細分辨柳芙的神色，只覺得她平靜恬然的表相之下，彷彿有著比男子還要堅毅的心。相信即便面臨再大的艱難處境，她都會遊刃有餘，從容不迫吧！

「真兒，妳陪我去弄些糕點吧。」

暖兒突然開口，喚回了神思飄遠的真兒。「小姐的胃氣不好，只喝茶不吃東西可不行。」

「也好，順帶催催劉爺爺，讓他快些過來給小姐回話。」馮嬤知道是暖兒饞自己這裡的茶糕，笑咪咪地點點頭，囑咐了一句，目送她們攜手離開。

「馮嬤，李墨要遠行一段時間，您可有好人選推薦過來幫忙打理茶園的外務？」柳芙見沒了其他人，便提及了茶園的事情來。

馮嬤卻臉色變得嚴肅起來。「小姐，您不是說這扶柳院的事情要保密？怎麼帶了真兒過來？她又不是您的丫鬟，只是侍讀的女童而已。難道小姐不怕走漏了風聲？」

就知道馮嬤會有此一問，柳芙只如常地笑道：「真兒跟在我身邊三年了，為人謹慎，口風也夠緊。最要緊的是，她有一顆玲瓏心。所以，我想以誠待她，以換取她對我的忠心。」

「小姐身邊是該有個心思通透的，暖兒那丫頭有些缺心眼兒。」馮嬤嘆了口氣。「只是，小姐若沒有握住那丫頭的軟肋，就怕……」

「沒關係，我會仔細觀察她。」柳芙似乎不願多提真兒，又回到了先前的話題。「馮嬤妳可有子侄推薦，幫忙打理茶園的外務？」

「倒是真有一個。」見柳芙都不操心，馮嬤也歇了勸說的心思，只道：「小姐可對劉老頭的小徒弟有印象？」

搖搖頭，柳芙想了想。「只知道劉爺爺的徒弟一直在幫他打理茶園，不過他應該只熟悉地裡的事兒，若是外務，得處事周到、心思機敏的才行。他？可以嗎？」

「這孩子今年已經十八了，倒是沒有李先生那樣的大才，但為人本分、誠實，老婦人倒覺得是個可用之才。」馮嬤說著，湊到了柳芙的身邊，細細道：「當年茶園初建，茶行初開，的確要有李先生那樣的人來打理才行。算算這也有四、五年了，茶園和茶行都逐漸步入正軌，說實話，守天下不比打天下。小姐作為東家，此時此刻最需要看重的並非是才能，而是能否託付的信任感。」

頓了頓，見柳芙看著自己，馮嬤繼續又道：「他熟悉茶園，對扶柳院也有感情。加上為人絕對信得過，老婦這才敢推薦給小姐。身邊又有個再老實不過的師傅看著，定不會出什麼問題。至於決定如何，小姐不如見過了他再說。」

柳芙聽著，點了點頭，覺得馮嬤說的有幾分道理，便道：「那就煩勞馮嬤走一趟，帶他來見我一見，便知是否可用。」

「沒問題。」馮嬤趕緊福了福禮，只留了柳芙一個人在屋中喝茶，趕忙去了後院的茶園。

此時獨自待著，柳芙腦中倒是又想起了李墨的警告，說著茶行生意會受影響，不由得另一個打算湧上心來，只等待會兒看過這小徒弟是否可用再下定論。

第八十四章　慧眼識能人

那海棠芙蓉的青花碟上盛的是八寶糯米糕，另一個富貴牡丹的甜白瓷碟上盛的是紅棗蜜餞餅，俱是熱氣騰騰，香味四溢，只用看的就已經讓人食指大動了。

暖兒帶著真兒將從廚房弄來的糕點擺好，嘴上還不停的念叨著。「小姐，大夫說您的胃氣弱，可偏生您卻喜歡吃茶。還是就著些糕點吧，別吃壞了身子。要是夫人知道您出來又只顧著喝茶，定要狠狠地罵奴婢呢！」

有人如此細緻入微的關心自己，柳芙心裡頭暖暖的，伸手取了一個八寶糯米糕，輕咬了一口，這才笑道：「都說氣血弱的人不宜吃綠茶，可我就喜歡這樣齒頰留香的清苦滋味。」

「小姐，喝茶還有這講究嗎？」開口的是真兒，一雙清澈的大眼睛流露出了疑惑。

「茶這東西，講究最是多了。回頭我把那本《茶經》給妳看看，妳便清楚了。」柳芙心裡掛著事兒，只說了這句，又問：「怎麼劉爺爺沒和妳們一起過來？」

「老奴見過小姐！讓小姐久等了。」

正說著，頭戴氈帽身穿夾襖的劉老頭已經進了屋，當即便給柳芙行了一個大禮。只見他臉上雖然布滿了皺紋，卻精神十足，極為硬朗的樣子。

「劉爺爺，您總是這樣，我說過，我是您的雇主而已，您不用以奴僕自居的。」柳芙甩了甩頭，似是有些無奈。

劉老頭卻臉色嚴肅，保持著下跪的姿勢。「老奴漂泊在京，是小姐給了老奴一個可以種茶為家的地方，老奴心裡視小姐為主，這是鐵打的事實。小姐人好，不收老奴的身契，但老奴卻不是個忘恩負義的人。還請小姐不要再提這檔子的事兒了，提了老奴也不會改變態度的。」

柳芙知道老人家脾氣執拗，便也不多說什麼了，轉而道：「罷了，今日且有要緊之事，您的小徒弟呢？」

「小人陳瀾，見過小姐。」

同樣也是湊巧了，柳芙一問，馮嬤就回來了，身邊還跟著一個年輕人。他聽見柳芙在問自己，當即就開口見了禮。

柳芙看著眼前的年輕男子，不覺有些意外。身姿英挺，容貌端正，雖是一身半舊的粗布棉衣，卻掩不住其英氣勃發的氣質，這名喚陳瀾的小徒弟，竟完全不是自己印象中的那個樣子。

柳芙記得，五年前劉老頭帶了一個男孩在身邊。當時並未看清楚眼前磕頭的男孩是何模樣。之後偶爾去巡視茶園，也只見一個衣著簡樸的身影在茶園埋頭勞動。因為茶園規模並不大，又主要是種的「白牡丹」，所以基本上包括採茶、殺青等事務都是由劉老頭和他的小徒弟陳瀾包辦的。

陰差陽錯之下，柳芙身為茶園之主，卻沒有和陳瀾交談過一句。加上劉老頭謹守著規矩，連他自己都不常和柳芙相見，就更別提他的徒弟了。

所以當馮嬤提到劉老頭這個小徒弟時，她下意識地腦中就浮現出了一個老實憨厚的莊稼男孩兒模樣，哪裡會料到男子也能「十八變」呢！

當然，除了柳芙之外，暖兒和真兒也在一旁好奇地打量著陳瀾，對他十分感興趣的樣子。

柳芙雖然對陳瀾第一眼的印象不錯，但不會真的只聽劉老頭和馮嬤所言就對這個半陌生的人委以重任，只開口道：「陳大哥，請你上前來，我有些話想要問你。」

「小姐喚小人陳瀾就好。」聽見自己被召喚，陳瀾神色拘謹，有些猶豫地看了一眼師傅。直到劉老頭對他點點頭，這才跨步來到柳芙的跟前，抱拳屈身道：「小姐請隨便問，小人知無不言、言無不盡。」

說話間，陳瀾目光掠過柳芙，只覺這冬雪覆蓋之下彷彿一縷輕柔的春意拂面而來，心底一暖，卻又禁不住紅了臉，趕緊收回目光，只盯著腳下的泥紅色毯子，不敢再多看。

柳芙點頭。「你是何時跟著劉爺爺的？」

陳瀾語氣沈著。「小人八歲那年被師傅收留，距今已有十年了。」

柳芙又問：「你之前是個孤兒，可對家人有任何印象？」

陳瀾蹙了蹙眉，搖頭道：「小人七歲那年父母在瘟疫中過世，雖然小人僥倖存活，但家中已無其他親人。」

柳芙聽了他的話，不覺柳眉輕蹙，有些同情，但該問的還是要問。「你可喜歡在茶園做事？所有種茶、採茶還有殺青、製茶之事都由你和劉爺爺完成，可覺得辛苦？」

點頭，陳瀾的話中帶著幾分誠懇。「小人感激師傅，不僅僅是因為他給了小人生存下去的機會，還給了小人一個生活的寄託。小人是個粗人，卻能照顧最細緻不過的東西，小人只覺得榮幸之至，一點兒也不覺得苦。」

這陳瀾說話間表情懇切，措辭樸實，柳芙聽來不禁對其又多了幾分信任。「很好，你在茶園好好幹，我將來也不會虧待你的。」

柳芙滿意地點頭笑了起來，放下茶盞，轉而向劉老頭道：「李先生要編書，最遲明年春天動身。加上京中有其他大的商號意欲染指南茶北賣的生意，所以茶行生意恐怕不好繼續了。但因為咱們自己有茶園，先前馮嬤又告訴我劉爺爺有個收集茶樹上落雪之水的主意，我便決定要關了茶行改為開茶樓。」

屋中的人都是第一次聽到柳芙有此打算，不由得都露出了極為感興趣的神色，特別是劉老頭，聽到這兒，忍不住上前一步。「小姐明鑑，小人早有此主意想要和小姐商量，可是……」

「可是你怕逾越了規矩！」馮嬤聽得劉老頭這樣說，有些生氣。「你吃小姐的、住小姐的，還每年拿五十兩銀子的薪俸，為什麼不對小姐真誠些呢？你若是早點兒提出這茶樹上落雪可以泡茶的主意，恐怕早兩年小姐就會開茶樓了，還用得上等到現在被人逼得關了茶行？」

「我……」劉老頭被馮嬤一頓數落，臉色脹紅像豬肝似的，不知該怎麼解釋，著急得不行。

「沒關係的，馮嬤嬤。」

柳芙倒是對於馮嬤這樣說心裡有幾分感激，畢竟她一字一句正好說出了自己心裡的想法，但此時並不是追究這些的時候，便道：「劉爺爺，您應該知道，比起茶行，茶樓的利潤更高，這還是對那些沒有茶園的生意人來說。若是咱們用自己茶園的極品茶，成本就能節約不少。另外，咱們還能收集茶園的落雪來泡茶，無論茶的品質還是獨特性都能另闢蹊徑，與其他的茶樓區別開來。」

說到這兒，柳芙眉梢微挑，那平日裡嫻靜柔和的神色變得微微有些鋒利起來。

第八十五章　心意由來久

平日裡身邊的人都習慣了笑意嫣然，神色嫻靜如水仙花兒一般的柳芙，哪裡曾見過她如此認真且鋒利如刃的表情，不由得都愣住了。

見大家都看著自己不說話，柳芙意識到自己或許不經意間流露出了過於鋒利的神色，於是眉眼舒展開來，柔柔一笑。「您在茶葉行當已經浸淫了幾十年，經驗上比我豐富。在您看來，這個生意，可是做得？」

柳芙發問，劉老頭趕緊點點頭。「小姐的話句句有理。開茶樓，茶葉的供給十分要緊。咱們有自家的茶園，上等的白牡丹和一些南方茶葉都能保證茶樓所需。另外，因為茶園地處北方，每年冬天有白雪覆蓋。若是將雪採來封入甕中，來年取其為泡茶之水，配合同一棵樹出產的茶葉，那滋味，絕非凡品啊！別家茶樓，就是想競爭也沒有辦法。」

「這麼說，此計可行咯？」柳芙見劉老頭說得眉飛色舞，心裡也更加有底了。「趁著茶園冬歇，劉爺爺去京城的茶樓多走動走動，看需要些什麼，仔細琢磨好。至於挑選茶樓的位置、租賃鋪面的事兒，我會讓李先生多費心的。」

柳芙點點頭，這才朗聲道：「爭取明年的三月，咱們的茶樓就開張大吉！」

聽得柳芙這樣一說，就連神色懶懶的暖兒和一向文靜的真兒都有些興奮起來。暖兒更是拍了拍手，嚷道：「開張大吉！多多賺錢！」

口。

「怎麼如此熱鬧！」

一道沈穩的男聲突然響起，打斷了暖兒，也讓眾人的眼神都落到了被緩緩推開的屋門半舊的青布棉衫，高束的黑髮，儒雅俊朗的李墨含笑地看著柳芙，不等其他人反應，已經邁步進屋。「見過小姐。在下就知道小姐會過來扶柳院，所以直接找來了。」

沒料到兩人分開才不過一、兩個時辰就又相見了，柳芙雖然有些意外，卻已然對李墨前來找尋自己有了底，只點頭笑笑。「李先生不用多禮。」

隨即，柳芙轉而向馮嬤使了個眼色，吩咐道：「今日人齊，又臨近年節，還請馮嬤嬤準備一頓晚膳，咱們聚聚。」說著又看向真兒。「恐馮嬤嬤一個人準備這麼多的吃食忙不過來，真兒，妳去幫著打打下手吧，有暖兒在此守著就行了。」

「是！」真兒乖巧地行了禮，這便跟到了馮嬤身邊。

「那老奴等也退下了。」劉老頭也趕緊拉了陳瀾，行禮後一併隨著馮嬤都出了屋子。

柳芙見其餘人都退下了，給暖兒使了個眼色。「暖兒，給李先生奉茶。」

身為柳芙的貼身婢女，暖兒自然清楚李墨和自己主子之間的真實關係。不過之前在書院的花園子，暖兒並未跟去，所以對柳芙和李墨之間已經解除了主僕約定的事情並不知曉。此時聽得柳芙並未直呼李墨之名，反而尊稱其為「李先生」，神色間不免有些茫然。「小姐，這……」

「暖兒，奉茶之後去門邊守著吧，我有話要和李先生單獨說。」柳芙並不急著解釋什麼，只對著暖兒點了點頭。

「可是！」暖兒卻有些猶豫，看了看李墨，咬咬牙。「小姐，您和李先生？怎麼……」

「妳先退下吧，之後我會解釋的。」柳芙擺擺手，示意暖兒不用多問。

「喔。」雖然有些不願意，但暖兒也不能違背柳芙的吩咐，只得警惕地又看了看李墨，拿起厚厚的棉斗篷裹在身上，這才乖乖退到了屋門外。不過她並未閉門，只留了個縫兒，彷彿隨時準備進去「護主」似的。

李墨看著柳芙一臉如常的表情，不覺得苦笑了起來。「看來小姐早就知道在下會跟來扶柳院吧。」

「先生是性情中人，想來不會在乎那些凡俗之禮吧。」柳芙吹了吹浮在水面的茶葉渣子，也不抬眼，只輕啜了一口，語氣柔和，似蘭花吐綻般。

目光停駐在柳芙的側顏之上，李墨不覺再次地嘆了口氣。「在下若能被小姐引為知己，只能說三生有幸，哪裡會有絲毫拒絕的心思呢。只是還請小姐千萬不要誤會。」

「相交多年，先生的為人我還算清楚，何來誤會之有？」柳芙示意李墨坐下，可對方卻挺直了身子，一動不動。

柳芙只得起身來，踱步走到李墨的面前。「先生能這麼快就下決定，我並未真的料到。」

「小姐從來料事如神，怎麼這次卻不那麼確定了嗎？」甩甩頭，李墨的言辭裡有著一絲複雜的意味。

「因為世俗。」柳芙語氣真誠，沒有一絲一毫的做作。「你為男，我為女。你為師，我為生。你年長，我年輕……我只怕，先生以為我只是想繼續利用你幫我做事兒，而拒絕我。」

柳芙略微頷首，語氣柔緩，神色微黯，看在李墨眼裡只覺得有些不忍，忙道：「其實，這幾年在下得到的遠比付出的多。小姐給予在下的，也比索取的多。算起來，是在下欠小姐的。小姐願意給在下自由，在下感激不盡。就算小姐將來有需要，只吩咐一聲，在下也會鞍前馬後，絕不怠慢。所以，小姐本不需要提出那樣的……建議。」

有了李墨的這些話，柳芙心裡就更加清明了，臉上浮起了輕鬆明媚的笑容。「先生豁達，且才華橫溢，品行更是高潔，有知己如此，我可不願輕易就錯過。」

鮮少見得柳芙如此語調調侃、表情輕鬆，李墨也漸漸放鬆起來，小小自嘲。「若論豁達，在下這個大男人還真是不如小姐一介女子啊。若說從前在街上做中人，見過的市井商販也好，富豪權貴也好，幾乎找不出幾個能與小姐比肩之人。認小姐為主，雖說是被您提出的條件所誘惑，但心底若沒有對您的幾分佩服，那也是不可能的。」

說著說著，李墨竟有些感慨起來，看向柳芙一雙如清泉流淌洗滌心靈的明眸，不覺間便放開了心懷。

「在下以讀書人自居，雖家中貧寒，卻是個徹底的硬骨頭。做中人的時候，不是沒有機會向上爬，卻實在無法讓在下去妥協。直到遇見了小姐。小姐您所許下的條件，直入我心，相信天底下任何一個讀書人都不會拒絕。若您是個成人，或許在下會考量您的用心，為自保而懷疑您，進而拒絕。可偏偏您當年只是一個稚童，您叫在下如何能抗拒得了那天真無邪的笑容呢？」

垂眸，李墨有些不願看向柳芙。「小姐的深謀遠慮，比起幾十歲的人來說都有過之無不及，也讓在下有了一絲戒備。」

這句話聽似抗拒，但李墨的語氣卻平緩如斯，不見真有什麼戒備之意。

「但時間是最好的證明，不是嗎？」聽懂了李墨的深意，柳芙唇角微翹，眉梢輕挑，一語間已然點出了兩人相處的關鍵因由。

或許是相處了這些年，兩人對雙方都有了相當的瞭解。李墨聽得柳芙輕鬆一言，不由得收起了有些沈重的思量，抬眼與柳芙默契地一笑，進而莞爾直言——

「小姐讓在下成為了文先生的學生，讓在下有機會入翰林院，還讓在下成為了尊崇無比的皇家書院教習先生。如此大的恩惠，唯一需要在下回報的，卻只是替小姐打理茶園和茶行而已。更別提您每年還抽出二百兩銀子作為在下的薪俸，比起皇家書院和翰林院的進項都多了不少。如此以往，這讓在下也漸漸看清楚了小姐的為人，明白了小姐真正想的是什麼。」

第八十六章　另尋蹊徑

「你心裡知道就行。」柳芙卻有些苦澀地抿了抿唇。「我從未想要對你言明，只是有些事，你跟在我身邊，瞞也瞞不住。」

稍頓了頓，柳芙轉瞬間就將心情調整好，淡然地吁了口氣。「也正是因為這樣，我反而更加看清楚了你的為人，覺得所謂的約定已經不重要了。君子重諾，更重情義，先生你既然已經從心底接納了我，那以後，咱們便是知交好友。若有緣，則可常來常往；若無緣，漸漸淡了，也無怪乎誰對誰錯，只是緣分盡了而已。」

被柳芙最後一句話說得有些動容，李墨心裡還有話卻也忍不住道出。「小姐，難道您以後不需要在下相助嗎？」

同樣平靜如一汪清水的笑顏，有如沒半點利益摻雜，與李墨眼神對視間，柳芙唇角微揚。「先生不用這樣，我只想讓你明白，今後，你不用事事以我為先，只努力出人頭地即可。」

李墨目色一沈，有些認真，更是有些執著。「無論小姐怎麼想、怎麼看，在下都不會放棄對小姐的關心。此言雖然逾矩，卻是在下真心。」

「你若願意，或有空閒的時候，就多過來扶柳院走動走動，看看這茶園子，幫我出出主意。」柳芙的神情卻一如既往的輕鬆如常。「若你忙著，那便無須掛念我這廂，只需顧得自己便可。」

剎那間，李墨彷彿讀懂了柳芙話中之意，釋然一笑。「小姐放心，這扶柳院已經成了在下心目中的第二個家了，怎麼也不會捨棄的。」

既然兩人已經開誠布公地說出了心中所想，柳芙也不再多說其他，朝李墨柔柔點頭一笑，便又將話題轉到了先前所思慮之事上來。「先生，我想把茶行的生意結束了，轉而開茶樓。你覺得如何？」

「結束茶行？」李墨略有意外，卻在片刻間就明白了。「小姐妙計！」

「何妙之有？」柳芙就知道李墨並非普通人，只笑著反問。

李墨禁不住站起身，一邊在屋中來回走動，一邊語氣飛揚地道：「在下就知道小姐不會坐以待斃，但這麼快就想到應對之法，簡直堪稱有如神助！」

「只是……」柳芙卻沒有之前在馮嬤和陳瀾等人面前表現得那樣樂觀。「好像北方戰事已起，此時在京城開茶樓，不知會不會有風險？」

「小姐說得是，可您若細想，便會發現北邊的戰事反而對開茶樓極為有利。」李墨幾乎連思考都沒有，就上前一步，神色間透出幾分興奮。「戰事一起，京城腹地的守衛必將更加森嚴，以防外族探子滲入。這無疑對京中的商戶是個保障。而打仗的話，無論是朝中官員還是市井百姓都最需要一樣東西。」

柳芙忍不住插言。「什麼東西？」

「情報！」李墨沒有耽擱，直接給了柳芙想要的答案。「蒐集情報最好的地方便是酒樓茶肆。所以小姐選擇開茶樓的地方一定要在京中最繁華熱鬧之處，最好靠近京兆尹的府衙，那裡來往的官員和百姓極多，生意一定不會差。還有，茶樓的裝潢和擺設不能粗陋，大廳可簡單些，樓上的包廂必須力求雅致精細。這樣才能最大範圍地招待不同階層的客人……」

聽得李墨細細道來，柳芙跟著不停的點頭，直到他說得差不多，更是主動遞上茶盞。「先生字字珠璣，句句箴言，在您離開京城之前，恐怕還得煩勞您幫忙操心這茶樓選址之事才行呢！」

李墨下意識地接過茶盞，喝了一口才發覺是柳芙親自奉上，不覺有些失禮，趕緊放下杯盞，拱手屈身，認真地道：「小姐放心，此事包在在下身上。」

「那好，過了元宵你就多費心此事，我想在三月讓茶樓開張。」柳芙起身來，虛扶了一下李墨，示意讓他不必多禮。

看著比自己矮半個頭，又比自己年紀小了整整十歲的柳芙，李墨卻無形中覺得有些慚愧。這樣一個表面上看似柔弱如水的佳人兒，卻偏偏有一顆玲瓏剔透猶如金玉的心，比之男兒也不遑多讓。能被她委以重任，自己不但不覺得麻煩，反而有種赴湯蹈火般的衝勁，真真是宿命中早就注定的一樣。

於是李墨溫和的笑意中不免洩漏了幾分淡淡的澀意。「替小姐做茶行這幾年，在下倒是熟悉一些京中的行情，二月初之前應該無礙。」

「我相信先生。」柳芙眨眨眼，有李墨這句話，心裡也更加有底了。

「所以，煩勞先生最遲在二月初就圈定好三、五個目標，咱們也好一家一家地看過去，比較優劣，好好挑選。」柳芙言語間也難免多了幾分興致勃勃，畢竟有李墨相助，很多事情也從複雜變得簡單了。

「小姐，到時候安排好，在下會捎信過來。只是……」李墨看著柳芙，有些顧忌。「文老先生那邊，可還需要繼續相瞞？」

柳芙擺擺手，她明白李墨的擔心，解釋道：「文爺爺那兒不能讓他老人家知道我在做什麼。不過這些年我也透露了些事情給他，只讓他以為我找了你相助，拿母親的私房錢在外做些小生意，在為自己存嫁妝呢。」

「存嫁妝」這三個字一說出口，柳芙隨即俏臉一紅，便閉口不言了。

李墨更是面色尷尬之餘，不禁覺得有些莫名的腦熱起來。這些年文老先生竟然默許讓柳芙找自己相助，還是以「存嫁妝」的名義，這是否暗示著……想到這兒，李墨臉一紅，眉頭卻緊鎖起來。如此非分之想，豈能是自己可以染指哪怕一點兒呢！

收起了心底的異樣感覺，李墨看了一眼借喝茶來掩飾尷尬神情的柳芙，忙道：「小姐，今日之事咱們就說定了，若無其他吩咐，在下便告辭了。」

柳芙卻沒有想到那兒去，見李墨突然要走，開口相留道：「先生用過晚膳再走吧。這外面天寒地凍的，您又是一個人，都這個時候了，恐怕不好找地方吃東西呢。」

李墨知道若是自己硬要離開，未免顯得有些怪異，但繼續與柳芙單獨在屋中相處說話，未免太過逾矩，於是回頭勉強笑笑。「好不容易和劉爺爺吃個飯，在下出去看看，拎一壺好酒回來讓他老人家也高興高興。」

不疑有他，柳芙也笑著上前陪李墨來到門口。「也好，有酒熱鬧些。只是不可多買，劉爺爺的身子骨可禁不住醉的。」

「那在下去去就來，小姐還請留步。」李墨拱手行禮，這才別過柳芙推門而出。

守在門口的暖兒見李墨離開，趕緊進屋反手關上門，卸下身上的披風，湊到了柳芙面前。「小姐，您和李先生怎麼回事兒？」

被暖兒身上的寒氣刺激，柳芙不禁鼻端發癢，趕緊推了她到屋中的火盆邊取暖。「以後妳對李先生尊重些，他已經不是僕從身分了。」

暖兒好像早就想到了，也不算太過驚訝，只一邊伸手烤著火，一邊追問道：「小姐不是說李先生將來前途無量，能有大助益嗎？怎麼，您就這樣放棄了大好的棋子兒？」

柳芙搖搖頭，看著跳躍的火光，粉唇微啟。「他是個有大志之人，編書一事對他來說是個絕好的機會。若我將他束縛在身邊為僕，恐怕對他的前程有影響。比起來，我寧願要一個步步高陞的友人，也不想要個心懷怨恨的奴僕。」

「原來是這樣。」暖兒似懂非懂的點了點頭。「就像風箏，牽著它，就算飛得高也沒有用。若剪斷了線，那便能任其遨遊天地，廣闊無限了。只是小姐不怕他飛得高飛得遠了之後就不再回來，忘了您對他的恩惠了嗎？」

「妳這比喻倒是有幾分貼切。」柳芙伸手點了點暖兒的前額，語氣輕鬆間卻不免有幾分飄遠悵然。「我從未奢望他能記得當年之事，只想著，他能記得這扶柳院中的人和事，那就足夠了。」

第八十七章　有口卻難言

臘月二十五，京城柳宅。

身著大紅繡富貴牡丹花開團圓的錦裙，年近三十的胡清漪花容如玉，姿態嬌媚，那眉眼間的精緻比起二八少女來更是剔透。只不過，此時此刻她臉上的表情帶出幾分刻薄與犀利，無端地減了兩分姿色。

「怎麼？你好不容易在我父親的幫襯下坐穩了尚書之位，這才幾年而已，你就忘了咱們胡家對你的大恩？」看著眼前背對自己的柳冠傑，胡清漪氣不打一處來，說話間不由得拔高了語調。

相較於胡清漪的風韻成熟，幾年過去，柳冠傑彷彿一下子老了不少，還不到四十歲的年紀竟兩鬢染出了幾絲銀白。

聽得身後胡清漪如此口氣與自己說話，柳冠傑停住腳步，轉回頭冷冷一笑。「你們胡家？妳可是我柳家的人，怎麼開口閉口都是你們胡家？妳可知道，僅這一言，我就能休了妳！」

「你休啊！」胡清漪杏目圓瞪，紅唇大張。「你巴不得休了我好迎那個賤女人進門是吧！」

聽對方提及自己心中軟肋，柳冠傑不由得收起了嚴詞，深吸口氣，刻意用著平緩的語調道：「五年多了，難道妳還沒有看清楚我的心，看清楚她們母女的心嗎？」

胡清漪卻不想就此抹過去，厲聲道：「我不管，這次元宵夜宴之後若皇上指婚的聖旨沒有送來這裡，我就不會再姑息和放過那對母女了。你也知道胡皇后對太子的期許，她這次專門派人過來提醒爹爹，肯定有她的道理！五年……我忍了又忍，任由那個賤丫頭在外拋頭露面，招蜂引蝶，死死地壓著咱們嫻兒。要是太子妃的位置易主，就算是拚個魚死網破，我也不會看著她們母女繼續在我眼皮子底下逍遙了！」

「妳且想清楚了，這麼做的後果是什麼。」柳冠傑雙手握拳，極力壓制著對胡清漪的厭惡，咬牙道：「當年，我犯欺君之罪娶妳為妻，若是世人知曉我與沈慧娘早已成親，不但我做不成尚書，妳也別想再穩坐柳家夫人的位置！」

「你以為我怕嗎？」胡清漪卻難得地露出了一抹笑容來。「當年之事，你和那個賤人說得好聽是私定終生，說得難聽便是無媒苟合！」

胡清漪仰頭一笑，柔軟的身子如嬌花微顫，臉色卻犀利得好像利刃般。「所以，老爺您放心，此事就算流傳出去，你只會被御史參一本行事狂浪，不會丟了官職。而我，也能繼續穩坐柳家夫人的位置，高高在上地看著那對母女被人唾棄，在我面前哭而已。」

「妳……」被胡清漪句句言中，柳冠傑只覺氣血上湧，卻根本找不到反駁之詞。

「怎麼？心疼了？」胡清漪見柳冠傑搖搖晃晃間似乎要暈倒的樣子，恨意從目中流露而出。「你隻身來到京城，若是沒有我父親的提攜，沒有我幫你周旋，你能有今日的高官厚祿？柳冠傑，做人不能忘本。你只要好好的對我、對嫻兒，聽我父親的話，那咱們就能一輩子坐享榮華富貴。」

「一輩子？」柳冠傑甩開胡清漪的手，冷冷道：「只看妳一眼都讓我覺得難受，一輩子……妳自己好好過吧，恕我不奉陪了。」

言罷，柳冠傑轉身頭也不回地甩門而出，只留下了臉色青灰，目光透著無端恨意的胡清漪獨自立在屋中。

「悠香！」胡清漪只惱怒了片刻，就已經回過身了，高聲叫道：「讓大小姐過來一趟，要快！」

「是！」

門外傳來悠香的答應。「奴婢這就去，夫人稍候。」

說完，悠香趕忙拔腿就往柳嫻所居的院落而去。匆匆找到柳嫻，悠香側面透露了幾句胡氏心情不好，讓她多勸勸的話便不再多言了。

「娘，女兒等會兒要去錦鴻記挑東西呢，不如您一起吧。」柳嫻興致頗高，直接掀簾而進，也不等悠香進去通報一聲。

「看妳，都是大姑娘了還這麼不知道規矩。」

胡氏心疼自己的女兒，只言語上數落了兩句，臉色卻比之前和柳冠傑在一起時要緩和了許多。「過來坐，正好娘想問問妳元宵夜宴的事兒。」

「大小姐請用茶。」悠香上前斟好茶水，便又默默退到了門外。

柳嫻喝了口茶，這才一臉得意地道：「娘，我聽說錦鴻記從海外購回來一個寶燈，是用五彩石鑲嵌而成，點上主燈之後極為華美瑰麗呢。咱們等會兒去買了回來，到時候燈節奪魁豈不容易！」

「恐怕妳口中的這個寶燈不便宜吧！」胡清漪見女兒眉飛色舞，卻潑了冷水。「而且這寶燈要獨一無二才行，不然，到時候妳一盞她一盞的，誰還能脫穎而出奪魁呢？」

「這個嘛……」柳嫻想了想，認真道：「寶燈要價幾許女兒還不清楚，是否只有那一盞更是不瞭解，所以還是得請娘陪女兒親自走一趟啊！」

胡清漪本來就是想和女兒商量宮裡頭元宵夜宴的事兒，正好此時也想出去散散心、透透氣，便起身道：「好好好，咱們這就走。」

柳府的馬車一路行至天泉鎮，等到了錦鴻記總店已是大半個時辰後的事兒了。

胡清漪下車後覺得頭有些暈，柳嫻趕緊上前扶了她。「娘，這寶貝只有總店才有，累著您了。咱們先進去休息休息吧。」

「嗯。」胡清漪臉色發白，被冷風一吹更覺得頭疼，趕緊和女兒在小廝的引領下步入了店中。

年節將近，錦鴻記因為經營絲綢布料和珍寶首飾，此時店中倒也熱鬧。好些個裝扮華貴的婦人都帶著女兒們來挑選衣裳和首飾。

引路的小廝將胡氏和柳嫻帶到了店中一旁專供客人休息的側屋，恭敬地道：「這位夫人、小姐，您先在這邊坐下休息片刻，小人這就奉茶。」

「要白牡丹，茶溫即可，不能太熱。」悠香適時地對著小廝囑咐完，又來到胡氏身邊，伸手替她輕輕揉起了額旁穴位。

「我來吧。」柳嫻見母親不適，上前替換了悠香，輕輕替胡氏按壓穴位。「都怪女兒，想要早些定下夜宴送選的花燈，讓娘受累了。」

胡氏嘆了口氣，輕輕拍拍柳嫻的手。「乖女兒，妳著急之事本就是我著急的，我頭疼不怨妳，別擔心了。」

母女倆正說著話，卻瞥見一抹熟悉的身影從店外踱步而進。剛剛接待兩人的那個小廝更是滿臉堆笑，趕忙就湊上前去，也不顧手中還端著為胡氏母女奉的茶，殷勤地道：「柳小姐，您怎麼從店堂這邊進來，真是小的們失禮了。」

柳芙一身胭脂紅的裙衫，裙襬上層層漸染了白色的羽花紋樣，看起來既有年節的喜慶又不失清新雅致，讓人很難忽略那一抹婀娜的姿態。

「側門關著呢，也不見個人守著。」暖兒倒是有些不樂意，嘟囔了起來。

「沒關係，這臨近春節，店裡忙，或許陳掌櫃有事兒吧。」柳芙卻沒有介意，只柔聲淡淡地化解了那小廝的尷尬。

「喲，這是誰啊？」

一聲充滿了驚訝，又猶帶幾分刺耳的聲音響起，正是看到柳芙入內後臉色不佳的柳嫻。

「你們錦鴻記就是這樣待客的嗎？放著要奉茶的客人不管不問，卻和其他人閒扯起來，真真是店大欺客呀！」

柳嫻這一鬧，店裡的客人都紛紛把目光聚攏了過來，瞧向柳嫻和柳芙。

「這位小姐，請別見怪，只因柳小姐並非客人，乃是我們掌櫃的相請，所以小人見了便上前招呼一下。茶已備好，這就給夫人奉上。」這小廝見狀，趕緊伏低做小，想大事化小。

聽見小廝言稱「夫人」，柳芙順著望過去，果然看到一身泥棗金繡白蝶飛舞錦裙的胡氏端坐在那邊，正一臉冷意地盯著自己看。

第八十八章 自作孽難活

話說仇人相見分外眼紅，可對於柳芙來說，五年過去了，她看到胡氏後卻沒有了重生那時入骨的恨意，有的，只是濃濃的厭惡和揮之不去的憎煩。

五年來，對方表面上並未做出什麼對自己母女不利之事，但柳芙知道，一直以來胡清漪都在等待一個機會，一個可以讓她斬草除根的機會。

所以，她不得不時刻提防著，提防著心如蛇蠍不擇手段的胡清漪會再次將她置於無法抽離的深淵之中！

「原來是柳尚書府上的胡夫人。」

收起了心底的憎惡，也有意忽略充滿了挑釁意味的柳嫻，柳芙看向面對的胡氏，語氣上帶著幾分刻意的平和，卻並未行禮，只淡淡地點了點頭算是打過招呼，那眉眼間流露出來的冷然，比起胡清漪眼中的冷意，倒是更顯得讓人不寒而慄。

「我當是誰呢，原來是文家的孫小姐呢，哦，應該是乾孫小姐才對。」胡氏看到柳芙，戰意頓起，頭也不暈了，起身緩緩步入店堂這廂，斜眼掃了掃捧著托盤的小廝，冷冷一笑。

「這茶……耽擱那麼久已經冷了吧？我不要了！」說著，竟長袖一揮，將小廝手上的托盤直接打翻了在地。「砰」的一聲響又將店中所有人的注意力都吸引了過來。

「對不起、對不起，是小的笨手笨腳，怠慢了貴客。」

被胡清漪當作出氣筒，小廝不敢露出任何不悅，只能一邊道歉，一邊緊張地蹲下來拾取碎瓷片。卻沒想手太抖，一個不小心就把指頭給割了個口子。頓時鮮血流了出來，滴在白瓷之上，顯得異常的刺眼和醒目。

柳芙蹙了蹙眉，只當來到跟前的胡氏不存在一樣，顧自蹲了下來，掏出手絹遞給小廝。「你別撿了，用笤帚掃吧。先把傷口包紮一下，找大夫買點兒止血的傷藥，不然這要過年了，回家被父母看到一定心疼的。」

有柳芙給的這個「臺階」下，小廝臉上露出了感激的笑容，連連點頭之後便屈身退下了。

被柳芙如此無視，胡氏原本就因為和柳冠傑吵嘴後憋在心裡的怨氣更是直沖而上，眼看著她站起身來，那張越大越嬌豔若花、嫻靜似水的臉像是一根刺扎在了心裡頭，忍不住腦一熱，揚手便是一個耳刮子搧了過去！

「啪」的一聲脆響！讓原本就已經十分安靜的店堂之內變得幾近鴉雀無聲起來，甚至能聽到有人倒抽了口涼氣，更有膽小的姑娘趕緊倚靠在家人的身邊，生怕胡清漪發飆而波及自身似的。只有柳嫻，眼看著柳芙被母親教訓，心裡頭那個得意，使得一張原本嬌豔的臉龐反而透出幾抹猙獰和戾氣來。

被眾人用如此異樣的目光看著，胡清漪卻臉不變色心不跳，鳳目中透出一抹得意，眉梢輕挑地睨著柳芙。「怎麼，妳盯著我做什麼？還想把剛才那一巴掌給討回來嗎？」

感到左邊臉頰火辣辣的疼，柳芙卻伸手攔住了想要衝上前與胡氏理論的暖兒，淡淡一笑。「看到您，我倒想起個典故來。」

「什麼典故？」胡氏皺著眉，一臉的厭棄。

「大周朝開國之初，有個書生名叫孟禮。有一天他從書院出來，走在路邊卻不小心被一隻野狗咬了一口。」

柳芙神色間掠過一抹戲謔，聲量也越來越大，似乎有意讓全店堂的人都聽清楚似的。「旁邊路人替書生不值，說不能就這麼算了。書生卻擺擺手，表情平淡地說，野狗傷人，是因為牠失了神智，行為瘋狂。而我這只是皮肉傷罷了，若真與其過意不去，豈不和此狗沒什麼區別？總不能被野狗咬了，還要咬一口回去報仇吧。」

柳芙話音一落，頓時店堂中此起彼伏響起了陣陣的竊笑之聲。稍有心思的人都能聽懂柳芙話中之意，不禁將先前她被人搧耳光的事情放在了一邊，都將目光聚攏在了胡清漪身上，想看看這霸道的美婦人會如何回應。

「柳芙！妳這張嘴可真下賤，討打！」

胡氏雖然氣得不輕，卻知道可一不可再。但一旁的柳嫺卻是火冒三丈，衝上去伸出右手，竟是想學著母親的樣子給柳芙一巴掌。

可那隻高揚的玉手還未來得及落下，就被人一把箝住，根本沒能沾到柳芙身上哪怕半分。

「哪個不長眼的！」柳嫺脫口就罵了出來，等抬眼看清楚來人，不由得臉色一變，話音中沒了上一句的叫囂，變得驚嚇和哆嗦起來。「裕……裕王殿下……怎麼是您……」

「裕王！」胡氏也看到了捉住柳嫻手的男子，沒想到竟是姬無殤，臉色越發地難看起來。「嫻兒，不得無禮。」

柳嫻趕緊乘機收回了手，但細腕上傳來入骨的疼意卻使其臉色因難耐而變得十分怪異。

「見過裕王殿下。」

大概眾人都沒有料到姬無殤會出現在錦鴻記內，包括柳芙在內，店堂中的客人都齊齊向著他所立的位置福禮問候。

擺擺手，示意大家不用多禮，姬無殤同樣選擇了無視胡氏和柳嫻，只轉向柳芙，見她臉頰上明顯的紅印和淡然中一抹倔強的表情，不覺微微皺眉。「柳小姐，妳沒事兒吧？」

「我沒事兒。」柳芙好像早就知道姬無殤這個時候會出現似的，並無一絲驚訝和意外，只柔柔一笑。

在姬無殤看來，她除了一側臉頰發紅之外，好像剛剛的衝突並不存在一樣，情緒平淡得讓人意外。

而恰恰是柳芙這樣無驚無擾的態度，卻更加襯托出胡氏母女的蠻橫與無理。這也讓圍觀看客心裡的秤明顯偏向了一方，均對胡清漪和柳嫻投去了鄙夷和輕視的目光，將欣賞和讚許留給了亭亭而立的柳芙。

「裕王殿下怎麼來了這女人才喜歡流連的地方？」身為皇后母族的胡清漪從來不曾將姬無殤放在眼裡，表面上的敬意不過是看在他親王的身分罷了，所以語氣間略顯生硬。

柳嫻更是護住被他捏傷的手腕，帶著哭腔道：「裕王殿下您別誤會，是這柳芙先衝撞了娘，我才一氣之下想要教訓她的。您可千萬別給太子殿下……」

「放心！」姬無殤卻懶得聽柳嫻解釋，只語氣不耐道：「本王前來是有事與此間掌櫃商量，沒想到遇見這一齣，所以干涉一下罷了。本王不會告訴太子，更不會告訴父皇說柳尚書的家人在外鬧事。但這裡是大街上，本王可不敢保證會有御史參柳尚書一本管教妻女不力的罪狀。大過年的，本王還是勸柳夫人和柳小姐一句，都消停些吧。」

有姬無殤橫插一腳，胡氏也漸漸頭腦清明起來，知道和柳芙之間的事情此時還不能鬧大了，得找準機會一擊即中才能保護好自己和女兒，便收起了意氣，朝姬無殤福了福禮。「裕親王說得是，大過年的，大家和氣生財嘛。我也不便與來歷不明的野丫頭計較什麼。嫻兒，咱們走吧！」

「可是！」柳嫻還惦記著「寶燈」，有些猶豫。

胡氏卻知道眼下待得越久，母女倆的臉就丟得越大，只拉了柳嫻一邊往外走，一邊小聲囑咐。「回頭娘讓陳管家來買，一定給妳買到這寶燈就是，快些走了！」

眼看著胡氏母女離開錦鴻記，姬無殤這才回頭看向眾人，臉上笑意柔和地道：「讓大家看笑話了，今日不管各位買什麼東西，都記在裕王府的帳上。」

「真好！」

「多謝裕王殿下！」

「裕王殿下英明！」

此言一出，眾人的注意力當即就被吸引過去，圍攏在各色絲綢布疋和珠寶首飾邊，臉色興奮地開始左挑右選起來。

只有柳芙，看似平淡如常的表情，卻在目送胡氏母女離開後不自覺的鬆了口氣，這才朝姬無殤道：「多謝裕王，若非您及時趕來，恐怕民女這另外半張臉就得一起遭殃了。」

柳芙自嘲的語氣讓姬無殤心裡沒來由很是憋氣，蹙著眉，只低聲道：「二樓說話。」

看到姬無殤已經轉身往二樓而去，柳芙無奈，只得提步跟上，但前提是在小廝的引領下從店堂大門出去從側門而上，以避開他人耳目，免得傳出什麼閒話。

二樓裡，陳妙生果然不在，只姬無殤立在屋中，背對門口，靜待柳芙的到來。

不一會兒，傳來細碎的腳步聲，鼻端嗅得一絲熟悉的香甜味道，姬無殤便知柳芙來了，轉身看向了她。「關上門，過來說話。」說著，還不經意地看了緊跟在柳芙身邊的暖兒一眼。

「暖兒，妳守在這兒吧。」柳芙知道姬無殤的意圖是想與自己單獨說話，只得側身吩咐了暖兒一聲，便獨自跨步進門，伸手將屋門帶過去關上。

第八十九章　玉露生春潮

掌櫃陳妙生不在，所以錦鴻記二樓的屋子並未燃炭，房間裡冷颼颼的。只是這空氣中的冷意，卻比不過屋中之人身上所散發出來的深寒氣息。

自與柳芙相交，姬無殤原本掩飾得極好的真性情常常會不由自主表露出來。無論是朝中百官還是京中百姓，對他的印象也漸漸地從那個親切溫和的裕親王，過渡到了現在手段非常、才華幹練的影閣之主上。

踱步而上，柳芙看著一身絳紅色錦服的姬無殤，深吸了口氣，只覺得與其周旋比剛剛和樓下那兩母女更累人。

「見過裕王殿下。」柳芙發覺姬無殤此時的臉色很不好，似乎比上次在遊園會時那會兒更加顯得蒼白了些。

不由想到寒毒對他的影響，柳芙忍不住來到炭盆邊，撿起一旁放置的火石，蹲下將銀絲炭點燃，裝作不經意道：「裕王見諒，民女怕冷。」

姬無殤看著半蹲在面前的柳芙，玉顏之上猶帶紅腫，不覺抿了抿唇，上前一步伸手將她拉了起身。「本王記得陳妙生這裡有些備用的傷藥，妳先搽一搽。」

柳芙倒不覺有什麼，搖頭。「沒關係，也不怎麼疼。」

「妳難道想頂著這張臉回文府去被文先生和令堂質問擔心嗎？」姬無殤知道柳芙的軟肋

在哪裡，只淡淡說了這句話便顧自去書案後的陳列架上翻找起來。

想想也對，多一事不如少一事，柳芙趁著姬無殤找藥的空檔，顧自把屋中四角的薰爐也一併都起了火，屋中這下子才逐漸變得溫暖起來。

「本王竟忘了這東西！」

姬無殤突然說了句話，語氣似乎有些輕鬆和調侃，轉身向著柳芙搖了搖手中一個看似不起眼的白瓷小藥瓶。「今日算妳運氣好，有了九花玉露，包准妳在回文府之前臉上就消腫。」

「九花玉露？」柳芙一驚，忍不住上前兩步。「這瓶裡真是九花玉露？」

「妳認識這好東西？」姬無殤看著柳芙又驚又喜的模樣，覺得好奇。「一般人可不會對它有印象，妳是怎麼知道的？」

「文爺爺存在養心堂裡的書裡有一本叫做《百草閒雜記》的，上面就記載了一樣極為珍稀的東西，名字就叫這九花玉露！」柳芙脫口便道，眼中幾乎放出了光來。「若按書中記載，此物能生肌解毒，若長期使用，還能讓人保持容顏不老！裕王您是從哪裡得來的此物？可有方子？」

「妳這腦袋裡裝的東西可不少，連這麼生僻的東西都知道，還講得頭頭是道。」姬無殤被柳芙一副嚮往的表情逗樂，語氣中免不了帶了幾分調笑。「妳既然知道這是個好東西，還不謝謝本王。」

「多謝裕王割愛。」柳芙見機，伸出手一把想要奪過來。

可姬無殤並非普通人，眼明手快地將藥瓶往高處一舉，另一隻手更是下意識地便往柳芙纖腰之處攬了過去，想要讓其遠離這瓶珍貴無比的寶貝。

說時遲那時快，一切都只在轉瞬間就那樣自然地發生了，等兩人停下動作，已是成了互相擁抱的姿勢，不但親密無間，氣氛也變得曖昧起來。

低首，鼻端被柳芙身上特有的淡淡馨香填滿了整個呼吸，姬無殤一時間有些失了神。而俏臉緋紅的柳芙卻眼中閃過一抹狡黠，似乎看準了姬無殤還未來得及反應，想要掙脫出他手臂的束縛再次去搶那瓶九花玉露。

唇角微揚，姬無殤卻加重了左手的力道，將柳芙牢牢攬在胸前，右手高揚，神色戲謔的低首在她耳邊道：「本王可從未中過任何計，美人計也一樣。」

溫熱的吐氣撩撥在耳旁，柳芙咬了咬唇，不願意被姬無殤看到自己哪怕有一絲害羞的模樣，反而昂起了頭。「是裕王您要割愛的，怎麼想要出爾反爾嗎？」

姬無殤笑了笑，邪魅的表情像是早有預謀一般。「本王只說讓妳搽藥而已，可沒說一整瓶九花玉露都給妳啊。」

「那是民女會錯意了，以為裕王大方得很。」柳芙說著，使勁動了動身子，想要擺脫姬無殤的箝制。

可未經人事的她哪裡知道，兩人的身子如此親密無間地貼合在一起，即便是輕微的一動，都足夠讓身為男人的姬無殤起了反應。

「該死，妳動什麼動！」姬無殤低聲吼了一句，便趕緊一把將柳芙給推開，耳根處卻有一抹潮紅未褪，顯得臉色很是怪異。

好不容易擺脫對方，柳芙只來得及深吸了口氣，讓自己無端亂跳的心平靜下來。「若非裕王您困著民女，民女用得著……」

話還未說完，似乎是察覺了姬無殤臉上竟有尷尬之色流露，柳芙突然意識到了之前兩人之間所發生的事很是不妥，趕緊閉口不再多言，只一個轉身背對他。「裕王殿下可要喝茶？民女去斟來。」說著，不等他回答，已經趕快踱步來到屋中的茶桌，提起溫在小泥爐上的銅壺，將兩個空杯盞都斟滿了。

看著柳芙有些僵硬的背影，姬無殤卻不禁自嘲地笑了起來，甩甩頭，淡漠清冷的表情又回到了臉上，走到茶桌邊一把抄起杯盞將茶水一飲而盡，這才道：「妳乖乖坐下，本王親自為妳上藥，免得妳又起了心思搶東西。」

「我……」被姬無殤這樣一說，柳芙想起先前自己衝動的行為，臉色很是窘迫。「裕王請見諒，先前是民女不智，只聽得九花玉露的名字就頭腦發熱起來。您放心，民女自己上藥就好，不會再做那樣的事兒了。」

「本王可不會信妳。」姬無殤冷冷一笑。「此物乃是陳妙生上月從苗疆得到的好東西，整個大周皇朝恐怕不會超過十瓶。想著本王沒什麼大用，便讓他作為鎮店之寶拿來放著，若有價高者便賣了也無所謂。可沒想到他當作寶貝似的藏了起來，本王才想起，這東西雖然對男子無用，對女子卻有著致命的吸引力。女人哪個不愛美？即便是冷靜如斯的妳，也會對這東西如此感興趣，正好印證了此物的珍貴之處。妳說，本王還敢拿給妳讓妳自己上藥嗎？妳不整瓶倒在臉上才怪！」

「裕王若是信不過民女，那就煩勞您親自動手了。」被姬無殤道出了自己心中真實所想，柳芙一張臉紅霞滿布，卻並非因為先前被胡清漪打了一巴掌，而是羞憤交加罷了。

見柳芙妥協，姬無殤指了指面前的海棠凳，示意她坐下。

乖乖的端坐，柳芙乘機喝了一口溫茶，這才別過臉，將左邊紅腫的一側對著姬無殤，一副任由他「擺佈」的樣子。

姬無殤也不耽擱，將瓶塞一拔，頓時一股清甜卻不膩人的花香味兒從瓶中一湧而出，滿室中氤氳著，一抹無比柔和放鬆的氛圍縈繞在兩人之間。

「失禮了。」

姬無殤低聲淡淡先說出了這三字，之後才將一滴九花玉露滴在了手心，用另一隻手的食指沾了一點，這才輕輕觸到柳芙的臉頰。「可能會有些痛。」

「啊……」姬無殤的指尖剛觸到自己，柳芙就忍不住叫了一聲。只覺得那香甜誘人的玉露此刻彷彿變作了一道冰刃，讓原本火辣的痛處一下子變得如刀割般發寒起來。

「妳知道為何本王不給妳了吧。」姬無殤哼了一聲，語氣有些嘲諷。「九花玉露並非凡品，聞起來馨香甜膩，可卻是至寒之物。普通人連沾一滴都會寒毒侵體，除非是以內功蒸化之後塗抹在肌膚之上。」一邊說，姬無殤一邊沒有停住手上的動作，將九花玉露一點點的塗滿了柳芙整個左邊臉頰。「可即便如此，妳們這些毫無功夫基礎的女子承受起來還是太過困難。妳的那本書裡恐怕沒有寫明這是江湖人士專門用來解毒的吧！」

柳芙忍住痛楚，卻對九花玉露愈加好奇起來。「難道這才是陳掌櫃將它擱置不賣的原因嗎？

「一半一半吧。」姬無殤有些加快了塗藥的動作，不過幾個呼吸之間就收了手。「好了，妳的傷不算什麼，只一滴應該就有效了。塗多反而會被其毒所攻，得不償失。」

果然，即便一開始臉上肌膚像刀割般的極寒若冰，可不過片刻間，隨著寒意褪去，先前那種火辣的痛感也隨之漸漸消失，柳芙伸手捂臉，竟一點兒感覺也沒有了，好像之前的事情從未發生過一樣，沒有留下半分痕跡。

姬無殤看到柳芙流露出來的驚訝樣兒，覺得有些好笑，但臉色卻仍舊冷冷的，只起身將藥瓶收到胸口放好。「妳去照照鏡子吧。」

柳芙點點頭，隨即走到屋角的一個邊桌旁，拿起上面放置的一面琉璃鏡。「果真是神物呢！」

第九十章　機緣險中求

帶著橘香的熱氣從四角的薰爐和屋中的炭盆蔓延而出，使得房間已然逐漸溫暖。

可對比柳芙兩頰間淡淡的紅暈，姬無殤的臉色卻一如既往的蒼白，像是一張極薄的半透明的宣紙，讓人一眼看去，有種生氣漸消的感覺。「之前的意外告一段落，咱們也該說正事了。」

「什麼？」察覺到姬無殤的異樣，柳芙心下還未抹去對他寒毒的擔憂，並未聽清楚他之前所言，只愣了愣。

姬無殤走到緊鄰炭盆的椅子上坐下，這才抬眼盯著柳芙。「妳走什麼神？本王要妳告訴我，為什麼不取為妳準備的花燈？有了這『妙手千佛』，妳就一定能奪魁。若非妳有令本王滿意的答案，還是乖乖取了這燈回去吧。」

平淡的語氣，清冷的眼神，姬無殤此言一出，把先前兩人之間殘留的微妙氣氛驅散得無影無蹤。

柳芙其實早就料到陳妙生送信來讓自己走一趟錦鴻記，多半是這個「活閻王」要過問元宵夜宴的事兒。

此時對方提出來，柳芙也收起了其他的心思，提步來到姬無殤的面前，卻並未直接回答他，只道：「若民女沒有聽錯，剛剛柳嫻就是想要來買那『妙手千佛』的。既然消息已經走漏，就算民女得了，恐怕也很難脫穎而出。畢竟用銀子能買到的東西，再珍貴，也不是獨一無二的。」

「妳放心，本王不會讓她得到。」姬無殤臉色有些不豫，可看到柳芙表情一如既往的鎮定淡然，不由得放心了幾分，語氣稍顯緩和地道：「難道妳已經有了打算？」

「剛剛民女不是說了嗎？有些東西，再難得，卻也能用銀子買到。」柳芙走到屋中的茶桌邊，提起溫在泥爐上的銅壺，再替自己和姬無殤各自斟了杯茶，雙手奉給了他，這才接著道：「只有用心做出來的，才是獨一無二。」

「妳的意思……」姬無殤聽明白了柳芙的意思，卻並不接受她的解釋，目色一沈。「妳就是再心靈手巧，做出的東西怎能與本王從海外重金購回的寶燈相提並論！且不提上頭鑲嵌的琉璃和各色寶石，單是手工就耗費了三個工匠近一個月時間才打造而成，僅花去的成本就足足一萬八千兩銀子。」

「裕王殿下，您相信民女嗎？」柳芙目光清澈地直視著姬無殤，對他所表現出來的強烈質疑似乎並未放在心上。

「本王信不信妳並不重要。重要的是，妳得有勝過所有人的自信才行！」姬無殤冷冷一哼，將問題又拋還給了柳芙。

柳芙抿唇笑了笑，有些無奈的意味在裡面。「民女花了不少的時間琢磨這事兒，最後的想法已經敲定。」說著，伸手從袖兜裡取出了張藍色花箋，遞給了對面的姬無殤。「請裕王您過目。」

接過花箋，一抹熟悉的桂香味道飄出，姬無殤輕嗅了一下，不經意間蹙了蹙眉，這才認真地看向上面所畫圖樣。

瞧見姬無殤神色認真，柳芙也不出聲，只顧自捧起茶盞，一邊品茶，一邊靜靜地等著他看完。

過了好一會兒，姬無殤這才將眼神從花箋紙上挪開，望向神態輕鬆自如的柳芙，語氣裡還是帶了幾分不確定。「妳能保證做到這圖樣上所呈現出來的效果嗎？」

「裕王殿下，您忘了民女的母親可是本朝數一數二的繡娘呢。」對比姬無殤的重重顧慮，柳芙卻一臉十足把握的樣子。「拿您這錦鴻記來說吧，每年最重要的繡品都交到了我母親的手上。若說她都做不到的話，那就沒有人能做到了。」

「本王說的，是『妳』能做到嗎？」姬無殤卻沒有柳芙那樣輕鬆，一字一句，語氣執著。「除非是妳親手所做，否則本王可不敢保證妳能奪魁。」

「您的意思是……」柳芙一時有些錯愕，但隨即便明白姬無殤所言。

的確，花錢買的寶燈也好，母親繡的花燈也好，就算再怎麼驚豔絕倫、心思精巧，都不過是他人之手所製之物。

這五年來，柳芙每每參加宮中夜宴，對各家受邀閨秀所呈上的展示之物都已經有了瞭解。大多是家中父母幫忙置辦的，偶爾有一、兩個想要出彩的小姐們帶來親手所做的花燈，卻比不過用銀子堆出來的巧匠之作。畢竟宮中的夜宴也並沒有規定各家受邀的小姐所帶來的花燈必須是親手所做。

慣例雖然是慣例，可這次不同，她有著必須的理由要一舉奪魁，若不費些心思，動些巧勁兒，想要十拿九穩脫穎而出，恐怕並不容易。

但如果自己能親手做出這花箋紙上所畫的花燈，不但美輪美奐全場奪目，還能借此吸引皇上的注意，那奪魁便有望，指婚更是可期之事了！

「若是民女沒有猜錯，裕王殿下會在夜宴之上助民女一把，透露花燈乃是民女親手所製吧。」想到此，柳芙緩緩地點了點頭，嫣然一笑。「請您放心，之前民女曾和母親學過這針法，只是並未涉及如此大件的繡品而已。若是埋頭趕製，元宵節之前應該能做出來。」

「這就是本王喜歡和妳合作的原因，一點就透，無須廢話。」

姬無殤收起了花箋揣入懷中，終於露出了一絲淡淡的笑意。「好好準備，正月十四那天本王會來親自確認妳是否能完成此物。若不行，還是得把『妙手千佛』準備好，到時候直接拿去夜宴之上。」

「民女盡力而為。」柳芙見姬無殤終於妥協，不由也鬆了口氣。她清楚明白這次的元宵夜宴代表著什麼。只是……轉念間，柳芙看著姬無殤，只覺得自己這樣一門心思去幫他，到底是為了什麼？

這五年來，她不是不曾想過自己和姬無殤之間的「合作關係」。

兩人之間，說白了只是利用與被利用，對自己來說並沒有實質的好處。所以之前每每遇到需要自己來妥協的時候，她都牢記著前生用性命領悟出來的一個道理，那就是絕不與這個將來的皇帝為敵。

與此同時，她也牢記著務必要保護好自己和母親的首要任務。她不能只做一顆棋子，所以她一邊讓李墨打理茶園和茶行，積累金錢；一邊在皇家書院盡力做到最好，成為最優秀的學生，好拿到可自行婚配的那塊「玉牌」，將來或許能憑藉此物掌握人生。

可這次的事情，卻完全打亂了自己先前的計劃。柳芙知道，這些變化是從姬無殤在龍興寺救了自己開始的，再到陳妙生有意透露他身中寒毒……漸漸地，讓她在不知不覺間竟完全以他為先去考慮所有的事情，反而忽略了自己在這中間是否能夠和以前一樣，能遊刃有餘和進退自如……

「妳在想什麼？」姬無殤發覺柳芙已經盯著自己看了很久，雙眸中時不時透出幾抹疑惑和複雜難辨的神情，蹙著眉開口道：「妳的腦袋裡又在盤算著什麼主意？」

被姬無殤這一打斷，柳芙才反應過來，俏臉微微有些不自然地發紅。「沒什麼，民女只是在想怎麼才能把花燈做好，一時走了神兒。」

簡單的敷衍了一句，柳芙此刻心中已經有了決斷。

這次應該是一個極好的機會。

若她能藉由元宵夜宴奪魁而得皇上皇后看中，那未來太子妃的位置便能唾手可得。但太子娶妻，絕不會倉促，沒個一、兩年的籌備那絕對不可能。所以，有著準太子妃的頭銜，自己便可以和太子在明面上相交，出入太子東宮也不會令人生疑。到時候若拿到了那火龍朱果，姬無殤的寒毒就能無虞。接下來再找個時機從準太子妃的位置上脫身便好。反正姬無殤並不知道自己的真實打算，他到時候就是逼得自己要嫁給太子獲取情報，自己也能拿出那枚皇上欽賜的玉牌，去挑選自行婚配的良人。

而有了這個幫姬無殤解毒的功勞，柳芙相信以他的脾性，應該不會拿自己怎麼樣，最多動怒罷了。畢竟有救命之恩在先，姬無殤再怎麼性情陰冷不近人情，也不會過多為難自己。

想通關鍵之處，柳芙隨即也鬆了口氣。

富貴險中求，若能考慮完全周到，說不定反而是自己的一個絕好機會。

第九十一章　情勢變莫測

後宮，坤寧宮。

胡皇后自十六歲嫁入皇室，距今已是二十五年過去了。

年過四旬的胡皇后並不是傳統意義上的美人。略顯圓潤的臉龐，豐腴的身姿，還有那雙如杏般的黑眸，與太子姬無淵著實有八分相似，甚至連過分溫和的氣質都一模一樣。

即便外界盛傳姬奉天獨寵素妃而冷落皇后，這坤寧宮裡也看不出絲毫冷清的意味，反而因為有了這胡皇后「彌勒佛」似的笑容，來往訪客如流水般。

笑容滿面地看著前頭下跪的胡清漪，胡皇后柔聲道：「清漪，妳最近頻頻過來探望本宮，其實妳我都心知肚明是何緣由。這馬上要過年了，妳就少來些，消停些，讓本宮鬆口氣才是啊！」

下首伏地行跪拜大禮的胡清漪卻並沒有被胡皇后這樣柔和的聲音所攖，心底反而越發地緊張起來，話音也帶了幾分顫抖和懇求的意味。「皇后娘娘，這次清漪突然求見，只因為眼看就要到元宵夜宴了。朝中盛傳這次夜宴中花燈奪魁的閨秀會被指給太子為妃。您知道敏慧郡主那性子，是拚個魚死網破也不會妥協的。而咱們家嫻兒，論身世、論樣貌、論品性，要是坐了那個位置也絕不會給皇家丟臉、給胡家丟臉的。清漪這廂厚著臉皮過來，還不是想求個娘娘的准信兒，免得咱們嫻兒竹籃打水一場空啊。」

胡皇后一邊聽，一邊笑著點了點頭，卻沒有叫胡清漪起身，只道：「清漪，有些話本宮也不藏著掖著了。要說太子早就滿了十八歲，身為儲君，早日成家立業也是個表率和安定民心之舉。妳可知為何本宮一直未讓太子娶妻，甚至連側妃、孺子、良娣都沒有納一個嗎？」

「清漪……不知。」胡清漪伏在地面，連頭都不敢抬一下。

「那是因為，皇上在防著咱們胡家。」

胡皇后看似語氣輕鬆的一句話，卻猶如天雷般讓跪在下首的胡清漪身子一震，連禮數和長期被胡皇后積威的懼怕也丟在了一邊，抬眼，臉色發青地脫口道：「難道皇上知道了……」

「清漪！」胡皇后仍舊笑顏不改，眼底卻射過一抹冷意盯著胡清漪。「這裡雖然是坤寧宮，但妳的言行可得好生注意。現在不比當初，留個心眼兒總是好的。」

「是是是，清漪犯糊塗了。」胡清漪趕忙又伏在地上，小心翼翼的樣子絲毫看不出在柳宅時的驕傲和囂張。

「罷了，說到底都是一家人，妳起來看座吧。」胡皇后側首對身邊的一個年老嬤嬤低聲吩咐了一句。「給柳夫人上太子送來的白牡丹，另外把之前西域進貢的月香丸取一粒來，給她壓壓驚，這才好說話。」

「奴婢這就去。」老嬤嬤表情可就沒有胡皇后那樣柔和了，臉上刀刻般深入溝壑的皺紋襯得一張臉越發的嚴肅冷峻。

「煩勞張嬤嬤了。」胡清漪對著老宮女十分恭敬，見她踱步從上首下來，趕緊側到一邊讓她先行。

「柳夫人不必如此多禮，您請坐。」老嬤嬤嘴上推卻，神色間卻並無什麼變化，只掃了她一眼便獨步而去，看不出有什麼尊敬之意在裡頭。

但胡清漪似乎已經習慣了，只鬆了口氣向上首的胡皇后笑笑，這才委身坐了一半在海棠花的繡墩兒上。「娘娘能否給清漪明示，這……這也太讓人心慌了。」

看到胡清漪乖乖坐下，胡皇后這才又開口道：「也罷，給妳細細說了，妳回頭和父親好好說。皇上有此顧慮，所以一直拖著太子的事兒，反而對老四放了更多的心思。但老四……」胡皇后說到此，眼神中有些閃爍。「他畢竟不像太子那樣好說話、好商量，若是將來他登上大位，恐怕不會再一心一意向著胡家了。畢竟，他是姓姬的！」

「可裕王他身上也流著胡家的血啊！」胡清漪神色有些驚惶，她可對這個裕王殿下沒有什麼好印象。更何況，無論是公開場合還是私下，她都仗著胡皇后的權勢對姬無殤沒個好態度。若是將來此人成了皇帝，那豈不是自己搬了石頭砸自己的腳！

想到此，胡清漪趕忙央求道：「所以娘娘更應該早些幫太子定下婚事，也好讓皇上滅了其他的心思。可千萬別……」

「這豈是妳能左右的？」胡皇后冷冷一哼，笑容背後是一股戾氣閃過。「不過嘛，既然妳這樣急切，也是本宮信得過的人。本宮就給妳個准信兒也無所謂。太子的婚事，皇上已經明確的告訴過本宮，輪不到本宮來作主。但這次元宵夜宴的確是個契機。若嫺兒能奪魁，那本宮便可順水推舟一把。但若是她沒能脫穎而出，恐怕連本宮也幫不了妳們母女了。」

「可是，太子妃必須得是胡家的人啊！」胡清漪急了，不顧胡皇后已經變了臉色，忙接著道：「除了敏慧郡主，胡家就只有嫻兒這個女兒可以嫁給太子了。娘娘，咱們胡家並無其他選擇啊！」

「太子妃是誰不重要。」胡皇后卻表情一鬆，臉上恢復了如常的暖笑。「重要的是，將來的皇后能向著胡家就行。」

「皇后娘娘的意思是……」胡清漪一愣，似是沒聽明白。

冷哼一聲，胡皇后道：「眼下是敏感時候，嫻兒能不能當上太子妃不重要，讓她先抓住太子的心，到時候總會被賜婚。另外，敏慧不是喜歡老四嗎？本宮合計著讓她做裕王妃，把位置占好。到時候啊，不管是現在的老二還是老四得了皇上喜歡，總有咱們胡家的好處就行。」

聽著胡皇后的話，胡清漪臉上的表情越來越僵，心底也越來越冷了。

如今聽胡皇后的語氣，她似乎是想讓敏慧占了裕王妃的位置，將來若是皇上心思變了，仍舊可以當上太子妃甚至是皇后娘娘。那到時候自己的寶貝女兒怎麼辦？

心底一陣陣的發冷，胡清漪強忍住向胡皇后問個清楚的衝動，按捺極度不悅的臉色，只從繡墩兒上站起身來，朝著上首福禮道：「清漪已經明白了皇后娘娘的意思，請娘娘放心，這次元宵夜宴，嫻兒一定會竭盡所能。但若是無緣魁首，還是請娘娘幫忙說說話，畢竟您是皇后娘娘，是太子的生母，皇上就算再怎麼獨斷，也會聽您的意見。」

拿起杯盞，胡皇后輕輕喝了口茶，這才淡淡道：「好妹子，妳讓嫻兒好好表現才是正道。本宮這兒若是為她說話，根本討不了半分好處。還是只得靠妳們自己了。」

看到胡皇后端茶，胡清漪知道對方的「送客」之意，滿肚子的話也只得嚥下去，埋頭行了禮，這便乖乖退下了，連張嬷嬷的那顆月香丸也沒吃到。

第九十二章　自身不由己

柳冠傑自從與胡氏起了爭執，一連好幾日都未歸宿府宅，只讓陳果回來說吏部積壓了許多公務，此時臨近年節，得一併趕著處理了才行，讓胡氏不用擔心。

心中惦念著一些事，柳冠傑這一日下了朝便換下官服，改了一身青布棉襖，騎了馬便直奔天泉鎮而去。

錦鴻記，二樓。

「柳大人，這個時候您還是別來的好。主人也說過，等西北之勢稍定就會給您個說法。」

陳妙生坐在椅子上，斜眼看著一臉抑鬱的柳冠傑，倒也有幾分同情。「其實，你我同僚這些年，應該明白主人的脾性。你若真的為那二人好，就別再來了，萬一激怒主人，怕是會更糟。」

柳冠傑聽著陳妙生的話，表情裡有著濃濃的苦澀。「我這一生已是身不由己，無可奈何。但我的女兒，我絕不會讓她也步我的後塵，成為被別人利用的一個工具。」

「那你能怎麼樣？」陳妙生臉色一變，對眼前這個二品的吏部尚書似乎毫無懼意，只加重了語氣。「當初你可是領了皇上的命令，要一心一意輔佐主人。哪怕肝腦塗地，家破人亡也不能有半分悔意。怎麼，你享了這些年的榮華富貴，如今官拜尚書，有權有勢就不願意了？恐怕也太晚了！」

「我不是不願意，而是……」柳冠傑對陳妙生的話反應並不大，只是臉色越發的堅定起來。「我這次來，只想讓陳掌櫃轉告一下主人。北疆戰事告急，眼下最好的法子就是派兵北征。我願擔任將領領軍北上，為主人、為皇上排憂。」

「什麼？」陳妙生一愣。「你一介書生，領什麼軍，打什麼仗？」

「不為武將，卻也可以為文謀。」柳冠傑卻不讓，語氣堅定。

「那可是真刀真槍的戰場，你真的想好了？」陳妙生見柳冠傑並非是玩笑或一言意氣，倒是對他有些刮目相看了幾分。

柳冠傑卻自嘲地苦笑著道：「與其憋屈糊塗的留在京城，不如真刀真槍地去北疆為國建功。不過，我只有一個要求。」

「你的要求是什麼？」陳妙生有些警惕。他將姬無殤對柳芙的態度看在眼裡，若是涉及到柳芙那丫頭的事兒，他可不敢作任何決定。

柳冠傑深吸了口氣，這才道：「戰事將起，必有動亂。只求主人能替我照看好沈氏她們母女，保護她們免受胡氏的迫害就行。」

「你怕你一旦離開京城，胡氏不會輕易放過這個滅除眼中釘的大好機會？」陳妙生也能理解柳冠傑的擔憂。

「還請陳掌櫃幫忙說項，若我能如願，一定銘記您的恩德！」柳冠傑說著，竟朝著陳妙生的方向跪了下來，讓對方猝不及防。

趕緊上前扶了柳冠傑起來，陳妙生神色有些微妙。「柳大人請不必如此。你能不能去北疆，這並非我說了能算數的。等我稟告了主人，再給你個回信吧。」

「告訴主人，我不求其他，只求妻女平安。」柳冠傑起身來，雙手抱拳，語氣懇切。

「只可惜，你的妻兒除了沈氏母女還有胡家的人，唉……」陳妙生搖搖頭。「主人的大計若成，到時候可保你的妻女無虞，但胡氏恐怕不會輕易接受現實，萬一她心存怨恨，與胡家一條心……你心裡還是要有個底，有個取捨才行啊。」說著，陳妙生拍了拍柳冠傑的肩頭，看向他的眼神有著掩飾不住的同情。

「這點，我早有打算，還請陳掌櫃轉告主人，不必憂心。」柳冠傑咬咬牙。「胡氏若執迷不悟，我也沒辦法。」

陳妙生見柳冠傑似乎的確早有打算，便放心了些，轉而道：「對了，這次主人安排柳小姐一定要在元宵夜宴的賞燈會上奪魁。柳大人，你另一個女兒恐怕得讓讓路了。」

「主人是什麼意思？」柳冠傑臉色有些不好。「難道主人還未放棄讓芙兒去接近太子？」

「你放心，最後柳小姐絕不會成為太子妃的。」陳妙生倒是臉色表情輕鬆得很。「有些話我不好明說，但可以透露給你聽。」

「什麼！」柳冠傑有些迫不及待。

陳妙生笑笑。「主人可不會讓柳小姐那樣聰明的女子成為太子的助力，這可對主人自己是非常不利的。所以你也別慌了神，好好為主人辦事才是。將來，拿了功勞，你們一家人便可團聚了，豈不妙哉？」

「團聚……」柳冠傑搖搖頭。「我並不奢望她們母女能原諒我，我只希望她們能平安幸福地活得好好的，我也就心滿意足了。」

語畢，柳冠傑也不再與陳妙生多說了，轉身就匆匆離開了錦鴻記。

第九十三章　真言表真心

臘月二十七，宰年雞趕大集。

這天一大早柳芙就被沈氏從溫暖的被窩裡拉拽起來，先是讓她泡了個熱水澡。說什麼二十六洗了「福祿壽」，二十七還得洗「舊疾」。

泡完澡，柳芙原本白皙的臉蛋兒變得緋紅如霞，再被一身柳色柔綠的錦繡裙衫襯托著，越發顯得嬌豔欲滴，像顆飽滿的水蜜桃似的。

沈氏看在眼裡，甜在心裡，忍不住道：「我這花兒一般的乖女兒，將來也不知會嫁到哪家去便宜哪個小子了呢。」

「娘！」柳芙聽沈氏又提及自己婚嫁之事，俏臉越發緋紅。「您又不是不知道女兒的打算，等女兒在皇家書院完成學業，一定會拿一枚自行婚配的玉牌回來給娘。到時候，女兒想嫁給誰都行，誰也干涉不了。」

沈氏知道女兒不喜她多說「婚嫁之事」，也隨著點了點頭，挽住她。「『臘月二十七，宰年雞趕大集』，今日咱們得去天泉鎮上的集市，多買些年節之物回來。」

柳芙笑咪咪的任由沈氏將自己拉出了屋子，順帶炫耀起來。「臘月二十七，宰年雞趕大集。是說這天除了要宰殺自家的家禽，還要趕集購年貨。什麼鞭炮、春聯、香燭、燒紙、還有女孩子的頭花飾物等等……沒說錯吧！」

「沒說錯，這樣聰明的腦袋，就知道算計母親！放心，今日咱們先去一趟錦鴻記，拿了分紅的銀子就給妳買衣裳首飾。」沈氏伸手拍拍柳芙，一臉的寵溺。「妳明年十四，再一年就是及笄的大姑娘了。老穿這些素的衣裳可不行，為娘好好挑些顏色鮮亮的給妳打扮打扮。」

柳芙倒是沒注意母親又把話題給繞回來了，只想著正月十五那天還得入宮赴宴，便道：「娘，今年的元宵夜宴女兒也接了帖子，入宮的行頭今日也一併購置了吧。」

「也對也對。」沈氏也想起了這茬兒。「這次不同以往，聽妳文爺爺說若得了魁首要被皇上賜婚的。妳好好做那花燈，有什麼不明白的來找娘就行。至於穿什麼……」眨眨眼，沈氏笑容裡飽含了幾分深意。「娘早就為妳備好了，這次去錦鴻記就是取貨的。正好妳也看看有沒有需要修改的地方。女兒大了，身子的尺寸也見月的長，得看看合不合身。」

沈氏說起打扮自己的女兒，臉上神采飛揚，越發顯得年輕了不少，看在柳芙眼裡，只覺得這樣的母親才是真正幸福的，不免也迎合道：「那一切就交給娘了。這次若是出不了彩，女兒嫁不出去，那可就不是我的緣故，而是娘的緣故了。」

一邊和柳芙相攜而去，沈氏一邊念叨道：「從妳九歲受邀參加宮中夜宴開始，娘就勸妳穿得引人注目些。娘就覺得奇怪了，妳在書院的時候從不謙讓，在拈花會上也總是高調地保持五年都摘桂。怎麼一牽扯到宮裡頭，妳偏要藏拙呢？」

「娘，我不能把所有的好事兒都占全了，總得給其他小姐們留點菜吃吧。」柳芙只輕飄飄地搪塞了過去，挽緊了沈氏又道：「但翻年我便十四了，也該考量一下嫁人之事。所以，這次的機會我是不會拱手相讓了。還請娘多多費心替女兒置辦行頭。既要出色顯眼，但又不可太過花俏。娘您在這方面可是個行家裡手，女兒的未來可全交給您了。」說著，還撒嬌似地拽了拽沈氏的衣袖。

「乖女兒，妳就放心吧。」沈氏一臉「我懂」的表情，母女倆相視一笑，這便齊齊來到了文府門口，準備上馬車。

「夫人、小姐，請上車。」守在門口的劉婆子一見沈氏母女就趕緊神色恭敬的迎了上去。「今日奴婢也得趕集，置辦些廚房裡過年用的肉菜魚蛋。有暖兒、真兒相伴，奴婢就不陪夫人小姐了。」

「劉嬤嬤，妳忙妳的事兒就行。」沈氏笑意溫和，只點了點頭。

暖兒和真兒也雙雙立在門口候著，暖兒一臉興奮，真兒雖然也一臉嚮往的樣子，卻含蓄許多。

「咦……」

大家都坐上了馬車，暖兒突然發出驚疑的喊聲。「那是……」

「怎麼了？」沈氏笑著望向了正撩開車簾子往外打量的暖兒。

暖兒回過頭來，臉色有些不好，和剛剛一副興奮的模樣完全是兩個人。「奴婢……看到一個人……像是……」

柳芙正捧著暖手爐賴在母親身邊，見暖兒大驚小怪的樣子，趕緊問道：「什麼人？像是誰？」

暖兒神色有些緊張地看了看沈氏，這才朝柳芙打了個眼色，忙埋頭道：「沒什麼，或許是奴婢眼花認錯人了，夫人小姐別介意。」

看懂了暖兒眼神裡的深意，柳芙雖然心裡有疑問，但卻選擇了幫忙打岔。「對了對了，等會兒咱們第一站先去錦鴻記，第二站再到集市採買年節需要的東西。暖兒、真兒，妳們先想好了要什麼東西，可別挑花了眼，像去年一樣什麼需要用的都沒買到就把這銀子花光了。」說著，柳芙從腰間的荷包裡取了兩張銀票出來塞給兩人。

「哇，五十兩呢！」暖兒趕緊調整了臉色，拉著真兒揚了揚手中的銀票。「小姐真是大方，奴婢們拜謝了。」

「人家真兒可不是奴婢。」柳芙伸手輕輕打了打搞怪的暖兒。「別拉了別人下水。」

「小姐！」真兒聽得柳芙這樣說，有些欲言又止的樣子。

沈氏倒是看著真兒，察覺到了她似乎有心事，忙笑著鼓勵道：「真兒，妳有話就說。這三年來，咱們都將妳看做一家人。既是家人，有話且直說，不用顧慮太多。」

柳芙也朝真兒點頭笑笑，鼓勵的意味不言而喻。

真兒看著身邊的暖兒，再看向一臉柔和笑意的沈氏還有柳芙，不知怎麼的，眼眶就濕潤起來，語氣也十分認真。「這三年來，得夫人小姐照拂，真兒打心底感激不盡。從來，夫人小姐都沒把真兒當作下人，只以禮相待，多般照顧。如今……真兒是真心想要成為小姐的人，所以想請夫人和小姐接受我的賣身契。」說完這句話，真兒已經從懷裡掏出了一張紙，高舉過頭，雙膝跪在車內的絨毯上。「真兒願為奴為婢，報答小姐知遇之恩。」

看到真兒這一舉動，無論是和她情如姊妹的暖兒還是沈氏都吃了一驚。唯有柳芙，臉上的表情還是一如既往的恬然微笑。

「真兒，妳不必如此。無論妳是奴婢也好，自由身的也好，只要妳的心是向著我和娘的就行了。賣身契妳還是收回去吧，我不會接受的。」

聽得柳芙此言，真兒抬起頭來，淚水不聽使喚地撲簌而落。「小姐，真兒本是個孤兒，從小在書院長大，周圍的人不是王孫公子就是千金小姐。他們何曾正眼看過我一眼！只有小姐，不但收了我為侍讀，還待我一如家人般。小姐的恩德，真兒就算賣身為奴一輩子都無法報答。更何況……」

抽泣著，真兒深吸了口氣，這才繼續道：「離了小姐，真兒不過是個無依無靠的孤女罷了。不如死心塌地地跟在夫人和小姐身邊，真兒相信，小姐一定不會薄待了真兒半分。這一生，也算是有了託付了。」

看著真兒言辭懇切，表情真誠的樣子，柳芙有些感慨地嘆了口氣。「也罷，這契書我先收著，但並不表示妳從此就是奴婢身分了。我只想給妳一些時間，讓妳好好的考慮妳的將來，一個月之後再給我說妳的決定。到時候，無論妳是想保有自由之身還是執意為奴，我都不會再攔妳，一切以妳的意願為尊。」

「多謝小姐，多謝夫人。」真兒見柳芙鬆了口，趕緊將契書放到了她的手中，破涕為笑起來。

第九十四章　紫香綾羅緞

今日是年前最後一次趕集，無論是採買年貨的，還是打發空閒時間亂逛的，都擠在了天泉鎮的中心大街上，遠遠看去簡直人山人海。

翻身上馬，戴上遮面的斗笠，柳冠傑從錦鴻記出來，心知這間總店離得文府不過三、四條街巷的距離，抬眼，目光透過陣陣夾雜著飛雪的寒風望向文府所在的方向，有些遲疑，卻不自覺地扯了馬韁，馳騁而去。

在文府巷口的位置，柳冠傑便勒馬停住了。

青灰的高牆隔斷了視線，柳冠傑只一動不動地騎在馬上，好像這樣便能離得沈氏母女更近似的。

還好錦鴻記離得中心大街不算近，來往也皆是有頭有臉的豪客，所以除了店門前停了長長一溜馬車外，並不顯得十分吵嚷和擁擠。

文府馬車按照順序停在了巷口，需要沈氏和柳芙步行到店堂。

攙扶著母親下了馬車，柳芙將真兒遞上的暖手爐塞到沈氏的手中。「娘，這兒好長一段距離呢，冷得很，小心別吹著了風。」

「妳也是。」沈氏伸手幫柳芙將昭君套拉起來遮住頭，這才接過了暖爐捧在胸口抵擋這外間的寒冷。

來到店堂，門口負責迎來送往的小廝見是沈氏母女，趕忙笑著迎了上前。「沈夫人、柳小姐，這邊請。」

對於沈氏，店裡的夥計都十分熟悉，只當她是喪夫寡居的，所以稱呼上都直接用了她的本姓。

小廝將沈氏母女帶到了貴賓室，小小的單獨一間，四周掛了竹簾，算是和大廳間隔開來。因為錦鴻記售賣俱是高價的衣裳和首飾，所以在特別貴重的物品交貨時為了保障客人的安全，便會啟用這樣的單獨隔間。

「陳掌櫃的？您怎麼親自在這兒！」沈氏見屋裡接待自己的人竟是陳妙生，不由得驚訝異常。

陳妙生看了一眼沈氏身邊看似乖巧的柳芙，這才笑著拱手行了禮。「見過沈夫人、柳小姐。今日可是臘月二十七，店裡太忙，在下可不能再當甩手掌櫃了。正好看到夫人過來，在下本就要奉上這一年的紅利，所以就直接過來了。」

「有勞陳掌櫃了。」沈氏點點頭，語氣十分客氣。

「這是一年裡夫人所交繡品售賣後得到的利潤抽成，您點點。」說著，陳妙生從桌前推上來一個木匣子。

沈氏有些高興，伸手接過來打開一看，頓時笑意變作了訝異。「怎麼會這麼少！從前一年下來至少有上千兩銀子的抽成，可這……」

陳妙生見沈氏臉色不好，趕忙解釋道：「夫人請聽在下解釋。這一年，北疆不斷傳來壞消息，眼看戰事將起，許多本店的熟客都沒有再續訂生辰年節的繡品。相信夫人也從這一年所收到的活計量上可以看得出，至少去了三、四成。亂世存金，客人們不會在這個節骨眼上再花大把的銀子去置辦繡品，所以咱們也減了價在出售。而且，夫人是與本店合作了好幾年的，繡品上的手工費可曾少過一分半點？一邊是客人減少，一邊本店並未剋扣夫人的工錢，這結果嘛自然是不言而喻的。所以今年結帳，能給夫人這二百兩銀子的紅利已是本店極限了，還請夫人能夠體諒。」

沈氏並不是見錢眼開的人，所以當陳妙生一臉懇切地詳細解釋之後，她並未有太大的反應，只點了點頭。「雖然遺憾，但我相信陳掌櫃的話。雖然只有二百兩，但也是店裡的一份心意，我就收下吧。」

柳芙在一邊聽著，這還是她第一次知曉錦鴻記的窘況，不由看向陳妙生，臉上帶了幾分疑惑。

陳妙生卻只對她笑笑，這才又從桌下提起來一個一尺多寬的大箱子。「這是夫人訂的衣裳，請過目驗貨吧。」

「芙兒，妳自己打開看吧。」看到這盛裝衣裳的箱子，沈氏才真正的激動起來，將柳芙推到了前面。

「好的，娘。」柳芙依言上前，伸手將箱蓋輕輕提起翻開，卻在掃過這箱內衣裳之時臉色驟變。

衣裙竟是用少見的藍紫色錦香緞製成，上面還星星點點綴著米粒大小的晶瑩寶石，將紫緞原本的光澤渲染得迷離如夢幻般……

「怎麼了？不喜歡嗎？」沈氏見柳芙愣在那兒，以為她不喜自己花費了很多心思挑選訂製的衣裳，忙上前湊過去一看，也頓時愣在了當場。「這……這是我訂製的衣裳嗎？」

「沈夫人，這便是為柳小姐量身訂做的衣裙，千真萬確，絕無虛假。」陳妙生一臉笑意，看到沈氏和柳芙都是一副難以置信的樣子，不得不將先想好的託詞找了出來。「夫人您仔細看，這衣裳所用的料子就是您當初選中的錦香緞。只是上面所綴的星辰砂乃本店額外贈送的。」

「無功不受祿，無故不貪財。」沈氏連連擺手。「這星辰砂是什麼東西我可知道得一清二楚。據說那些打磨剩下的小金剛石就是它。雖不至於像大粒的金剛石那樣價值連城，可這衣裙上所綴起碼成百上千顆，總價恐怕也不會低到哪兒去。陳掌櫃還是請找個繡女直接把它取下來吧，我只要我訂製的錦香緞足矣。」

陳妙生見沈氏態度堅決，只得望向了柳芙，眼神中的意味很是明顯。

柳芙當然看懂了陳妙生的示意，她也知道這多半是姬無殤的主意，便道：「娘，您不如聽聽陳掌櫃為何要額外送星辰砂給咱們再推卻也不遲。」

「對對對，在下這就給夫人解釋清楚。」陳妙生搓了搓手，略屈身，語氣無不帶著幾分討好的意味。「相信夫人也知道，錦鴻記這幾年涉足珠寶生意，做的還算紅火。別的沒有，這樣的星辰砂卻是再普通不過的貨色了。因為這金剛石需要打磨，太小的不好拿來出賣，咱們的生意又全賴各位熟客。所以咱們的東家便慷慨地將這星辰砂用作贈禮。特別是夫人這樣的，既是合作關係，又是老顧客了，只送您這點兒星辰砂實在只是聊表一下心意罷了，絕無他意。還請夫人笑納。」

「娘，錦鴻記這幾年可在珠寶生意上賺了不少銀子。繡品上咱們分的利少了，只要著點兒星辰砂不算什麼。而且這紫裙雖然華美異常，但始終有些顯得老氣。若非綴了這些星辰砂，恐怕女兒穿著也不好看。別猶豫了，咱們就收下吧。」柳芙做出十分喜歡著衣裙的樣子，伸手拽了拽沈氏的衣袖，語氣也帶著些撒嬌的感覺。

「也罷，只要妳喜歡，娘就收下。」沈氏見柳芙是真心喜歡，便也不拒絕了，直接將先前收入懷中的二百兩銀票摸了出來放到桌上。「這二百兩銀子不知夠不夠那些星辰砂的價錢，若不夠，還請陳掌櫃的報個數。」

「這……」陳妙生的臉色有些尷尬，只將銀票又推到了沈氏的面前。「夫人這就見外了。我們東家都說了，這些星辰砂是答謝您這些年來為錦鴻記做繡品的功勞。若是提錢，豈不折殺了在下，也辜負了咱們東家的一份真心嘛！柳小姐，您還是勸勸令堂吧。」

似乎是算準了柳芙不會拒絕姬無殤的安排，陳妙生將難題直接拋到了柳芙的身上。

抿了抿唇，柳芙見母親一臉堅決的樣子，只好嘆了口氣，有些心疼地將銀票拿在手上。「這樣吧，陳掌櫃。我知道二百兩可能只抵得了這些星辰砂五成的價格。您把銀票收下，不夠的，就算是咱們領了錦鴻記的情。」

陳妙生被柳芙這樣一說，無奈地只得將銀票收下。「既然夫人和小姐堅持如此，那在下就厚顏替東家收下了。」

「也請替我向你們東家道聲謝。」沈氏對柳芙提出的解決方式並無異議，十分客氣地朝著陳妙生略福了福禮。

「客氣客氣，在下自然會如實稟明東家的。」陳妙生趕忙回了一禮，這才又從桌下拿出一個猩紅絨布蓋住的托盤。「對了，上次夫人給了一千兩的訂金，讓在下替柳小姐尋一些稀罕的釵環首飾。也一併備好了，請夫人和小姐過目。」

有了先前錦香緞的鋪墊，柳芙與沈氏互相看了一眼，這才由前者伸手將絨布掀開。果然，又是幾樣綴滿了星辰砂的頭釵和耳墜！

「咱們店裡別的沒有，就這星辰砂既拿得出手，又不會讓客人失望。夫人那一千兩，置辦這一支滿天星輝的流雲釵完全足夠了。至於另外這一對耳墜兒，算是本店的添頭。」陳妙生見兩人臉色均有些沈默，只好語氣帶著幾分懇請。「夫人小姐千萬別再拒絕了。」

趕在沈氏開口之前，柳芙一把將東西收了在手，樂滋滋的說：「這可是我娘花了銀子買的，添頭不過一對耳墜子，就算是星辰砂鑲的，你們也不過是少賺那麼一點兒。我才不會拒絕呢，對吧，娘！」

被柳芙俏皮的神色逗得一笑，沈氏只得向陳妙生又福了福禮。「東家對咱們這麼慷慨大方，還請陳掌櫃的帶一句話。趁著年節，小婦人一定攜小女上門拜望，還請東家能撥冗相見，接受咱們當面的致謝。」

「這是自然，這是自然……」陳妙生當然趕緊就答應了。

聽見母親想和姬無殤見面，柳芙臉色閃過一抹愕然，可隨即便釋然了，心想姬無殤那樣的大忙人怎麼可能接見母親。到時候不過找個藉口拒絕，想來母親也會理解的。

第九十五章　主人意留客

將衣裳和首飾都裝在了箱子裡，柳芙只說還想看看店裡有沒有好東西，順帶給敏慧郡主和玉琅郡主做年節禮，便讓暖兒留下，吩咐真兒陪沈氏帶著東西先回車上等著自個兒。

沈氏本想留下幫忙，柳芙卻勸她說這兒人多不清靜，向陳掌櫃要了一間單獨可以休息的客房，讓她一邊吃著茶等自己。

於是沈氏被陳妙生請到了二樓的房間親自接待，柳芙才得以和暖兒有了單獨說話的機會。

柳芙裝作漫不經心地帶著暖兒來到一個沒多少人的角落，邊挑選料子，邊低聲和緊跟的暖兒道：「好了，妳說先前在文府門口看到了誰？為什麼那麼驚惶失措，差點兒嚇到了母親。」

暖兒湊近了柳芙的耳畔，小聲地道：「奴婢看到一個熟悉的人，就像是……」

「這兒只有妳我，妳還猶豫什麼，快說妳看到了誰。」柳芙蹙了蹙眉，打斷了暖兒的婆婆媽媽。

「這兒可不只小姐和奴婢兩個人呢。」暖兒低聲嘟囔了一下。

柳芙並未聽清楚，只追問道：「妳說什麼呢？趁著娘和真兒不在一旁，妳倒是快些把話說清楚。」

「小姐，小聲點兒！」暖兒臉色有些緊張，四下看了看，見其他人都只顧著買東西，並未注意自己主僕倆，這才低聲坦白道：「奴婢看到了柳老爺。」

「他？」暖兒的話讓柳芙杏目一瞪。「他跑到文府門口做什麼？他如今可是堂堂二品大吏了，就不怕被人看出來生疑嗎！」

「不會。」暖兒有些神秘地吞了吞口水，隨即解釋道：「柳老爺是喬裝打扮出來的。一身市井男子的青布棉襖，還戴著半遮面的斗笠。說實話，若非奴婢看出來柳老爺座下那匹馬就是那個柳嫻……小姐經常騎到書院的那匹，奴婢恐怕也認不出來那人是柳老爺呢。」

見柳芙眉頭都皺到了一起，一言不發，暖兒有些不忍心，只小心翼翼地勸慰道：「或許，是柳老爺想看夫人和小姐您一眼呢……」

「妳不要聲張，我真不清楚他到底有什麼目的。」柳芙冷冷地嗤笑了一聲，眼底全是蔑視。「五年過去了，他都不曾過問過我們母女一句。怎麼如今會突然來到文府門口！我可不相信他只是想看看娘和我，而且還那樣喬裝打扮鬼鬼祟祟……」

柳芙腦中盤算著，卻始終想不出任何柳冠傑會悄悄來到文府門口的理由，只得收起思緒，冷冷道：「不管他，回頭妳託張老頭安排個可靠的小廝在府門盯梢，看他還會不會再來。若有異狀，隨時來報！」

「沒問題！」暖兒趕緊應了，一眼瞥到柳芙手上拿的一疋柔絲錦緞。「小姐，您輕點兒捏，萬一弄縐了，咱們可就得把這疋老人家才用得著的料子給買回去。」

柳芙這才回神過來，對自己此時心裡的不平靜很是不喜，只一轉身，臉上回復了笑容。

「走吧，該去接娘回去了。」

暖兒見柳芙已經走遠，忙跟上，不解地問：「小姐不是要給敏慧郡主和玉琅郡主挑年節禮嗎？」

「我早備好了，這些用銀子能買到的東西怎能體現心意。」柳芙唇角微翹，回頭看了一眼暖兒。「到時候妳得親自去送……說真的，給妳置辦一套體面的衣裳才是正理。」

「果真？」暖兒雙目放光。

「小姐我什麼時候說話不算話了？」

柳芙只拋下這句話，就直接繞到了店堂後面的樓梯，守在此處的小廝是認識她的，也沒攔，直接屈身讓開請了她上去。

「娘，咱們再吃一盞茶，我讓暖兒挑一身衣裳，她得親自去淮王府還有鎮國公府幫我送年節禮。穿得太素了可不行，會失了禮……」

柳芙還未來到門口就朗聲和母親說起了話，可等她走進了屋子，才發現除了母親、真兒和陳妙生之外，屋裡還有第四和第五個人。

第四個不是別人，正是這錦鴻記的東家，也是當今聖上的四皇子裕親王，姬無殤！至於第五個人，正是姬無殤如影隨形的貼身侍衛常勝。

「芙兒，妳快來見過裕王殿下。」沈氏並未看出柳芙臉上的詫異含了其他意思，只趕緊拉了她到身邊，示意她給姬無殤行禮。

「小女子見過裕王殿下，殿下萬福。」柳芙只得依言福了福，只是眼神卻忍不住飄向了一旁事不關己的陳妙生，像刀一般，鋒利而尖刻！

被柳芙的「刀子眼神」一瞪，陳妙生趕緊露出了無可奈何的神情，硬著頭皮迎了上去。

「柳小姐，在下也沒料到東家今日回來巡店，剛剛安置了沈夫人，這就碰上了。」

「陳掌櫃的，您不用解釋什麼。」沈氏看出了陳妙生臉上的一絲窘迫，以為他這是向柳芙解釋為何會有外男和自己共處一室，忙笑道：「先前小婦人還說讓陳掌櫃給東家……哦，如今已曉得東家就是裕王您，本想讓陳掌櫃給捎個信，容小婦人親自見面道謝的。正好遇上，也是互相的緣分，芙兒，妳可別胡亂怪罪人。」最後一句話則是轉而低聲吩咐柳芙的。

「娘，女兒只是有些驚訝，沒想到會在錦鴻記碰上裕王殿下而已。」柳芙很快調整了神色，朝姬無殤看了過去。假裝自己並不知情，實際卻在用目光告誡對方，讓他們不要露了餡兒。

「不過是閒來無事做做的小生意。」姬無殤一副無害的樣子，笑意溫和，對沈氏十分恭敬。「其實在文府的時候本該早些透露給夫人和小姐知道，但大周皇朝有律，皇家不得與民爭利。所以便一直瞞著，還請夫人和小姐見諒才是。」

沈氏笑著向姬無殤道：「裕王您放心，小婦人和小女都不會將您是錦鴻記東家的事傳揚出去的。」

看著母親對待姬無殤那和藹可親的模樣，柳芙心裡有些彆扭，只扶了她，向著姬無殤福禮道：「怕是小女子和母親耽誤了裕王您的正事兒了，這便告辭。」

「不急！」姬無殤卻伸手一攔。「擇日不如撞日，既然今日和夫人小姐巧遇，不如留下來吃一頓便飯再回府。文先生那兒，本王會派人前去說明的。可好？」
「不用煩勞裕王了！」
「那怎麼好意思，真是煩勞裕王殿下了！」
幾乎是同時，柳芙和沈氏都齊齊開了口。只不過前者是直接拒絕了，後者卻笑著答應了。
揚起眉，裝作無辜的樣子看向沈氏和柳芙，姬無殤笑道：「既然如此，那本王就安排下去了，陳妙生！」
「屬下在。」陳妙生趕緊答應了，屈身就想往外退。
「等等！」柳芙看準了陳妙生的退路，一步跨到門口攔住他，這才往母親那兒望去。「娘，人家裕王殿下可是個大忙人，不但要操心朝廷的事兒，還有這麼大個店得打理，哪裡有時間和咱們吃閒飯說閒話呢？人家不過是客氣罷了，咱們不能得臉就往上爬對吧。」說著，柳芙擠出了自認為很柔和的笑容，實際卻含著幾分警告的意味又看向姬無殤。「裕王您說對吧？」
「哪裡哪裡！」姬無殤卻只當柳芙的警告沒看見似的，踱步來到沈氏身邊，輕輕虛扶了她來到屋中的圓桌，請她坐下，自己也隨即落坐。「本王事多不假，可手下的得力幹將也不少。喏，陳掌櫃的就已經把這錦鴻記打理得極好了，本王根本不用操什麼心。而且今日正好也無他事，不如和夫人小姐說說話，也算臨近年節咱們聚聚。」
「既然裕王殿下都這樣說了，咱們再拒絕豈不是無禮？」沈氏看著姬無殤，眼中的笑容就沒有斷過，如今聽得他一解釋，更是趕忙向著柳芙使了使眼色，示意她過來。

柳芙看著母親那笑意深深的目光，突然覺得一股冷意從背後升起，寒毛都不由自主地豎了起來。

敢情母親是看上了姬無殤，想招了這位好名聲在外，又英俊又能幹的親王做女婿不成?!

第九十六章　了然於胸

從錦鴻記回到文府已是夜色深深，微酌了兩杯小酒的沈氏卻並不覺得疲倦，反而興致仍舊高昂地追問著柳芙對姬無殤的印象。

早已看出母親的盤算，想撮合自己和姬無殤，但柳芙並不願多說什麼，只簡單的敷衍著。

不一會兒，馬車駛進了文府，沈氏讓柳芙先獨自回流月百匯堂，說她有些事情要找文從征商量。

柳芙知道母親多半又去找文爺爺打聽姬無殤去了，也不攔著，只將從錦鴻記取回的衣裳和首飾帶回了屋子。

打發了暖兒和真兒去準備熱水，柳芙想在梳洗更衣之前練練字，好靜下心來仔細想想現在她所面對的諸多情況。

目光掃過放在床頭矮几上的繡籃子，柳芙嘆了口氣。

之前，她還不能確定自己是否能在賞燈會上如願，可現在看來，除了拚死奪魁之外，姬無殤不會給自己另外一條路來選擇。

於是放下剛剛蘸了墨的筆，柳芙走到床頭將燈燭又挑亮了些，想趁著還有時間多費些心思在這花燈上。

不一會兒，暖兒和真兒就回來了。

伺候了柳芙梳洗，真兒便先行退下，暖兒則留下來幫忙柳芙將今日從錦鴻記帶回來的衣裳首飾拿出來放好。

「小姐，這首飾盒裡有一封書柬。」暖兒剛打開盒子，正想將首飾先鎖好，卻看到一封用紅蠟封好的黃色信封。

「拿給我看看。」柳芙覺得有些奇怪，接過信封便直接打開了。

掃過信箋之上所書內容，柳芙蹙了蹙眉，將信紙揉成了團直接丟到腳邊的炭盆裡。眼看著信箋被燃成了灰，暖兒不解地問：「可是裕親王給小姐的信？」

「他讓我用星辰砂來妝點花燈。」柳芙點點頭，語氣淡淡的。「妳把首飾盒的底蓋揭開吧，按信上，他讓陳妙生放在了暗格裡。」

「真的？」暖兒驚訝得幾乎跳了起來，趕緊把首飾盒中的釵環小心取出來，將底蓋一揭開，果然底下細細密密地竟鋪滿了星辰砂。

手有些顫抖地捧著盒子來到柳芙的面前，暖兒圓圓的眼睛都被這星辰砂給閃花了。「小姐，這麼多星辰砂，恐怕一千兩銀子都買不到吧。」

柳芙掃了一眼，的確被這有些「壯觀」的景象給震住了片刻。「妳看仔細了，這可不能算是星辰砂。」

暖兒伸手去抓了一小撮在手裡，就著燈燭仔細一分辨才明白了柳芙的意思，不但手是抖的，說話間連嗓音都不住的顫抖著。「天哪，這麼大顆，應該是金剛石才對啊。小姐妳看！」

柳芙接過盒子，並沒有暖兒那樣過於興奮的表情出現，反而露出了一抹狐疑。「這些金剛石至少值三、五萬兩銀子。可就算捧著幾萬兩的銀票，恐怕也很難一下子就買到這麼多形狀色澤都均勻如一的金剛石。除非是錦鴻記這樣的珠寶商人，否則，誰還能有這樣大的手筆。」

暖兒還未回過神來，口中「嘖嘖」直嘆。「小姐，有了這些金剛石，就算您只做出來個啥都沒有的花燈，單單將它們鋪上去恐怕就能直接壓過所有人吧。」

「不行，我不能收這東西。」柳芙一把將首飾盒的蓋子給合上。「暖兒，妳把這盒子收好，明天找張老頭載妳去一趟錦鴻記，還給陳掌櫃。」

「為什麼啊？」暖兒很是不解。「小姐知道這次的元宵夜宴非同小可。太子這些年待小姐極好，噓寒問暖，關懷備至，難道小姐不想爭一爭嗎？」

「暖兒，我自然明白這一次的夜宴意味著什麼。太子已經要二十二，大婚是遲早的事兒。若能得到這次皇上的賜婚，九成能被指婚給太子。可是……」

柳芙說著，臉上露出了凝重的表情。「也正因為如此，各路人馬都在較著勁兒。不出所料的話，賞燈會上一定有比這金剛石裝飾得還要名貴華麗的花燈出現。」

「所以小姐想用這親手所製之物來出其不意？」暖兒有些懂得了，點點頭。「小姐這手藝倒是不差，可……萬一其他花燈太過閃耀奪目，豈不很難讓人發現小姐的心意？」

「相信我，這花燈也不會差到哪裡去的。」柳芙伸手拂過籃子裡的繡品，臉上倒是信心十足。

暖兒對柳芙有著莫名的信任感，見她神色如常，連那一堆金剛石都不動心，也狠狠點點頭。「那奴婢也相信小姐。」

「對了小姐，真兒甘願為奴，您可想好了怎麼安排她嗎？」

憋了整整一天，暖兒終於趁著柳芙還未睡的當口將這件事問了出來。「真兒那性子，奴婢雖然與其交好，但卻實在有些猜不透她的心意。」

「真兒是個真正聰明的女孩子啊！」

暖兒想不明白，柳芙卻看得一清二楚。

從帶了真兒去扶柳院開始，讓她知道了自己經營茶園的事兒，再到皇家書院裡不避諱她在一旁，自己和李墨密談，以及錦鴻記對自己的態度和姬無殤那邊種種千絲萬縷的連繫……柳芙知道，真兒那樣剔透玲瓏的心思，定然是琢磨出了一些事兒來。

她多半是看出自己的打算，想以這一紙賣身契來向自己表明內心罷了。

可就像自己放李墨離開那樣，柳芙堅信，拴住一個人的心，並不一定要靠利益、脅迫這些手段。交心，誠懇以待，這才是與人相處最穩妥之道。

第九十七章　野史莫為虛

大年三十這天，出人意料的，下了整整三天的雪竟停了，陽光從雲層中衝破而出，似乎在努力地彌補過去這幾日給大家造成的陰霾，盡可能的釋放出熱量和暖意在這一年的最後一天。

天剛濛濛亮，各家的年節禮陸續到了。

文府門口車水馬龍，裕親王府的、淮王府的、鎮國公府的……甚至是宮裡的輦子都一大早停駐在了這裡。

負責送年節禮的管家、管事嬤嬤或者主人家的貼身小廝、貼身丫鬟也好，個個都神清氣爽，衣著鮮亮。嘴裡說著年節的吉利話，送完了這家，他們還得馬不停蹄風風火火地趕到下一家去。因為在年三十這天，年節禮必須得在午時之前全部送到，這是規矩。

延續這五年來的習慣，大年三十這一天，沈氏帶著柳芙親自動手下廚，又是煲湯，又是燉肉，又是和麵粉包餃子的，雖然忙碌，兩人的臉上卻都帶著幸福的微笑。

怕將新衣裳弄髒，柳芙專程回屋換了一身常穿的櫻桃紅襦裙，外罩月白色的流水素錦小襖，衣袖高挽，露出白皙的藕臂，一邊賣力地揉著麵團給沈氏打下手，一邊笑著道：「娘，我讓真兒跑一趟扶柳院，把馮嬤和劉老頭師徒一起接過來，還有李先生，他幫我們做了不少的事兒，又是一個人，大家一起過節也熱鬧點，您說怎樣？」

「這是歷年來的老規矩了，妳不用細說，倒是李先生？」沈氏倒是對邀請李墨有點兒意見。「他可是外男，不太好吧。」

「娘。」柳芙臉上沾了點兒白麵，看起來有些滑稽，卻因為用力，兩頰緋紅地透著一股子水靈勁兒。「李先生如今是文爺爺的得意門生，又是女兒在書院的先生。再加上他是劉嬤嬤的外甥，怎麼算得上是外人？更何況，他這些年雖然供職翰林院，卻一直不忘幫咱們打理茶園子。娘您仔細想想，不邀請他可說不過去呢。」

「好了好了，妳既然都這樣說了，咱們也不是拘泥於那些個俗禮的人家，就讓真兒一併去請了李先生過來吧。」

自從順帶認了沈氏為乾女兒，文從征就過著無比舒心的日子。特別是大年三十這天，他只需要蹺著腳，吃著茶，等年夜飯和家人一起聚著吃酒，熱熱鬧鬧的守歲。

只是這樣的日子雖好，大年三十這天未免也太閒了些，文從征只得來到養心堂的書房翻翻舊書，整理整理珍藏。順便琢磨起了一件事兒。

他做了三十多年的翰林侍讀，雖然官階不高，可對大周皇朝的主子，也就是姬家的脾性卻摸得是一清二楚。

姬奉天表面看來對太子極為放心，可姬無淵除了統領不痛不癢的禮部之外，連中樞院的邊兒也沒沾到過。反倒是姬無殤，這個四皇子，也就是自己的得意之徒備受姬奉天的另眼相看。

很顯然，除非姬奉天是腦子不清楚，否則又怎麼會任其另一個兒子握有重要的實權而威脅到太子的地位呢？

答案只有一個，那就是姬奉天並未下最後的決定，他等待的，只是一個可以讓兩兄弟身分互換的時機罷了。

可為什麼，他為什麼會這樣做呢？單論才幹，或許姬無淵的確不如姬無殤這個弟弟。但當皇帝並不需要有多大的才幹，能領導有才之人為其所用更為重要。再論出身……姬無淵和姬無殤雖然都是胡皇后所出，但前者占了嫡長優勢，還是稚兒時就被封為太子，名正言順，順理成章。

棄太子而擇四子，怎麼看都並非是個明智之舉。更何況，太子背後還站著一個不可忽視的絕對力量，胡家！

「是啊，曾經和姬家共享大周皇朝江山的胡家……」

文從征似乎想通了一些什麼，喃喃低語道：「胡家人的態度十分明顯，對太子無所不用其極的討好和滿足任何條件。而對無殤，似乎從未放在正眼裡瞧過。到底，這是為什麼？按理，他們身上可都流著胡家的血脈才對。可為何要厚此薄彼呢……」

文從征陷入沈思的時候習慣性地會伸手扶住側額，半低著頭。

可就是這一低頭，他目光不經意的掃過了一本擺在書案上的野史。「芙兒這妮子，看了書老是亂放，沒個收拾。」

腦中思緒紛亂，文從征隨手便翻開了這野史，打開來，書頁直接來到了被翻摺的這一頁。

「夢虎得子，卻誕死胎……劉皇后暗度陳倉，將有孕宮女活剖取子，據為己有……」

皺眉，文從征猛地將書本合上，臉上露出一抹狐疑和似笑非笑的表情。「難道，這野史中的描述竟會出現在真實的世界中？若這樣解釋，倒也有幾分合理。可就是不知，誰才是那死嬰，誰又是偷龍轉鳳的結果呢？」

老謀深算的文從征心裡有了線索和疑問，自然不會就此罷手。當即便換上了外出的大衣裳，只說要拜望一位太醫院的老朋友，讓沈氏和柳芙不用擔心，他一定會趕在年夜飯之前回來。

第九十八章　鏡照女兒心

今歲今宵盡，明年明日催。寒隨一夜去，春逐五更來……

窗外，不時傳來噼啪作響的鞭炮聲，卻無法掩蓋屋中熱鬧祥和的年節氣氛。圍攏著海棠富貴雕花的黑漆大圓桌，文從征為首，左邊女眷依次下來是沈氏、柳芙、馮嬤、劉婆子；右邊男眷依次下來是李墨、劉老頭、陳瀾、文來、張老頭。另外暖兒和真兒因為年紀最小，負責上菜之後才落坐，所以還有兩個空著的位置給她們。

因為文府的奴僕極少，除了留下兩個門房守著之外，在外成了家的男僕、小廝、廚娘、灑掃等下人都被文從征放回老家過年去了。留下來的，都不分男女，不分主僕，齊齊圍桌而坐，使這養心堂中好似有股融融的暖意在流動著。

和普通十四歲的閨秀不同，剛過了年三十，柳芙就開始忙碌起來了。

親手縫製的花燈得趕在正月十五之前完工，與此同時還要把茶行的生意趁著年節的時候給結束了，另外還得不時地從李墨那裡聽他回報京中尋找鋪子的進度。

所以當其他千金小姐們忙著在年節裡串門子的時候，柳芙只能乖乖地待在文府，為即將到來的各種事情做著充分的準備。

「小姐，有客人來了。」

暖兒手裡托著茶盤，掀開簾子進了屋，臉色有些淡淡的紅暈，胸口也起伏不停，像是剛剛從外面跑過來似的。「是太子，是太子來了！」

柳眉輕輕地蹙了一下，柳芙起身來，也不耽擱。「快些放好東西，將昨兒個穿的那身新衣裳拿出來，為我更衣。」

柳芙吩咐完，已經顧自來到梳妝檯前，抽出妝匣子，從裡面挑出來合襯的一對珠釵和兩朵由蓮子大小的東珠穿成的珠花。「娘為我親手縫製的這身胭脂紅底兒綴珍珠的衣裳，要配了這東珠做的釵環才好看。」

拿出衣裳放好，暖兒一邊給柳芙梳頭，一邊嘀咕道：「小姐，您怎麼一點兒也不驚訝。今日可是大年初一呢，又是一大早，太子他不在宮裡給皇上皇后磕頭拜年，怎麼往咱們府裡跑？再說了，就算是出門拜年，咱們文老爺又不是太子的老師，也輪不著他啊！」

「妳問這麼多幹什麼，太子做事情需要給人解釋嗎？大周朝是姬家的天下，他貴為太子，還不是想去哪兒就去哪兒。」柳芙見暖兒將髮髻綰好，起身來換上了昨兒才穿過的新衣裳，走到銅鏡前理了理，這才直接去了文府的前廳。

「太子真是有心了，大年初一就趕著來看望老臣。」文從征面色祥和地吃著茶，上下打量了一下姬無淵，只覺得他越看越有種浮誇之氣，心底還是比較喜歡他的四弟，也就是自己的愛徒姬無殤。

文從征眼神掃過旁邊放置的一個紅絨包好的一尺見方木匣，故意問：「太子殿下說是給老臣乾孫女兒的禮物，這就有點難辦了。」

「不過是年節之禮的小東西，文大人盡可打開過目，看可有違禮之處。」雖然被文從征這樣拒絕有些尷尬，但太子臉上還是保持著溫和笑意，不曾有半點失禮。

「可太子畢竟是外男，就這樣直接給老臣府裡的女眷送東西，恐怕……」文從征卻不吃這一套，話裡軟中帶硬，好像就是不願意收下。

「這禮能不能收，還是請文大人過目之後再定奪吧。」太子卻十分有信心似的，語氣堅持著，半分不讓。

「民女柳芙，見過太子殿下。」

正當氣氛僵持著，柳芙適時地趕到了。她滿臉笑意，進了大廳就向著太子福了一禮，之後才走到文從征身邊立著。「爺爺，剛剛聽您說太子送了禮過來，可否給芙兒看看？」

「喏，就是那個紅匣子。」文從征只得努了努嘴，給柳芙指了方向。

柳芙與太子極為輕柔地對望了一眼，這才走到匣子前，伸手挑開了鎖釦。

「這是……」看著匣子裡躺著的靶鏡，柳芙神色間有些驚喜。「爺爺，太子送的是鏡子呢。古時，大年初一女子有『鏡占』的習俗，俗禮中還得是親友贈送的鏡子才能拿來做占卜用。太子送來這把琉璃鏡，正好呢。」

說話間，柳芙已經將靶鏡從匣子裡拿了出來。

這靶鏡造型像一把蒲扇，線條十分柔和，整體採用羊脂暖玉雕成，上部鑲嵌了琉璃的鏡面，把手處更是一朵含苞待放的玉蘭花造型，將握著它的女子映照得十分清晰，遠非銅鏡可比。

第九十九章　有女不愁嫁

整塊羊脂玉雕琢的鏡身和鏡柄已是價值不凡，更遑論鑲嵌在玉中明亮而清晰的那塊西洋琉璃水銀鏡了。

鏡中，手持它的柳芙眉眼若絲，粉頰似桃，連肌膚上細膩的紋理和微不可見的汗毛都分明地映照而出，可見此鏡的珍貴和難得。

可這並非是文從征臉上不滿表情的原因，只見他蒼眉深蹙，走上前去將柳芙手中的鏡子拿在手中。「芙兒，妳既知『鏡占』一詞，可知它的由來？」

看到文從征表情嚴肅中透出一抹不喜，柳芙這才想起來，臉色不免也帶了幾分尷尬，低聲道：「前朝詩人有〈鏡聽詞〉，講的便是這用鏡占卜之事，芙兒……明白了。」

「怎麼？本宮仿效古人，贈與柳小姐玉鏡，卻是犯了什麼忌諱嗎？」太子看到祖孫倆奇怪的表情，忍不住插嘴問道。

「太子殿下，這不怪您。」柳芙一臉的抱歉，柔和地解釋道：「這女子鏡占本是古時的年節俗禮。大周朝以來，老百姓生活富足，過年的時候逛廟會、走親戚，又熱鬧又忙碌，已非古時女子那樣不出閨閣可比。所以，鮮少有人還記得鏡占這一古俗的。」

「難道，這是不好的事兒？」太子越聽越糊塗，神色間也有些迷茫了起來。

「其實太子多讀點兒書就能明白的。」文從征乃是當世的「文人之師」，眼看太子連自己孫女兒都不如，難免臉上露出了一絲輕蔑。

柳芙也不解釋，只輕聲將這一闋〈鏡聽詞〉誦唸而出……

聽得柳芙細細唸誦而出，太子的臉色也逐漸由明瞭變得尷尬和羞赧起來。

這〈鏡聽詞〉所描述的便是古時女子「鏡占」。說白了，這就是丈夫不在身邊、過年時仍獨守空閨的女人們思念親人的獨特方式。通過占卜，希望知道日益思念的夫君幾時歸、何日回。

「文大人教訓得是，本宮唐突了柳小姐，還請見諒。」

太子趕緊拱手給文從征和柳芙道歉。「本宮確實不知這送鏡子後面還有這樣一段典故，只是今兒一早聽宮中女官提及古時年節習俗，又正好得了這一柄珍貴的琉璃水銀鏡，便想著來借花獻佛，卻沒料到……」

擺擺手，文從征不是個小性兒之人，朗聲笑道：「不知者無罪，老臣剛剛也是有些反應太過了，太子殿下可千萬別放在心裡。既然您來了，不如嚐嚐芙兒親手做的八寶蒸糕，香甜滑糯，入口清潤，特別是大年三十吃了年夜飯，吃吃這蒸糕很是消食啊。」

「太子稍坐，民女去去就來。」柳芙見文從征態度回復了友好，福了福禮便退下了。

或許是看到自己沒辦法和柳芙有單獨相處的機會，姬無淵只好任其離開，留下和文從征隨意閒聊著。

不一會兒，柳芙帶著食盒回來了。「還請太子殿下趁熱吃，涼了可就不適口了。」說著，還親自提起小泥爐上溫著的瓷壺，為兩人斟了茶。

因為文從征的存在，無論是姬無淵也好，還是柳芙也好，都表現得謹守禮數，沒能找到機會言及其他。

看著時間差不多了，姬無淵知道自己再盤桓有些無禮，只得起身來。「叨擾已久，本宮還得回宮去陪母后用午膳，這廂就告辭了。」

柳芙看準了機會，主動開口道：「民女送送太子吧。」

「太子殿下親臨，老夫豈能不親自相送！」文從征卻笑著攔住了柳芙，伸手示意姬無淵先行。

眼看沒了最後的機會，姬無淵只得推辭道：「文大人德高望重，今日本宮乃是以晚輩身分代父皇前來拜候，豈敢讓您親自送本宮呢。請留步，本宮告辭！」

堅持不讓文從征送自己，太子說完這句話，只無奈地看了柳芙一眼，這才轉身在文來的引領下出了文府而去。

廳裡沒了其他人，柳芙這才從文從征身後走到座位上坐下，顧自倒了盞茶吃。「爺爺，您怎麼像防賊似的防著太子呢？」

「妳這妮子，他都把手伸到老夫的地盤來要人了，難道不是個『賊』嗎？」文從征坐下後蹺起二郎腿，一副老無賴語氣的樣子。「雖說他是太子，可想打妳主意的人，老夫就得防著才行。不然，妳娘哪能放心把妳交給老夫。」

「爺爺！」柳芙嬌嗔了一下，臉紅紅的。「您孫女兒我可聰明伶俐著呢，難道是那麼容易被人給拐走的？您也不相信孫女兒的眼光！」

「太子這傢伙表面上看起來不錯，可老夫總覺得他配不上我的芙兒。」文從征看到柳芙這樣說，反倒認真了起來。「不如無殤那小子實在。」

聽得文從征主動提及姬無殤，柳芙表情有些愣然。「這話從哪兒說起？」

「前兒個夜裡妳娘專程過來找老夫商量事兒，就是打聽裕親王的人品性情如何。」文從征看著柳芙，似乎想看出她驚愕表情下掩藏的真實想法。「妳娘是個謹慎的，把妳如珠如寶的捧在手心裡呵護。她這次能主動向老夫打聽人，老夫能不認真對待？所以，在老夫確定妳的想法和裕親王的想法之前，其他人，就算是太子也不能橫插一手，懂了嗎？」

「芙兒懂。」柳芙其實早就猜到了，但沒想到文從征會這樣直白明瞭的向自己坦言心中想法，一時間不免有些不知所措。

第一百章　正月十五夜

正月十五，皓月高懸，卻抵不過夜色中萬盞彩燈競相綻放。

京城，皇宮，外殿接引處。

下了宮裡派來接人的輦子，暖兒將幾個油紙小包塞到了柳芙的手裡。「小姐，餓了就和水吃這香糕，奴婢特意做得很緊實，放心，不會掉糕屑被人發現。另外這手爐您還是掛在腰上的好，皇宮裡頭雖說是燃了爐子，可那麼多人，萬一離得您遠了，豈不冷得慌？更何況那賞燈會還是在御花園的湖邊上，夜風一吹，穿再多也沒用。到時候您讓那些太監幫忙加塊炭，握在手裡暖暖的，也就不怕著涼了……」

眼看著暖兒還要往下說，柳芙只好打斷她，將香糕揣進袖兜，手爐掛在了後腰處，連連點頭。「瞧妳，我又不是去什麼饑荒苦寒之地，哪裡需要準備這麼充分。」

「去年您餓著肚子回府裡，讓奴婢深夜給您煮麵吃，您忘啦！還讓夫人聽到動靜連夜從被窩裡爬起來質問奴婢沒照顧好小姐。這樣做好準備，也免得小姐您受苦，免得夫人在府裡乾著急擔心嘛。」暖兒噘著嘴，似乎對於自己不能跟進去很是不滿。「這還是怕東西帶多了小姐不方便，若是奴婢可以一併進去伺候小姐，那可就不止這兩樣東西了！」

暖兒正說著，一個嬤嬤模樣的宮女走了過來。「各位參加元宵夜宴的小姐們，時辰已到，該入席了，請跟奴婢這邊走。」

「好了，妳別擔心，我得進去了。妳只記得把花燈保護好，別讓其他人給看到了、弄壞了才是。」

柳芙對暖兒點點頭，拉了拉脖子上的繫帶，將披風裹緊了些，因為接下來從這外殿接引處去往御花園邊的夜宴場所只能步行，起碼要花去兩、三盞茶的時間，加上又是夜裡，寒風凜冽的，老天爺可不會管這裡是皇宮就甘休。

今年受邀的千金小姐們大約一百多人，分了兩列排好往前走著，大家都保持了一臂的距離，一言不發地跟著接引的嬤嬤們，生怕掉了隊。所以隊伍雖長，卻並未拖得很遠，看起來極有秩序。

一路經過了幾重宮門，幾闕宮樓，眾人終於在酉時末刻之前抵達了夜宴所在的紫蓉殿。

此殿建於水面，與御花園緊鄰，白日可賞園中美景，入夜可觀水中映月，是舉行皇家宴會的最佳場所。

而水上此時立著的一根根竹節，晚宴過後就會掛上千金小姐們帶來的花燈，齊齊點燃，供皇上皇后以及後宮妃嬪們觀賞。

戌時正，隨著一聲銅鐘敲響，皇帝和皇后一前一後從屏風後登上首席落坐，這元宵夜宴也正式開始了。

沒有觥籌交錯的熱鬧喧騰，也沒有鶯聲燕語的嬌笑打趣，受邀的千金小姐們兩兩為一席，按照父輩官階往下而坐，一個個低眉順眼，連大聲喘氣似乎都是極為不妥似的。

文從征只是個四品的翰林院侍讀，雖然名聲極大，但規矩就是規矩，沒有半分情面可講。從皇帝皇后的首席依次往下，先是諸位皇子，再是諸位妃嬪，接下來是公主、郡主、縣主等皇家女眷，然後才是從功臣勳貴家的千金到各品階官員家的小姐們……往下到了柳芙那兒，已經是接近門邊的位置了。

不過柳芙也樂得清閒，只埋頭吃著宮裡頭過於精緻卻端上來已經涼了的各式菜餚，偶爾抬眼看看中央舞毯上司教坊宮女的獻演，等著夜宴完畢之後賞燈會的開始。

離得遠了些，柳芙看不太清皇帝和皇后的樣子，只覺得皇帝那一身明黃和皇后那一身大紅十分顯眼。可就這樣看過去，柳芙卻也感覺得出，皇帝和皇后似乎並不是很親近。

還好下首的太子和幾個皇子們時不時說著話，混合著公主們、郡主們的嬉笑，總算氣氛不算太冷。

不過柳芙很快就被幾位公主給吸引了注意力，並非因為她們俱是一身華貴豔麗的裝扮，而是她們臉上那一抹十分明顯的、幾近透明的蒼白臉色。

這倒是提醒了柳芙，公主們因為天生帶了寒症，一年一次去天山別院泡溫泉水解潮寒的時候又要到了。自己的那片山坳似乎也應該趁著這個時候給開闢出來才對，畢竟銀子已經夠了，廣真那邊也早已幫自己把山坳裡的具體地形摸了個半熟。

「真羨慕柳小姐。」

耳邊突然傳來了一聲極為柔細的感嘆，柳芙收回了目光，往身旁一看。「李小姐，妳是在和我說話嗎？」

和柳芙毗鄰而坐的女子乃是五品光祿寺少卿李大人的獨女，名喚李嫣的。她一身胭脂紅繡櫻桃結串兒花的裙衫，薄施粉黛，顯得十分嫻雅文靜。

「啊，對不起，我是在說那邊的柳小姐。」李嫣臉一紅，趕忙有些緊張地解釋。

柳芙自然知道柳嫻因為其身分乃是胡家的外孫女所以被特別安排在了敏慧郡主旁邊，這樣離得諸位皇子和公主更近些，她臉上的笑意和得意，即便是隔得如此遠，李嫣也能發現。

第一百零一章 你情我亦願

或許是連續五年都受邀參加夜宴，柳芙興趣並不像身邊幾個十二、三歲的閨秀們那麼大，聽著她們低聲議論著上首座席中妃嬪公主還有世家千金們的裝扮，也只是微微點頭笑著而已，心中只盤算著等會兒賞燈會的事情。

「柳小姐，您冷嗎？」

李嫣見柳芙埋頭飲茶，身上披著一件湖藍繡柳綠楊枝紋的罩衫，雖然也是新衣，但無論是用料還是花色，均未免顯得太過素淨和平淡了些，就連自己身上所穿的細絲繭綢的錦服都比不上。

並未否認，柳芙點了點頭。「此處離得殿門很近，總覺得有冷風灌進來。所以不想褪下這罩衫。反正上頭的貴人們也看不到咱們，也不算失禮。」

只簡單兩、三句話抹過，但其實這是柳芙刻意為之。罩衫下的錦香緞本就是有錢也買不到的頂級衣料，更何況裙襬處還綴滿了星辰砂這樣的稀罕物，若現在就露於人前，未免時機有些不對。更何況此時大殿之中燈火輝煌，就連首座上的皇后，那一身的珠光寶氣也難免顯得過於俗氣了些，所以柳芙才故意不將罩衫褪去，只靜待等會兒賞燈會的時候再說。

見柳芙態度不冷不熱，李嫣也不再主動湊上去說話了，本就有些膽小的性子越發顯得怯懦安靜起來，只學著柳芙的樣子，埋頭用飯。

一連二十五道菜上完，已是戌時末刻，此時離得晚宴結束也不遠了，柳芙抬眼從殿門的縫隙望出去，發現外頭湖上已經有了動靜。

這賞燈會在水上舉行，自有其特別之處。林林總總約一百盞花燈，怎麼「賞」，卻是一個考腦筋的事兒。

虧得當年素妃娘娘提出了個主意，讓各家受邀千金的婢女帶著花燈坐上小舟，由太監划舟來到紫蓉殿的觀燈臺正對面，等船停下，再由燈的主人親自站在湖岸邊，用三尺長的紫竹，前端蘸上松油，隔水來點燃花燈，順帶為皇上皇后等人介紹花燈造型的由來典故等等。展示完，太監又會划著小舟往前而行，將已經點燃的花燈掛在水中打好的竹樁上。

待百盞花燈都掛好，湖面將會映照出五彩繽紛的光影，朦朧若仙境一般，氣氛也比大殿飲宴時熱鬧融融許多。

收回目光，柳芙暗暗吁了口氣。

「請各位小姐們起身恭送皇上皇后前往觀燈臺。」

耳畔傳來宮人高聲的話語，柳芙與所有閨秀齊齊起身，福禮靜待皇上領著後宮妃嬪通過面前，出了殿門去往觀燈臺。

「柳小姐，您抽到的籤是第五十二位。」

觀燈臺旁邊的側殿裡聚滿了受邀的閨秀，大家的神色間都帶著一抹興奮，排著隊從管事宮女那兒抽取展示花燈的順序。

聽到自己竟是第五十二位，柳芙蹙了蹙眉，捏著木質的號牌就退下了。

剛走到後面，柳芙看到一個熟悉的人影正面朝角落，單薄的肩頭微微顫抖著，似乎是在低聲抽泣一般。

雖然不想多事，但柳芙並不討厭這個李嫣，略頓了頓，便走上去來到她的身旁。「給，擦擦臉吧，可別哭花了妝。」

抬眼，李嫣淚眼婆娑，滿眼委屈地看著柳芙。「姊姊，我……」

「這裡可不是其他地方，又是上元節，妳這樣若是被管事宮女看到，輕則被逐出去，重則可是要問罪責罰的。」柳芙表情有些嚴肅，將絲絹塞到了李嫣的手心。

「多謝姊姊。」李嫣或許是被嚇到了，眼淚倒一下子止住，只是表情還是一副委屈的樣子。

「罷了，妳告訴我誰欺負了妳，我帶妳去給管事的宮女說。這裡是皇宮，除了皇上和那些主子貴人，其餘都是奴婢身分，誰也不高誰一籌。」柳芙說著，作勢要拉了李嫣往那邊而去。

「別！」李嫣趕緊掙脫開來，小聲的道：「我只是……只是因為抽到了這個號兒才……」

柳芙回頭一看，見李嫣攤開的手掌心裡的號牌竟是第「一百零三」，正好最後一個，總算明白了她為什麼哭。「給，妳拿我的號牌去用，反正到時候認牌不認人的，咱們私下換了也不會有人知道的。」

也不多想，柳芙直接將手中第「五十二」的號牌給了李嫣，反將那個末號收到了自己的手中。

「這怎麼好！」李嫣有些驚訝，臉頰紅紅的還掛著淚痕。「姊姊您難道願意做最後一個展示花燈之人？」

「沒關係，做得好，放在什麼時候展示都一樣。」柳芙表情如常，並無異樣之色流露。

「太好了！」李嫣看到柳芙不是開玩笑，趕緊將號牌給小心地揣了起來，像是解釋，又像是自我安慰道：「為了這次賞燈會，我爹拿出了多年的積蓄，託人買到一盞名匠所製的花燈。若是最後一個上場展示，皇上他們早就看花了眼，哪裡還能看得起我的。爹娘也不望著我能奪魁，只想著不丟臉，讓人能記著就行。這下可好了，總算不會輸在這排序上了……姊姊，真是多謝您了。」

柳芙見她變臉變得極快，知道這些小姑娘身上所負載的期望實在有些太過沈重，也不計較，只柔柔一笑道：「沒關係，只要妳別再一副苦瓜臉就行了。」

「好了，各位小姐們，皇上皇后已經落坐，請大家手持號牌這邊排隊，賞燈會要開始了！」

正好這時管事宮女說話了，柳芙伸手輕輕拉了拉李嫣，示意她往前頭過去排隊，自己則拿著號牌往最末之處走了過去。

第一百零二章　紫宸如仙臨

夜色逐漸降臨，但御花園內卻被一盞盞相繼點燃的花燈照亮，映著波瀾不驚的深邃湖水，彷彿夜空中繁星點點，異常絢爛華美。

不出所料，柳嫻所呈上的花燈暫時被放在了首位。

杜曲梨花杯上雪，灞陵芳草夢中煙……一如前朝古人所書，那是一個獨具匠心精巧別致的「梨花」燈。

燈身用了梨花杯的造型，圓潤嬌俏，似是羊脂白玉製成，通體一如潔白的梨花之色，柔潤剔透，朦朧若冰。最為特別的是，因其造型取了梨花杯這種酒杯器形，燈身所雕刻的鏤空花紋俱為五瓣梨花，花蕊處似乎是玉石的天然之色，帶著淡淡的蓉黃，簡直恰到好處至極。

也難怪此燈被皇帝相中，留在了首臺之上。

按照歷屆賞燈會的規矩，誰家的花燈能在這首燈臺的位置放到最後，那誰便是這一屆的燈魁，一目了然，毫無懸念。

柳芙看了看，此時已經到了九十多號，湖面豎起的燈柱差不多都已經掛滿了，還是沒有一個能超越那第三十六號的「梨花燈」。

「姊姊，我來了。」

正看著那「梨花燈」發呆，身邊一聲弱弱的叫喚將柳芙的神識給拉了回來，正是已經展示過花燈的李嫣。
　　此時李嫣的臉色總算平靜了些，雖然仍舊帶著淡淡的興奮之色，但總算並無任何失禮之處。
　　柳芙笑著搖了搖頭，轉而道：「妳的燈很美，我看到了，回去可以給令尊交差了吧？」
　　李嫣眼圈微微發紅，十分感動的樣子。「就是不知您的花燈是什麼樣的，我就怕耽誤了您。」
　　到了這個時候，柳芙也不用再隱瞞什麼了，直言道：「我的花燈沒什麼特別，不過卻是我親手所製，有幾分心意在裡面罷了。」
　　「親手所製！」李嫣眼前一亮，很是驚訝的樣子。「我相信姊姊，您一定不會讓大家失望的。」李嫣突然說出了這句話，臉色也變得凝重起來，似乎十分緊張柳芙等會兒所呈上的花燈表現如何。
　　「借妳吉言。」柳芙微笑著點點頭。「既然妳來了，等會兒幫我拿一下衣裳吧。」
　　「什麼？」李嫣不解地望向柳芙。「姊姊要更衣？」
　　「不是更衣，是脫掉這件罩衫。」柳芙眨眨眼。「我的船來了，接著。」說話間，柳芙已經拉開了胸前的繫帶，將外面一層衫子褪下，露出了內裡夢幻般綴著星辰砂的紫藍色錦香緞裙衫。
　　來不及開口再多問，李嫣只睜大了眼，粉唇微張，一副驚豔無比的神情，手中捧著柳芙褪下的外衫，呆呆地看著她彷彿月色中下凡的月光女神一般，踱步踏上了點燈臺。

一百多盞花燈相繼點亮，原本已經漸漸趨於安靜的觀燈臺突然變得躁動起來，也不知是誰輕聲喊了一句「看那邊，是誰！」，頓時所有人的目光都齊齊落在了不遠處右側延伸出水面的點燈臺。

月光下，雖然水面波瀾起伏的閃耀著五彩光芒，卻似乎根本無法遮掩住那一抹柔軟若銀河落九天般的夢幻身影。

一身紫色裙衫的柳芙俏立於臺上，隨著寒風吹過，那綴滿星辰砂的裙襬微微揚起，彷彿天幕中的星輝都被她踩在了腳下，恍若月光女神，凝煉如詩，沈靜如水，卻奪目得讓人窒息。

「她是……」

姬奉天原本已經疲倦的神色中閃過一抹驚豔。「她是文從征的乾孫女兒，柳芙是吧。」

「的確是她。」胡皇后一如沈水般冷靜的臉色也顯出淡淡的波瀾來。「柳芙素有才名，容貌也冠絕京中名門閨秀。只是出身差了點兒，所以並不算惹人注目。」

「可這次，她還未點燈就已經成了這御花園中最為引人注目的焦點了吧！」說這句話的是姬奉天身邊的素妃娘娘，她面含微笑，眼中卻並無任何驚訝之色，比起其他人來，要顯得沈穩許多，彷彿早就知道今夜的柳芙會閃亮登場一般，嘆道：「好一身如夢似幻的紫裙……美得不可方物……」

「芙妹妹平時鮮少盛裝打扮，今日一看，實在令人難以挪眼。」

已經被柳芙的身影所深深吸引住的太子冷不防也冒出了這樣一句話，引來皇帝皇后齊齊側目。

臉上閃過一抹尷尬神色，太子這才收回目光。

姬奉天仔細地看著二兒子，半晌才收回目光，嘴角略微上揚。「柳芙雖然出身不高，但卻也不低，說來，比起世族貴戚的千金還更合適一些。」

「父皇……您的意思是……」太子臉色有些淡淡的潮紅，像是強忍住激動一般。

「皇兒！」胡皇后卻突然喝止住了太子下面的話，朗聲道：「快看，柳小姐已經點燃了花燈。」

第一百零三章　飛羽若驚鴻

忽然一陣夜風吹過，湖面原本掛著的花燈隨之搖曳，有的因為燃得久了，火苗本就逐漸微弱，支撐不住，竟一下子熄了一大片。勉強還亮著的也是晃晃悠悠，再華美的造型看起來也失了水準。

可就是這突如其來的夜風，讓柳芙唇角微翹，露出了淡淡的含著幾絲驚喜的笑意。手持細竹，柳芙極其穩妥的將立在小舟船頭的花燈點燃，頓時，所有人的目光也從她那一身迷離若夢的紫衫上轉移而去，直落在那一盞「花燈」之上。

「這是燈嗎？」有人禁不住低聲驚呼起來。

「我見過這樣的燈，好像叫做什麼走馬燈的！」

「走馬燈？不是西洋人的玩意兒嗎？怎麼會……」

「天哪，好美啊……」

一人開了先河，後面的議論聲便此起彼伏起來，很快，觀燈臺上的人們都露出了驚異和興奮的神色，紛紛睜大了眼睛，似乎想透過視線把緩緩划水而來的花燈給剖開來看看到底裡頭是何玄機。

眼看天時地利人和，連東風都不欠，反而老天爺還給送了一陣夜風過來助興，柳芙鬆了口氣，這才按照規矩提步向觀燈臺而去。

「柳小姐來了，給她讓一個位置。」

管事的宮女和內侍十分有眼色，早就分開了人群，親自領了柳芙往觀燈臺最前方的首席而去。

在眾人矚目的眼神籠罩下，柳芙面含淺笑，略微垂目，不疾不徐，不驕不躁，只緩緩來到了姬奉天和胡皇后的面前，福禮而下。「民女柳芙，見過皇上、皇后娘娘。」

「柳小姐，妳這花燈和朕平生所見的都不一樣，到底是何玄機？」

姬奉天上下打量一下柳芙，見她神態平靜，雖然衣著十分搶眼，但比起那張嬌含若雨、恬然如詩的臉，再美的華服也只能退而淪為配角般地襯托她而已。顯然對此女十分滿意，姬奉天不著痕跡地微微點了點頭。

但即便是異常微小的表情和動作，看在周圍人的眼裡，也能讀懂皇帝的心思，知道今夜的主角這時才算出現了，之前表現再好的，也不過像柳芙身上那綴滿星辰砂的紫裙一樣，都統統淪為了陪襯。

「是啊，剛剛有人說這個是走馬燈？本宮和皇上，包括這裡的大多數人也算是見過了不少西洋玩意兒的，可是又覺得不像，柳小姐且好生講講。」一晚上幾乎都沒怎麼說話的皇后竟也開了口，語氣雖然淡漠，但透出幾分友好來，這讓隨侍一旁的太子忍不住臉上露出一抹喜色。

「回稟皇上、皇后，與其說此燈與西洋的走馬燈相似，不如說其乃是取材於咱們傳統的風車而製。」

柳芙說著，蓮步輕移，來到觀燈臺的扶欄邊，回首望向了已經駛近的小舟，朗聲又繼續道：「此燈名為『羽化成仙』，和一般的花燈只有燈罩和燈心不同，民女將燈罩改為了燈葉，用細竹拗成了飛羽的形狀，再蒙上最為輕薄的絲紗。一共六片，鑲嵌在了燈心周圍的凹槽之中，因是活動的滑扣，若是有風，這飛羽燈葉便會像風車一樣飛舞起來。」

「可那飛羽之上怎麼還有字透出來？朕能看得出那應該是《金剛經》！」

姬奉天聽著，興致愈加濃厚，伸手指了指彷彿近在眼前盡可觸摸的花燈。「這又是怎麼做到的？」

「稟皇上，因為這燈葉並非一片空白，乃用針線繡滿了《金剛經》全篇。」柳芙早就知道姬奉天會有此一問，一語點出了此燈的奧妙之處。

「這怎麼可能！」立在姬奉天身旁的素妃娘娘驚訝地開口接了話過去。「若我沒有看錯，這花燈的燈葉應該是用極為珍貴的羽鴻紗為材料。此紗輕若鴻毛，薄如蟬翼，別說是在上面繡字了，就是繡一根草都會讓此紗承受不住而破損。妳這花燈上可是密密麻麻的《金剛經》，隨著燈葉飛轉，燈心中的燭光將佛經映照而出，字字珠璣，飄然於夜空之中，雖然轉瞬即逝，但幾乎是清晰可見。還是那一句話，這又怎麼可能是人為，除非真如妳這花燈的名字，乃羽化成仙的仙子恐怕才能有如此妙手巧奪天工。除非，是用筆描上的字，否則……」

面對素妃半頌揚、半質疑的話，柳芙還是不疾不徐，只微微點了點頭，笑意滿含。「娘娘果然是行家裡手，句句都說在了點上。不錯，這燈葉的材料的確是羽鴻紗。」

柳芙的承認讓周圍人又開始了小聲的議論，當然質疑之人比先前驚嘆之人有多無少。

原本柳芙要的就是這個效果，越是有人質疑，她的這盞花燈才越能顯示出與眾不同之處，於是她略揚了揚頭，將聲音拔高了兩分，解釋道：「雖然羽鴻紗輕薄如絲，卻並非不可下針。只要用對了針法，別說是在上面繡佛經了，就是繡一尊佛像，此紗也照樣不會破。」

「哦？」素妃揚了揚眉，興致濃厚地忙問：「什麼針法如此神奇？」

柳芙看向那只在夜空中旋轉如飛羽般的花燈，語氣頗有些嚴肅。「這種針法極為考究，乃是三百多年前江南一位身為繡娘之後的女子發明，其針乃是特製，極細，普通的繡線根本穿不進去，僅女子長髮可用。也只有這樣極細的針線，才能在輕薄如蟬翼般的絲紗上繡出字來。」

姬奉天一邊聽柳芙的講解，一邊不禁感嘆起來。「好！這佛經隨風而動，從燈葉上飄然而出，正如了那『躍然紙上』的形容，恍若佛蓮綻放，實在心思巧妙，奪天工之作啊！」

有了姬奉天毫無保留的誇讚，觀燈臺的眾人自然也就隨聲附和起來，只有立在素妃身邊的姬無殤突然朗聲開口問道：「父皇，兒臣倒是想知道，要一雙多麼靈巧的手，多麼玲瓏的心思，才能做出如此美輪美奐的花燈來呢？」

「民女不才，此燈乃是民女花費半月時間親手所製。」

柳芙此言一出，這才是猶如一滴水落入一鍋滾油之中，頓時炸開了鍋般，整個觀燈臺都沸騰了！

第一百零四章　何懼汝挑釁

夜風過境，花燈也逐漸停止了搖曳，唯有觀燈臺前的「羽化成仙」還在緩緩地轉動著，帶起一片迷離的光影，將字字佛經散落在波光粼粼之中。

「我不信！」

雖然無禮，但柳嫻卻忍不住站到了前面，與柳芙面對面相持著，眼底流露出一抹難以察覺的妒意和怨恨，這才向著皇上和皇后福禮道：「並非民女多疑，只是僅憑柳小姐一人，要想花費半個月時間就做出這樣的一盞花燈，除非是神蹟降臨，否則怎麼可能！除非柳小姐能拿出證據，否則，實難讓人信服。」

眼看著有人占了風頭，被皇帝親自讚揚，心裡頭酸味濃厚的大有人在。所以當柳嫻帶著咄咄逼人的質疑之聲響起，立時就贏得了在場大多數閨秀的點頭贊同。

木秀於林，風必摧之。這個道理柳芙自然懂，但她也選擇了無視柳嫻，只向著姬奉天恭敬地道：「稟皇上，證據除了民女手上的針眼印子，恐怕也只有現場展示針法才能服眾了。」

柳嫻一聽，臉色驟變。

對方是什麼樣的人，她其實清楚明白得很。若沒有真功夫，這個柳芙又怎敢妄言這花燈是她自己親手所製。這下倒好，讓她當著眾人的面再展示一遍這「紗上走針」的絕技，豈不是正好又給了她出盡風頭的機會！

都怪自己太過衝動！柳嫻狠狠地咬了咬唇，眼看皇帝和皇后互相看了一眼，似乎已經點頭同意了柳芙的提議，忙道：「柳小姐，羽鴻紗這樣的衣料極為難尋，一時間準備繡花綳子和針線也是麻煩，妳可別耽誤了皇上皇后的時間。」說著，眼神飄向了胡皇后，似是求救。

「哪裡哪裡！」

胡皇后看樣子本來是準備幫著柳嫻制止柳芙的，可沒想到素妃娘娘卻倒是笑吟吟地率先開了口。「沒關係，正好此時月朗星稀，各位小姐想來也不會犯睏吧，不如咱們移步回到紫蓉殿中，吃著元宵看柳小姐表演這失傳的飛針絕技，皇上皇后，意下如何？」

「朕反正是沒有睏意，皇后，妳覺得呢？」姬奉天似笑非笑的掃過了素妃，眼中竟含了兩分縱容的意味，這讓一旁觀其顏色的胡皇后表情有些僵硬。

「臣妾怎好掃了皇上的興。」胡皇后只得淡淡說出了這句話，轉而看向柳芙。「只是這羽鴻紗，本宮印象中庫房裡好像已經都分給了眾位妃嬪……」

「沒關係，臣妾那兒還有一疋沒用的。」素妃掐準時機又插了話，臉上的笑容偏又帶著無比的恭敬。

「是嗎？」胡皇后冷笑著哼了一聲，看不出喜怒的感覺。「既然有了絲紗，那只剩針線了。」

柳芙福了福，趕緊道：「稟皇后娘娘，民女隨身帶著的，只需一個繡花用的綳子就行了。」

「李福，聽到了沒？」胡皇后側眼斜了斜素妃身邊伺候的內侍。「這些東西都由你們主子那兒一併準備了吧。」

「奴才遵命。」

名喚李福的內侍接了命令，又看了一眼自己的主子素妃娘娘，收到對方點頭首肯，這才匆忙退下去準備東西了。

「好了，大家都移步回到殿內吧。」姬奉天興致頗高，伸手點了點那盞「羽化成仙」，對身邊的內侍吩咐道：「將此燈一併移走，朕還沒看夠。」

於是，在姬奉天的帶領下，一眾妃嬪皇子公主還有各家千金們又按著來時的順序，齊齊退回到了紫蓉殿的大廳裡。

只有柳嫻，她忍不住回頭，看著還被掛在首席燈柱上的那盞梨花燈，心裡的滋味實在難受。

含著無邊的怨恨，柳嫻在管事宮女的催促下，也只好跟上了人群。

有規矩，即便人多也不顯得亂。只花了不到一炷香的時間，殿內又坐滿了人。而且每人前頭的食桌上都擺放了新茶和一碗熱氣騰騰的元宵，就像提前準備好的一樣，有條不紊，顯示出宮中諸事的嚴謹。

獨坐在中央的紅毯之上，柳芙在周圍各色目光的注視之下，將袖兜內備好的一只荷囊取在手中。

一句話都不用說，柳芙手裡將一枚細如髮絲的銀針輕輕揚了揚，隨即插在了繃好羽鴻紗的繡綳子上，復又伸手從耳後的位置扯下了一根自己的頭髮。
眼看著柳芙從頭上取下髮絲為線，眾人這才屏住了呼吸，知道她所言非虛，都睜大了眼睛，想看看她是如何完成「紗上走針」的失傳針法。
髮絲穿過細小的針眼，柳芙左手持著綳子，右手指尖捏住針身，長長地深呼吸了幾口氣，這才略微頷首，開始了展示。
白紗之上，針起針落，不一會兒，行行如簪花小楷般的佛經經文就一一而現。柳芙的動作一氣呵成，如行雲流水般，不但熟練，還帶著屬於女人的優雅與氣質。
這樣的畫面，看在所有人眼中，便有了不同的滋味。
有別於太子近乎直白的眷戀，姬無殤則抿起了薄唇，眼神變得有些迷濛起來。
一身紫裙的柳芙頷首埋頭，白皙如玉的頸間曲線在燈光的照映下異常柔美。抬手間，那細膩如藕的手腕會不時從袖口中顯露而出，襯著那濃烈顏色的紫緞，似乎比她裙襬間綴滿的星辰砂還要耀眼奪目。
可這一切的外相，卻又比不上她埋頭繡花時凝神專注的表情。
薄唇微抿，秀眉輕蹙，睫羽撲朔間似乎在兩頰上都留下了道道虛影，使得原本就粉嫩如花的臉色越發顯得嬌若玉瓷。
這樣的女子……自己到底該如何面對、如何處置……在刻印下柳芙此時此刻模樣的同時，姬無殤的眼底也留下一絲疑惑，抹不去，散不開，也揮不掉了。

第一百零五章　魁首借元宵

明媚閃耀的燈火，溫暖如春的馨香，紫蓉殿內此時此刻竟異常的安靜，幾乎只聞各人的呼吸和心跳之聲。

半炷香的時間剛過，柳芙手裡的繡綳子上就已經刺下了十來個字，手起手落，飛針走線，看得殿中人目不轉睛，吃驚不小。

於是先前抱著懷疑態度的小姐們，也不得不在心底寫了個「服」字。

「好了，相信大家也都見識了柳小姐的絕妙繡工，快起來吧，別傷了眼睛，這大晚上的，還讓不讓人休息了！」

素妃恰到好處地嬉笑著起身來，親自走到中央，扶了柳芙一起踱步往首座而去。

柳芙心中感激，朝素妃柔柔一笑，這才將手中繡綳子取下，呈上絲帕到姬奉天面前。

「因得時間有限，民女繡了一闋詩詞在上面，聊表這上元節之時的一點兒祝願。」

接過絲帕，素妃幫忙轉呈給了皇帝。後者仔細一看，這潔白如絲的繡帕之上，如蠅頭大小的楷字落落而書，字形娟秀，透著一股清然之風，美之極也，便忍不住將詩詞朗聲吟誦而出：

「錦裡開芳宴，蘭紅豔早年。
縟彩遙分地，繁光遠綴天。

接漢疑星落，依樓似月懸。
別有千金笑，來映九枝前。」

「好好好！柳芙啊，妳這才女之名算是實至名歸啊！好一闋〈十五夜觀燈〉，既應了今夜之景，又合了這賞燈會之意，不錯、不錯，看來文從征那傢伙雖然脾氣硬了點兒，教書育人卻也是個不折不扣的行家裡手啊！哈哈！」

姬奉天語氣調侃，興致高昂，朗朗的笑聲迴蕩在紫蓉殿中，其他人又哪敢不跟從，紛紛附和著開口。捧的、讚的、嘆的，一時間，殿中的熱鬧勁兒似乎比先前賞燈會時候還要沸騰。

姬奉天滿意地看著柳芙，揚了揚手中的絲帕。「這是否可以贈給朕啊？」

柳芙哪裡會拒絕，順而恭敬地略微屈身，帶了幾絲奉承的語氣道：「寶劍贈英雄！承蒙陛下看得起，這張絲帕和『羽化成仙』也都有了個好歸宿，民女求之不得。」

「好！賜座！劉誠，把這碗金玉元宵端給柳小姐。」姬奉天將絲帕收入囊中，向身邊伺候的老內侍吩咐了一聲。

劉誠見狀，趕忙走到座席間，用托盤端了一個金鑲玉的碗盞，這才來到柳芙面前，彎腰道：「請柳小姐慢用。」

「多謝皇上。」柳芙當即便接過了托盤，沒有任何停頓，在眾人的注目下，用湯杓舀起一個，送到嘴邊，輕咬下去，元宵已是失了溫度，比起下面各位小姐碗中熱騰騰的，只能用難以下嚥來形容。

可即便下首的閨秀們都知道那一碗半冷不熱的元宵並不美味，卻無一不露出了羨慕和摻雜了嫉妒的複雜神色。

不為其他，只因為柳芙手裡這金鑲玉的碗盞中雖然盛裝的只是普通元宵，寓意卻並不普通。歷年來，最後能得皇帝欽賜元宵的燈主，便是這一屆賞燈會的魁首！

「魁首已現，皇上，這彩頭是不是也該一併兌現了啊！」素妃環顧眾人神色，見大家都只是看著柳芙吃下第一口元宵，便知大局已定，主動開了口。

和滿臉俱是歡喜的素妃不一樣，冷靜且表情淡漠的胡皇后卻只是抿了抿唇，這才放下手中碗盞。「往年的彩頭是什麼樣的，今年便也一樣。素妃，妳摻和個什麼勁兒呢？」

「這可不一樣。」素妃對胡皇后的冷嘲熱諷刻薄言語並不放在心上，反而一如既往的笑盈盈道：「皇上，人家柳小姐可不只獻上了一盞美輪美奐的花燈，還額外附送了您一張繡了觀燈詞的羽鴻紗絲帕呢。所以這彩頭自然不能和以往一樣就算了，也得添點兒些什麼才好呢。」

「有了朕的賜婚手諭，柳芙，妳還想要什麼，直言便是。」姬奉天對素妃極為寵溺，對她有些逾矩的言談並不在意，反而順著她的意思問向了柳芙。

皇帝都已經開了口，柳芙只能上前福禮道：「女大不愁嫁，這已經是最好的彩頭了，民女不敢奢望其他。不過……」

「柳芙，妳想要什麼直言便是，皇上既然開了口，就怎麼也不會反悔的。」素妃鼓勵似的又補上了這一句。

柳芙不過謙禮罷了，略微一頓，便將心頭所醞釀好的話柔聲說了出來。「民女能讓皇上龍顏大悅，全賴這一手繡活兒。所以……芙兒只是不敢獨自居功罷了。」

聽得柳芙有此一言，姬奉天無不點頭首肯。「這倒是朕的疏忽了。柳芙，妳師從何人？說出來，讓朕一併賞賜了。」

「皇上！」

「民女師傅，正是民女的親生母親，沈慧娘，沈氏。」

這下，離得首席不遠處一直按捺著的柳嫻再也忍不下去了。

她就算冒死，也不能讓柳芙牽出沈氏來。畢竟當年之事實在複雜，她們母女的隱密身分是唯一能讓柳芙就範的東西。若是讓她藉由此機會讓沈氏浮出水面，那自己的母親和自己又算是什麼？

「嫻兒，可一不可再，妳怎麼又御前咆哮，失了風度！」胡皇后本就有些不愉快，眼看自家人屢屢冒失出醜，免不了語氣有些硬。「還不快乖乖退下。」

「嫻兒冒犯，還請皇上皇后恕罪。」柳嫻快步來到皇帝面前，雙膝跪下，側眼掠過身旁的柳芙，咬咬牙，朗聲道：「要說取悅皇上，哪一年的魁首沒有功勞？可又見過哪一年的姊妹們找了機會向皇上皇后索要賞賜的？就算柳小姐是因為親手所製這花燈而別出心裁，也同樣看得出來她是別有用心！」

素妃一聽，笑意中有些淡淡的不喜。「噢？什麼別有用心，嫻兒，妳可別吃飽了元宵就胡亂說話，御前失儀可是會讓人看笑話的。」

第一百零六章　御前失儀態

槍打出頭鳥，眼看柳嫻挑了頭找柳芙的麻煩，各家千金們自然抱著湊熱鬧的心態，齊刷刷的埋著頭。

大家雖然不發一語，心裡頭卻巴不得有人能挫挫柳芙的銳氣，誰叫她今晚出盡了風頭呢！

見柳嫻終於按捺不住開了口，素妃於是出言質問，這讓柳嫻的臉色有些尷尬，只得求救似地向胡皇后看了一眼。

「嫻妹妹，多一事不如少一事，柳小姐不過提了提她的母親乃是背後功臣罷了，獎不獎勵全看父皇的定奪，妳又何須多言犯忌呢？」太子也同樣有些按捺不住，想要挺柳芙，將這突然冒出來的柳嫻給擋開。

甥女兒這樣不知進退，兒子又這樣急躁不知沈穩，讓本不想摻和進來的胡皇后臉色有些不悅起來，只冷冷一哼。「咱們這是閒宴，既然嫻兒有異議，那聽聽又有何妨呢！」

看得出皇帝並不反感柳嫻這一鬧，胡皇后掃過一眼素妃，知道自己開了口，她便不敢有所異動，這才又道：「不過醜話說在前頭，嫻兒，妳若無理，可是得當著大家的面給柳芙賠不是才行的。」

「皇后娘娘，若無理，嫻兒豈能如此氣壯！」

柳嫻看得出胡皇后是默許了自己對柳芙的挑釁，益發心有底氣，揚了揚下巴，一字一句地道：「按照以往慣例，得了賞燈會魁首的小姐們最大的彩頭便是可得蒙皇上賜婚。難道她們背後就沒有父母所付出的功勞？」

這句話一出，柳嫻立即就得到了下首幾乎所有千金小姐們的贊同，紛紛抬首，目光中給她投去了支持的眼神。

柳芙聽了，心底暗暗覺得「不妥」，可對方有了胡皇后的授意和撐腰，自己也不能在這個時候阻止她開口，只得輕蹙了蹙眉頭，側眼瞧著柳嫻，盤算著該怎麼反駁她的話。

環顧四周，柳嫻見眾人都在微微點頭，心底越發有了底，聲量也放大了起來。「就算以前奪魁的花燈並非姊姊們親手所製，可花費精神時間去取材、尋匠，再琢磨打造出一盞華美的花燈來，難道就只有帶了它進宮參加夜宴的人才有功勞？誰的背後都有相助之人，可他們唯一的期望便是能讓自家女兒可以脫穎而出，贏得皇上讚許，博得皇上一笑。又有誰主動想要收穫功勞和賞賜的？反倒是柳小姐，自己得了便宜不說，還想牽扯出母親來瓜分好處。說到底，這是對以前獲得魁首的姊姊們的不公平才對！」

一鼓作氣說到這兒，柳嫻臉色已成絳紅，言語間也頗為激動，看樣子，似乎真的是為其他曾經獲得過魁首之人鳴不平。

可只有柳芙才知道，她真正的目的，不過是為了阻攔自己。

自己原本想藉此機會，讓母親從隱姓埋名的隱晦生活中掙脫出來，得到皇帝哪怕半點賞賜也好。以避免像前生那樣，將來被胡氏和柳嫻搶先一步，誣衊母親是未婚生女，是見不得人的淫婦。

但柳芙卻也知道，自己心裡所想也好，柳嫻的真實目的也好，都是不能言明的。所以這一局，自己算是輸了，便也不忸怩糾結，向姬奉天福了福禮。「皇上，柳小姐所言極是，看來是民女厚顏了……」

「兒臣倒不這麼看。」

突然的，卻是姬無殤搶在了太子前頭開了口，只見他上前一步，臉上的笑意有些複雜，伸手攬住太監手上所舉的「羽化成仙」花燈，讚嘆道：「心靈則手巧！母后，您母儀天下，本朝有這樣一位頂尖繡工的女子，之前您不知道便也罷了，如今已是知曉，賜封一下也是順理成章。所謂好事成雙，由父皇來給柳小姐彩頭，您再獎賞一下柳小姐的母親，豈不皆大歡喜！」

素妃見狀，恰到好處地又助推了一把道：「裕親王此言有理，大家不過是圖個熱鬧罷了，何須認真呢？您說是吧，皇后娘娘。」

事已至此，胡皇后若再不開口說點兒什麼，未免顯得他們胡家人小性兒，只得不情願地點了點頭。「話又說回來，柳芙妳母親既有此絕活兒，足堪尚服局繡娘之首的大任。妳回頭將妳娘的生辰、籍貫、婚嫁等詳細情況報給內務府，本宮過目之後，自會按照規矩賜封。若無意外，正五品的尚服應是無礙的。」

「多謝皇后娘娘恩典，民女代母磕頭謝恩。」柳芙沒想到真能給母親謀得一個五品的尚服之職，驚喜之下趕緊向著胡皇后伏地磕頭。

沒想到姬無殤橫插了這一腳，柳嫻氣得肺都炸了，臉色難看得遮也遮不住。「皇后娘娘英明，嫻兒在這兒也恭喜柳小姐和令堂了。」見皇后娘娘抬手示意她起身，她只得快快地起來，福了福禮，退至一旁。

「既然柳芙妳母親已經得了封賜，如今，也該兌現朕的封賞了。」

姬奉天對於先前所發生的小插曲似乎並未放在心上，只是眼神深沈地掃過了胡皇后的臉，這才轉而對著柳芙笑道：「以往，得了魁首的閨秀都能得到朕的賜婚。妳也不例外，告訴朕，妳可有婚配的對象？若是有，那朕就給妳錦上添花；若沒有，那朕可就得動動腦筋，想想看滿朝文武的公子裡頭，有哪個得以堪配妳這樣心思通透玲瓏的女子呢？」

聽得姬奉天此言，一旁站立的太子一顆心都提到了嗓子眼兒上，只滿眼期待地看著自己的父親，只希望得到一個讓自己能抱得美人歸的滿意結果。

第一百零七章　事與願相從

跪地叩拜在御前，柳芙將雙手高舉過頭頂，接過了皇帝親筆手書的賜婚御詔。

「明年妳不過才十五歲，現在談婚論嫁未免為時太早。」姬奉天看著下首跪拜的柳芙，聲音中帶著幾分柔和。「朕尊重妳的意見，暫時不忙著亂點鴛鴦譜。等妳滿了十六，若有中意的夫君人選，帶著這一紙詔書入宮見朕，朕再為妳賜婚。」

皇帝這番話一說出口，下首眾人的臉色真是各自精彩。

柳芙沒能當場被指婚給太子，樂了一眾瞄準太子妃頭銜的千金小姐們，連帶著對柳芙的嫉妒和厭惡也消減了幾分，臉色緩和不少。

而最為失望的，恐怕就是太子本人了。

姬無淵看著埋首在御前的柳芙，玉面之上流露出一抹可惜的神情。看來，想要抱得美人歸，只能讓柳芙心甘情願的嫁給自己才行了！

「民女謝主隆恩。」略帶愧疚，柳芙只能先忽略太子的深情，大聲地謝了恩，便起身退到了首席的側面，垂首端立。

因面朝下，所以沒有人能看出此時柳芙臉上的表情。

目色沈穩，粉唇微抿，柳芙長長地吁了一口，心底一塊壓了自己好幾個月的石頭總算落了地。

原本她還有些忐忑，怕姬奉天當場就將自己指婚給太子，以後就難尋退路了。現在這樣算是最好的結果，既得了想要的賜婚詔書，成了太子妃最熱門的人選，又沒有立即被決定人生，給了她回轉的餘地。

就是不知，姬無殤看到了這個結果，會不會滿意呢？

想著，柳芙側眼挑起，往姬無殤那邊望了過去。

對方正好也往柳芙這邊看過來，兩人目光一碰，卻隨即又分開，很是微妙。

姬無殤面無表情，目光平靜，但心裡卻不由得思索起來。

剛剛那一瞬間的對視，他能察覺到柳芙的表情中有種淡淡的慶幸。她慶幸什麼？是慶幸得了皇上的親口承諾可以自行擇夫婚配？還是慶幸她成了大家眼中未來太子妃的熱門人選？難道，她是在慶幸沒有被直接指婚給太子？

她的心裡，到底在想著什麼？那張絕色傾城的容顏之下，到底隱藏著什麼樣的籌謀和打算？

看不透，想不明，姬無殤不知不覺的蹙起了眉頭，又向柳芙的位置望了過去。

柳芙卻只是含笑回望了他一眼，隨即又轉而頷首垂目，這時候的她，讓人根本看不出一丁點兒的異樣。

柳芙和姬無殤一樣，心底存疑，可她卻知道此時此刻並不是追究對方心底所想的最好時候。眾目睽睽之下，若是被人看出她和姬無殤之間的微妙關係，對她來說十分不利。

對於柳芙和姬無殤這樣不易被人察覺的眼神交流，一直關注著柳芙的太子卻盡收眼底。

據他所知，柳芙雖然是姬無殤的小師妹，但兩人平日似乎並無交集。

想到這兒，太子不由得放鬆了心境。他知道，若說整個大周皇朝唯一有資格和自己爭女人的，就只有姬無殤這個親弟弟了。排除他，就算柳芙再難打動，也只是時間早晚問題而已。

短暫的安靜之後，姬奉天起身道：「好了，燈魁已現，該賜封的也賜封了，想必大家也都用過了元宵。今夜飲宴到此就結束了吧！」

說完這句話，姬奉天便帶著「羽化成仙」的花燈先行一步離開了，隨侍在身旁的，並非皇后，而是素妃。

按律，逢初一、十五，皇上必須到皇后的坤寧宮過夜。可這樣明顯的破例卻並非是第一次，所以目睹皇帝攜素妃率先離場，眾位妃嬪和下首的閨秀們也只是齊齊起身恭送，並無任何人敢造次。

只有胡皇后，被人當著面搧了這一耳光，臉上表情冰冷至極，在姬奉天離開之後，也只是一揮袖，便大步從側殿而去，並未行經御花園的大路，似乎是有意想要避開皇帝和素妃。

第一百零八章　精心謀算計

「啪」地一聲脆響在偌大的坤寧宮中迴蕩，悠悠而去，使得這原本月朗星稀、盛世歡騰的元宵之夜被蒙上一層戾氣。

「妳們怎麼不早告訴本宮！」

胡皇后保養極好的面容露出一絲少見的猙獰，向來都是溫溫和和的她此時此刻竟顧不得還有敏慧郡主和胡清涵母女在場，一把將宮女奉上的茶盞給打翻了在地。

「是啊，五妹，此事可大可小，妳怎能一直瞞著皇后娘娘？」胡清涵臉上倒是真的含著些焦急，緊緊拉著身邊表情驚愕的敏慧郡主，好像生怕她造次似的。

「我哪裡知道那對狐狸精母女有如此手段！」胡清漪此時已經淚流滿面，哭得不成樣子了，妝也花了一大半，看起來哪有平日高傲鋒利的模樣。

一旁的柳嫻更是伏地不起，哭哭啼啼地道：「求皇后娘娘替嫻兒作主，可千萬別讓那個野種騎到咱們頭上了！」

「是啊，娘娘，您可千萬不能賜封那個狐媚子，若是讓她的名字記進了內務府的名冊，以後還怎麼動得了她？」胡清漪倒是知道關鍵在什麼地方，趕緊隨著女兒磕頭央求。

「蠢！真是愚蠢到了極點！」胡皇后氣得不輕，手都在發抖，指尖伸出來，幾乎戳到了胡清漪的額前。「本宮在那麼多人面前許下承諾要給予柳芙的母親五品女官，若是反悔，那本宮豈不是成了整個後宮中的笑柄？」

「那可怎麼辦！」胡清漪死不鬆口。「柳芙那樣做，目的就是想要光明正大的公開身世，好讓她們母女壓住我們一頭。我們豈能任人欺辱，求娘娘想想辦法吧！」

「其實，辦法不是沒有。」一旁作壁上觀的胡清涵開了口，語氣很是哀嘆。「皇上那邊不是讓皇后娘娘挑個公主出來，送到北上和親嗎？此女倒是個不二的人選。」

「公主？」柳嫻一聽，可不甘了。「她憑什麼做公主？她就是一個野種罷了，怎能讓她成為公主！」

「嫻兒！」本是滿面哀哭的胡清漪一聽自家姊姊的這個建議，頓時眼睛一瞪，眼前一亮，斥了女兒一句後當即就跪著爬到了胡皇后的腳邊，伸手拽住裙襬，伏低做小地求道：「皇后娘娘，三姊的提議極好，此舉一石二鳥，一舉兩得，若是娘娘能出手，此事一定能辦成的！」

「妳以為被封為公主北上和親是那麼容易的！」胡皇后腳一踢，將胡清漪給掙脫開來，冷冷道：「若是皇上不答應，她本人不答應，誰也別想瞞天過海。」

「娘娘，您怎知那個柳芙不會答應的？」胡清漪趕緊伸手幫胡皇后理了理被自己拖過發綯的裙襬，極為討好地道：「那個柳芙明顯是想往上爬的女子，和她母親一樣，一定是無所不用其極。若是讓她知道能被封為公主去和親，恐怕她高興還來不及呢，哪裡會拒絕？再說皇上那邊，雖然有賜婚的旨意，但當著所有人的面，是言明要尊重她自己選擇的。要是柳芙自己心甘情願，更不會阻攔了。娘娘，您就想想辦法促成此事吧！」

「這怎麼行。」敏慧郡主實在看不下去了，不顧母親的阻攔，上前道：「皇后娘娘，柳小姐為人謙和，性子柔順，最難得是有著男子也不能相比的才華，實為京中閨秀的翹楚。即便是她出身不明，卻也沒有必要如此置她於死地吧。最多，由皇后娘娘您出面，為姨母和七妹妹正名身分便可，何須將她逼入死境呢！」

「什麼死境！」柳嫻卻不喜敏慧郡主為柳芙說話，張口道：「讓她坐上公主的寶座風光出嫁，哪裡是什麼死境？她得了如此便宜，應該感激涕零才對！六姊姊，妳又何須為她那樣的野種鳴不平？」

「妳知道什麼！」敏慧郡主睨著柳嫻，一臉的不屑。「北疆乃苦寒之地，北蠻也俱是茹毛飲血的野人。柳芙一個大家閨秀，被送到那樣的地方怎麼可能活下去！而且兩國交戰，和親的公主就是人質。一旦和談關係破裂，被送去和親的公主是要割頭活祭的。」

「果真？」柳嫻並未想那麼多，一聽敏慧郡主的敘述，臉色也變得有幾分蒼白。但一想到柳芙攔在前頭，擋了自己成為太子妃的路，就又硬起了心腸。「這又如何，這叫死得其所。對於她那樣的女子來說，這才是最好的歸宿。」

「柳嫻，妳到底是不是人？這樣的火坑，妳竟然說是最好的歸宿？」敏慧郡主看著自己的表妹，似乎根本不相信她嘴裡會說出那樣的話來。

「我的好姊姊，妳這樣為柳芙著想，可笑的是，連自己中意的裕親王被人家勾走了魂兒還不知道呢。」柳嫻看著敏慧郡主一副高高在上的樣子，忍不住就說出了這句帶刺的話來。

「妳什麼意思！」敏慧郡主臉色一變，伸手推了推柳嫻。

氣不過被人推搡，柳嫻反手將敏慧郡主的手甩開。「沒什麼意思，我親眼所見，裕王殿下在眾目睽睽之下竟出手相幫那柳芙。兩人若是沒有糾葛，以裕王的性子，怎麼可能管這樣的閒事兒？六姊姊您自詡聰明，怎麼卻想不通呢？」

「妳……」敏慧郡主還想再說什麼，可看著柳嫻她言之鑿鑿的樣子，根本不像是信口開河，一時間只覺得心口發悶，不知道該如何再反駁。

「妳們給本宮閉嘴！」胡皇后看著兩個甥女兒吵嘴，只覺得煩不勝煩，大聲呵斥道：「今日這裡所說的每一句話，妳們都給牢牢地吞進肚子裡，絕不能洩漏半句。若是讓外面聽到了哪怕一絲的風聲，本宮絕不會留任何情面。」

瞪了兩個小的，胡皇后這才朝著胡清漪道：「妳管好自己的女兒，對那個柳芙，絕不能再出手做出任何落人口實的事情。這個秘密，在本宮看來，她們母女似乎並不是妳們想的那樣想要李代桃僵。既然那個柳芙並未主動將身世的事情翻出來作文章，那本宮就順著她的意思，讓這個秘密被永遠的禁錮。」

第一百零九章　深夜謀機密

聽出來胡皇后話中深意，胡清漪喜不自禁。雖然對方態度嚴厲，可這對於自己母女來說絕對是個天大的好消息，於是破涕為笑，臉上表情說有多彆扭就有多彆扭。「是是是，清漪懂的，清漪既然選擇了將此事告訴娘娘，就一切聽從娘娘的安排，絕對不會自作主張，壞了娘娘的大事。」

「妳知道就好。」胡皇后長吁了一口氣，似乎有意平息自己的怒意。「帶著嫻兒，妳們先出宮吧。敏慧，妳和妳娘留下陪本宮過夜。夜深了，妳先去休息。清涵，妳留下。」最後兩句話則是對著胡清涵母女吩咐的。

面對如此情形，敏慧郡主還想再說什麼，但一想到之前柳嫻所言，自己也只能選擇沈默，跟著胡氏母女一起出了正殿。

遣走身邊伺候的貼心宮女，胡皇后看著坐在面前的胡清涵，嘆了口氣。「若敏慧喜歡的是太子，事情可能會容易些吧……」

胡皇后的語氣很是溫和，讓胡清涵忍不住鼻子一酸，眼眶就泛紅起來。「娘娘，都是清涵的錯，沒能讓敏慧改變心意。」

「也罷！」胡皇后擺擺手，面上露出一抹疲態。「這些年，皇上的心思本宮越發猜不透了。他冷落本宮，連初一、十五也不來了，今日好不容易有個機會能和他說說話探探他的想法，結果卻……」

「娘娘，素妃如此囂張，您豈能冷眼旁觀？您是名正言順的後宮之主，若非她橫插一槓，皇上又怎會……」胡清涵一副義憤填膺的樣子，很是替胡皇后鳴不平。

臉上已經沒有了人前那種身居高位的倨傲之色，胡皇后只是靜靜地聽著胡清涵所言，淡淡道：「素妃無子，她受寵也沒什麼。本宮的意思妳別聽偏了去，皇上那邊，妳向妳夫君淮王打聽打聽。他雖然只是個閒王，但這一年來似乎頗受皇帝待見，聽說常常被召入宮中陪皇上下棋。妳敲打敲打，看能不能問出些什麼。」

「清涵有些不明白娘娘的意思。」胡清涵有些茫然，搖搖頭。「因為先皇的事兒，夫君和皇上有些芥蒂。雖然這一年來偶爾受詔入宮，但他回府卻從不提宮中之事。我偶爾問及，他也只是說陪了皇上下兩盤棋而已。娘娘，您且告訴清涵是哪方面的事兒，我才好探其口風。」

「太多的妳不用知道，只問問淮王，皇上可有提過太子成婚之事。」胡皇后看著胡清涵，她打心底是十分喜愛這個三妹的。和清漪不一樣，清涵性子柔婉，心地善良，所以她不想讓她知道太多未來皇儲之爭的事兒。

「清涵也覺得奇怪，太子明明已過了弱冠之齡，皇上為何遲遲不為太子擇一妃嬪？不但太子，連裕親王也是獨身一個，這可是皇家龍子，也太奇怪了些。」

胡清涵念叨著，並未察覺到胡皇后臉上流露出的一抹凝重之色。「若是太子妃之位懸空太久，朝臣們恐怕會不安。畢竟國之儲君若是無後，乃社稷之大忌……啊……」

和妹妹胡清漪的心狠手辣、狡詐聰明相比，胡清涵要冷靜成熟許多，但並不表示她就比妹妹更笨。反而因為其性子沈穩，更能看出些與眾不同之處。

「妳叫什麼？沈住氣！」胡皇后厲色頓現。「有些話，妳給本宮爛到肚子裡，別去想，別去碰。」

「可是，這牽連太大，對胡家來說也太過……」胡清涵神色有些驚恐。「父親剛剛才供了十萬兩銀子給東宮那邊，後面牽連的關係實在是太複雜了，若是皇上此時有了……那樣的想法，胡家怎麼辦？」

「若是五妹有妳想得那麼深就好了，本宮也不至於……」胡皇后欲言又止，並未反駁或者喝止胡清涵的話，明顯是默認了她的猜測。

聽見胡皇后突然提及妹妹，胡清涵哪裡還不明白對方的深意在哪裡，臉色頓時變得蒼白起來。「娘娘，有史為鑑，儲位之爭從來都是帶著腥風血雨的。無論是嫻兒還是敏慧，若是捲入其中，那必然讓胡家承受兩敗俱傷的後果。娘娘，您一定要阻止這件事發生啊！」

「所以本宮才讓妳想辦法套一套淮王的話，看他是否知道些事情。畢竟皇帝會突然和妳夫君重修舊好，著實奇怪。若只是下棋缺個伴兒，誰不行？非要淮王……」胡皇后站起身來，抬手抿了抿耳旁的髮絲。

「可是，無論是太子也好，裕王也好，都流著胡家的血脈，皇上這樣做，有什麼好處？」胡清涵始終想不明白。「雖然胡家現在一力支持太子，對裕王頗有冷落，但血脈之情總不會變。皇上此舉，意欲何為，娘娘，您一定要弄清楚才行。」

看了一眼滿臉焦急之色的胡清涵，胡皇后有著魚尾紋的鳳目中透出點點精光。「這盤棋，是姬家與胡家下了三百年的，結果若是必須黑白分明，那胡家就一定不能坐以待斃。」

第一百一十章　凝望如有情

身為大周皇朝的太子，姬無淵自從出生以來就事事順風順水，甚至連大的病痛也未曾經歷過。

可此時此刻的他，卻覺得一絲裂縫從腳底蔓延開來，直達胸際，有種窩心的疼。

立在皇城外，目送著一輛輛接送受邀閨秀們的輦子駛離，姬無淵一直在尋找，不斷地在夜色中睜大了眼，只因為不想錯過那個讓他掛念的人。

「太子殿下，柳小姐出來了！」

姬無淵身邊有一個身穿甲冑的高壯身影，乃是東宮的侍衛長，名喚久衡。他知道自己的主子為什麼會吹著寒風躲在城門邊的陰影下，無非，是為了那個女子，那個今夜出盡了風頭卻感覺不到她有一絲一毫傲氣和興奮，平靜一如閒花照月般讓人不忍驚動的女子。

「久衡，你帶著本宮的權杖，過去請文家的馬車往這邊駛過來。」姬無淵取下腰上的權杖交到了侍衛長的手中。

「屬下遵命。」久衡領了吩咐便大步流星地往皇城門口那一輛急急駛出掛著文府行燈的馬車而去。

「嘶——」

張老頭見一個黑壯的身影迅速移過來，嚇得趕緊勒馬，車廂也隨之一晃。

「小姐，您沒事兒吧？」暖兒臉色嚇得蒼白如紙，眼看柳芙額上的紅印，竟是被硌到了，當即就掀開簾子罵了出去。「爺爺！你怎麼駕車的，小姐都撞傷了……」

「屬下奉命，請柳小姐過去與主人一敘。」久衡只看到個圓臉的俏丫鬟露出頭來，張口就罵的潑辣勁兒很是合他的脾性，趕緊上前亮明了身分，遞出太子給他的權杖來。

暖兒一看，此人並不陌生，乃太子身邊的隨從，之前見過幾次，臉色終於緩和了下來，有些埋怨地瞪了久衡一眼。「我說這位將軍，你就算是奉命來請我們家小姐過去和你們家主人說話，也不用這麼冒冒失失直接攔車吧。瞧瞧，咱們小姐這額上的紅印，要是硌傷了，你能擔得起這個責任嗎？」

「我……」久衡是個老實人，被暖兒這麼一通數落，頓時愣在了當場，虧得身板高壯厚實，張口，竟不知該怎麼接話，額上的汗都冒出來了。

「侍衛長，您別見怪，暖兒這是擔心我才出口冒犯的。」說話間，一隻手從門簾處伸出來，隨即露出柳芙那張嫻靜如玉的臉來。「張爺爺，跟這位將軍一起過去吧。」

柳芙當然知道這久衡是太子的人，輕易得罪不得，趕緊一把將暖兒拉回了車廂內，瞪了她一眼。

暖兒卻嘟嘟嘴，一副滿不在乎的樣子。

上百輛馬車從皇城駛出，文府的馬車臨時改了道往側面行去，並沒有引來什麼注意。

姬無淵一直注視著馬車向自己這個方向行來，眼看車伕勒馬，他趕緊迎了上去。「芙妹妹不必下來，本宮上車與妳說話。」

言罷，給了旁邊久衡一個眼神示意，姬無淵便主動登上了馬車。

「暖兒，妳下去吧，把這個給侍衛長。」柳芙取了馬車上的兩塊糕點塞到暖兒手中，示意她迴避一下。

暖兒其實心裡也清楚太子對自家小姐有淑女之思，得了吩咐就趕緊乖乖給太子行了一禮便下車來，順道連自家爺爺也一併拉開了。

車廂內，燈光幽暗，只車簾子的縫隙中透出幾縷行燈上發出的微光。

可即便如此，在太子的眼中，柳芙一雙清澈的水眸卻一如夜空中的皎月，是那樣的明媚耀眼。

「太子哥哥……」柳芙看到太子深情的目光，總覺得心中有股愧疚。

「芙妹妹，恭喜妳奪得燈魁。」

姬無淵含笑看著柳芙，半晌只說出了這句恭喜的話。

柳芙當然知道對方專程攔下自己可並不只是為了道賀這麼簡單，眼看著太子笑容中帶著一絲失落，粉拳在袖口中一捏，只面含淺笑，語氣平靜的道：「不過討了巧罷了，但還是多謝太子哥哥親自過來和芙兒說這句話。」

「芙妹妹，父皇承諾讓妳自行擇良而配，妳……妳心中可有想法？」忍不住，姬無淵還是委婉地問出了心中所想。

略微羞赧地半垂目，柳芙柔聲道：「太子哥哥，芙兒不過才十四歲，離得婚配之齡還早，所以……倒真沒想過這個問題呢。」

「芙妹妹！」姬無淵看著柳芙嬌羞的模樣，哪裡還能按捺住心頭的衝動，竟一把伸出手將柳芙露出外面的一隻手給握住了。「本宮願納妹妹為妃，不知妹妹意下如何？」

埋著頭，柳芙不願讓姬無淵看到自己臉上的真實表情，只故作嬌羞，又急又氣地掙脫開了他的手。「太子哥哥，請您自重！芙兒……芙兒……」

以為自己唐突了佳人，身為太子的姬無淵竟也隨著慌亂了起來，忙鬆開手，連連道歉。「對不起、對不起，芙妹妹，本宮一時……一時腦熱，竟將心中所想悉數說了出來。冒犯了妹妹，是本宮的錯。」

聽得出姬無淵語氣中的著急和歉意，柳芙只覺得心底泛起一股酸酸的感覺，顧不得矜持，直接抬起頭來，語氣認真地道：「太子哥哥，芙兒不覺得唐突，只覺得榮幸。您貴為太子，天下哪家的女子會不願意嫁給您呢！您能看得上芙兒，是芙兒前世修來的福分。只是，芙兒年紀還小，想多點兒時間陪陪母親罷了，想過幾年再談婚論嫁。」

「芙妹妹，妳的意思是？」太子由驚轉喜，看著柳芙認真的模樣，簡直無法形容心底的喜悅之情。

側過頭，柳芙含羞地又垂下了目光。「芙兒沒什麼特別的意思，太子哥哥您別多想。」

「芙妹妹，妳放心，我會等妳的。」姬無淵語氣誠摯，目中也閃著微微的光彩，整個人看起來越發地俊逸朗然。

此時此刻，柳芙不能再作答什麼了，只得繼續頷首不語，沈默是金。

最後藉著昏暗的燈火，姬無淵又深深地看了柳芙一眼，這才從車廂內下來了。

簾子晃動著，柳芙這才抬起頭，臉上哪裡還有絲毫的嬌羞之色，只一抹淡淡的愁緒鎖在眉間。

這樣好的男子，竟為自己而傾心。可自己，卻注定要負他，注定要利用他對自己的感情，注定要傷害他……這種感受簡直就是折磨！

但自己還有選擇嗎？都已經走到了這一步，她必須咬緊牙關堅持下去才行，若自己心軟，最後，受傷害的只會是自己和母親。

第一百一十一章　芒刺如在背

正月十六大早，一輛絳紅色的馬車便從裕王府行駛而出，直達京城外的天泉鎮。車上所坐之人正是姬無殤，一身棗紅錦服顯得深沈內斂，心懷思慮。

馬車從側門駛進了錦鴻記的總店，因是清晨，所幸左右並無閒雜人等察覺。

「常勝，你一定要把信送到柳小姐那裡，本王先在錦鴻記等著。還有，千萬別讓其他人撞見了。」姬無殤從車上下來，淡淡地吩咐了身邊的黑衣男子。

「屬下遵命。」常勝領了吩咐便縱身而行，腳步幾個點地就消失在了巷口。

姬無殤直接步上錦鴻記的二樓，陳妙生已經在屋中等候。「主人，今日突然過來，可有要事？」

扯開外罩的厚厚披風，姬無殤抄起桌面的一盞熱茶喝下去，這才顧自坐下，看了一眼陳妙生。「昨夜的事情你應該已經聽說了。」

陳妙生趕緊點頭。「皇上雖未當場賜婚，可柳小姐握有御賜詔書，已是勝券在握，主人不用太過擔心。」

「本王不是擔心此事。」姬無殤皺起了眉頭，原本邪魅冷峻的臉孔浮現出一抹憂色。「昨夜，皇后召見了柳冠傑的夫人和女兒，還有淮王妃和敏慧郡主。後面兩個更是被留宿坤寧宮。」

「難道……」陳妙生也立馬覺得不妥。「那個胡氏因為自己女兒沒有奪魁，怕失了太子妃的位置，給皇后透底了不成？」

「就怕如此。」姬無殤伸出手指點了點桌面，發出「咄咄」之聲。「計劃恐怕要隨之改一改了。本王讓常勝去請柳芙過來商量，之前，想聽一聽你的看法。」

「柳侍郎那裡倒是沒什麼要緊的。」

陳妙生想了想，開口道：「自從皇上同意他的請求後，他便每日去往兵部，瞭解北疆的事情，極其安分。上次暗中見面，他也說了，只要主人好好照看沈氏母女，他縱然戰死沙場也毫無牽掛了。胡家那邊，胡蒙之也沒什麼大的動靜，只是按照每年的慣例，在年節的時候給太子東宮那邊進貢了十萬兩銀子。因不是走的明路，照例沒有人知道。所以從這點看來，胡家並未察覺到皇上的心思還有主人的打算才對。」

「不對！」姬無殤微瞇了瞇眼，搖頭道：「按理，敏慧郡主才是太子妃最好的人選。皇后也不止一次側面敲打太子，要他和敏慧郡主多親近。可這一次，從夜宴上看來，皇后對柳芙奪魁的態度未免太晦暗不明了些，總感覺，她並未排斥柳芙橫插一腳，擾亂胡家對太子妃位置的安排。」

陳妙生聽著點點頭，也疑惑地道：「主人，敏慧郡主對您的好感應該是朝野皆知的。皇后也並未從中阻撓，很是不合理。論身分地位，柳侍郎的千金應該比不上敏慧郡主，後者做太子妃是最為順理成章的。之前咱們冷眼看著胡家的女兒們內訌，可這幾年過去了，不但沒亂起來，感覺似乎她們私底下達成了什麼協定似的，著實有些怪異。」

「胡家的人可不簡單，韜光養晦這麼多年，眼看大事即成，又豈能放棄？」姬無殤呼出一口濁氣，沈聲道：「雖然當年之事父皇籌劃得極好，可本王總覺得，皇后似乎察覺到了本王並非她親生。」

陳妙生聽得倒抽一口冷氣。

「可若是從現況來分析，皇后默許敏慧郡主向主人拋繡球，多半也是想讓兩個胡家的外孫女兒都嫁入皇家，無論是誰最後成事，總跑不了胡家的好處。小人認為，皇后應該是沒有懷疑主人的真實身分的！」

「父皇隱疾已經十分嚴重，此事恐怕也瞞不了太久。就算她懷疑又如何，沒有證據，本王便是嫡系皇子，同樣有資格坐上大周朝天子的位置！」

姬無殤語氣沈冷，眼神犀利，從內而外都透出一股屬於天龍之子的霸氣，讓旁邊的陳妙生不敢直視，忙低頭附和。「主人當然有資格，任誰也不敢質疑，只是皇上的病……」

「為了掩飾隱疾，父皇疏遠皇后長達十來年，為的就是讓胡家沒辦法起心造反。可眼看時間不等人，所以有些計劃咱們也得加快了。」

姬無殤眉頭深蹙，似乎是想起了自己父親的病，臉色很是凝重。

「北邊戰事將起，咱們一定要趁這個機會消耗胡家的人力和財力，然後再一舉……」陳妙生抬手做了個「收」的手勢。「到時候，就算胡家想有任何異動，也無能為力了。」

「本王只希望，父皇能至少熬到那個時候。不然，本王便要承擔篡位之名。這對未來大周皇朝的社稷來說，只能是兩敗俱傷，而非完全的勝利。」姬無殤考慮得自然比陳妙生深遠許多。「所以，柳芙這一步棋怎麼用，本王現在有些難以定奪了。」

「柳小姐當然要安插在太子的身邊！」陳妙生忙接了話。「只有盯緊太子，咱們才能提早應變。」

姬無殤卻不那麼確定了，語氣有些搖擺。「皇后那邊，本王一直沒法安插進人。柳芙這次奪魁，若是讓她入宮為女官，想辦法接近皇后替我們刺探消息，是否比讓她嫁給太子為妃更有用呢？」

「不行，柳小姐必須送到太子身邊去！」陳妙生哪裡猜不出姬無殤的心思，猛地跪在了地上，埋頭道：「屬下該死，有話並未對主人言明。」

「什麼事？」姬無殤眼底閃過一抹寒光，對於陳妙生，他從來沒有料想過他竟敢有事瞞著自己。

被姬無殤目光盯住，陳妙生只感覺有如芒刺在背，語氣有著明顯的顫抖。「是……是主人身中寒毒之事。」

姬無殤挑眉看了看陳妙生，冷言質問道：「你不是說西域那邊已經找到了火龍朱果的下落嗎？」

陳妙生不敢抬頭，只緊繃著心弦解釋道：「主人，您的寒毒必須有三十年分的火龍朱果才能得以解除，上次西域進貢朱果是十年前，除非再等二十年，這火龍朱果是無法結出果實的。可二十年之後，這毒就算解除也沒有意義了，所以……」

「十年前……」姬無殤突然就明白了，臉色變得極其複雜。「朱果只有一顆，父皇當時將其賜給了太子。所以，你想告訴本王，這毒是否能解，必須從太子下手。而能夠接近太子獲得朱果的人，就只有柳芙了，對嗎？」

冷汗直冒，陳妙生哪裡敢答應，幾乎是哆嗦著將頭死死埋在地上，一動也不敢動。

第一百一十二章　一問三不知

外罩月牙白的蘇州織錦緞，走動間，一抹湖水藍的素紋幅裙穠動而起，柳芙面色恬然，心裡頭卻猶如打鼓般，怎麼也平靜不下來。

常勝的突然「造訪」，讓她花費了一番言語給沈氏解釋為何一大早又要去一趟錦鴻記。可沈氏臉上的表情明顯帶著一絲狐疑，和一絲淡淡的興奮。

「看來，這下跳到黃河也洗不清了。」

柳芙暗自苦惱地抱怨了一句，只因為姬無殤已經在沈氏面前表明東家的身分，加上今日全京城都知道正月十六是裕親王的生辰，她趕早匆匆而去，看在母親的眼裡，哪裡會有不誤會的！

還好沈氏並未阻攔，反而興致盎然地替她挑了一身新衣穿上，還特意提了一籠親手蒸的河鮮包子讓女兒一併帶去，只說若遇見了裕親王便請他嚐嚐手藝，聊表祝賀生辰的心意。

低首看著手裡的食盒，柳芙蹙了蹙眉。「暖兒、真兒，妳們等會兒把這包子吃了吧。」

「這怎麼行！」暖兒使勁擺手。「要是回頭讓夫人知道這『心意』進了咱們姊妹的肚子，豈不是要受罰？小姐還是別害咱們了。」

暖兒油頭滑腦，大眼睛一轉，又道：「而且出門的時候，夫人還說了，讓奴婢看緊了，若小姐私吞包子，就給她稟報。小姐，您這不是讓咱們做奴婢的為難嗎？」

「罷了罷了，不就是一籠包子嗎，值得妳這麼貧嘴？」柳芙煩不勝煩，揮了揮衣袖，露出一截楊柳飛絮的綠綢衣裳，袖口那片手指大小的樹葉，繡得是唯妙唯肖，一看便知是沈氏的手藝。

「小姐，奴婢們就在這兒等您了。」到了目的地，暖兒和真兒走到錦鴻記的階梯口便停下了腳步，乖乖地沒有再進一步。

深呼吸了幾口氣，柳芙這才邁步往前來到屋門口，剛抬手想敲門，卻聽得裡面傳出一聲呵斥。

「所以，你想告訴本王，這毒是否能解，必須從太子下手。而能夠接近太子獲得朱果的人，就只有柳芙了，對嗎？」

聽到這兒，柳芙臉色一變，想也沒想便一把將門給推開了。「裕王殿下，請聽民女解釋！」

屋中，陳妙生正伏地不起，額上冷汗直冒。對於面前臉色陰冷正在質問自己的姬無殤，哪裡敢答應半句。

沒有理會臉色鐵青的姬無殤，柳芙趕忙過去將陳妙生扶了起來，這才開口道：「陳掌櫃所憂所想無不是為了給您解毒，裕王您為何要這樣遷怒於他呢？」

「你出去。」姬無殤雖然眼睛死死盯住柳芙，這三個字卻是對陳妙生說的。

「屬下遵命。」陳妙生不敢再留，只抬眼看了看柳芙，給了她一個「妳多保重」的鼓勵眼神，這才轉身趕緊離開了屋子，很識相地順手關上了門。

「您若是為了面子，不想讓民女知道您中毒的事情，那民女可以保證，絕對不會洩漏半句給任何人知道。」柳芙看著姬無殤的臉色，心底不免還是有些發怵，想趕在他開口之前解釋清楚。「若是裕王您怕欠了民女的人情，那就更沒必要了。大不了，您拿出東西來換這火龍朱果，也是一樣的。」

微眯著眼，姬無殤打量著眼前的柳芙，桃腮粉唇，黑眸玉膚，一身水藍的錦裙將腰身勾勒得越發窈窕纖細，看起來讓人很難和「狡詐」二字有所聯想。

見姬無殤只沈著臉不說話，柳芙拿不住他到底是何想法，只好也緩緩垂下了眼，故意表現得乖巧聽話。「當然，民女一切還是聽從殿下的吩咐，不會再自作主張了。」

「本王要妳入宮為女官，妳可願意？」姬無殤唇邊勾起了一抹笑意，對這個柳芙，她越是像一本難以讀懂的書，自己就越有興趣去翻閱，去琢磨。

抬眼，柳芙一臉疑惑。「民女好不容易按照裕王您的吩咐奪得燈魁，眼看太子妃的位置也不遠了，怎麼這個時候您要民女入宮？若是民女做了女官，不但不能嫁給太子，還必須等到二十五歲才能出宮。嫁不嫁人民女倒是無所謂，可太子那邊，誰去弄到那枚火龍朱果給您解毒？」

「妳不是很聰明嗎？難道看不出來原因？」姬無殤走到屋中的茶桌前坐下，指了指面前的茶壺，示意柳芙為他奉茶。

柳芙這些年來在姬無殤身邊，已經習慣了被他當丫鬟使喚，也不多說什麼，蓮步輕移，熟練的替他翻開茶盞，提了茶壺斟好茶遞上去。「民女愚鈍，還請裕王言明。」

喝了一口茶，姬無殤挑眉看著立在眼前的柳芙。「昨夜的賞燈會，妳就沒看出皇后對妳的態度有些奇怪嗎？她明知太子對妳心有所屬，還任由妳取得賜婚詔書。這不得不讓本王起疑，皇后是否察覺了什麼。」

「民女可沒看出來。」柳芙準備繼續裝傻，但心裡早就驚訝無比了。

她是知道將來會發生什麼事情的，所以對於胡皇后，她也清楚明白得很。昨夜，她竟然沒有反對皇帝將賜婚的詔書頒給自己，就十分的古怪。要知道，這個沒有落筆的詔書對於胡家來說無疑是一把懸在頭上的刀，隨時只要一落下，就能將胡家的計劃安排全盤打亂。

可姬無殤，他又怎麼可能只憑藉賞燈會上皇后對自己的態度，就看出皇后察覺出姬奉天有打算另立儲君的意圖呢？

第一百一十三章　一豹一狐狸

垂目不言的柳芙顯得十分安靜，可微微閃動的睫羽還是透露了她心底的不平。

「妳不願多說也可以，本王只想讓妳知道，火龍朱果我自己會想辦法得到。過些時候，本王會想辦法讓妳入宮為女官。畢竟按照歷來的規矩，得了賞燈會魁首的閨秀是有一年時間可以做御書房女書的。」

「既然裕王您都把一切安排好了，民女聽吩咐便是。」柳芙抬眼，臉色有些惱氣。「可您總得告訴民女，入宮為女官之後，需要民女為您做什麼才是。」

「很簡單，接近皇后，查探消息。」姬無殤勾起唇角，笑意很是深沈複雜。「特別是胡氏姊妹入宮和皇后的談話。任何有關胡家的事情，妳都得打聽得一清二楚。」

「可皇后娘娘的坤寧宮不是那麼好混進去的，裕王您為何對民女如此有信心？」柳芙打心眼兒裡根本就不願意入宮為女官。宮中環境實在太過複雜，過早就被捲入宮中的是非，對自己和對母親都不是一件好事。

「此事八字還沒有一撇，皇上會不會答應還是兩說。」姬無殤走到門邊，回頭看了一眼柳芙。「妳回家等消息，這些日子就不要和太子走得太近了。」

「民女遵命。」柳芙不會違背姬無殤的意思，只點了點頭，面帶遲疑之色，準備走出屋子。

「妳的東西忘了拿了。」姬無殤掃過柳芙進屋時放在茶桌上的八寶福祿食盒，提醒了她一句。

「哦，民女倒是忘了。」柳芙隨即又走回屋中，將食盒打開，露出裡面鴿蛋大小的包子。「這是民女的母親親手所做，知道今日乃是裕王您的生辰，聊表一下禮意。」

姬無殤挑挑眉，順手就拿了一個在手，塞到口裡。「冷的。」

「要不民女幫您熱熱，您再慢用？」柳芙根本就沒想到姬無殤竟會隨意吃自己帶來的東西，很是驚訝，但臉上卻努力保持著平靜。

「嗯，另外換一壺熱茶來。」姬無殤並未拒絕，只點了點頭，便坐回了位子上，一副需要使喚柳芙來伺候他的模樣。

想著今日是他的生辰，自己又正好在這兒，柳芙不好發作，只得上前提了食盒出門去。

沒耽誤多少工夫，柳芙就帶著熱氣騰騰的小籠包回到了屋中。

可剛一推開門，柳芙卻發現姬無殤竟斜倚在廣椅之上閉著眼，眉頭緊蹙，一副濃濃的倦色。

不想吵到他，柳芙放輕了腳步，將食盒放到茶桌上，正準備再悄然地離開，卻聽得身後一聲略顯沈重的呼吸。

「本王沒睡，妳走什麼？」

姬無殤的聲音帶著一絲低沈和壓抑在耳邊響起，那種漫不經心的語氣顯露出他此時的隨意。

去。

「民女只想再出去提一壺熱水回來泡茶。」柳芙沒有回頭，只繼續往前出了屋子。

門外，陳妙生已經準備好了一壺熱茶，見柳芙出來，趕緊遞給了她，示意她趕緊回屋去。

無奈，柳芙只好深吸了口氣，又回轉進了屋內。

守在門口的兩人卻私下議論了起來。

「老陳，你說主人和這個柳小姐，到底是什麼關係？」常勝微眯著眼，有些不確定。

陳妙生語氣裡透著一股子認真勁兒。「他們一個像豹子，有著致命的危險卻同樣有著致命的吸引力；一個像狐狸，明知豹子身邊充滿了凶險和不確定的陷阱，卻憑藉著輕巧的身法和狡黠的心思安安穩穩地獲得了豹子的信任。」

聽得頭暈，常勝悶哼了一聲。「在我看來，主人和柳小姐就是一個男人一個女人，最本能的吸引力將他們倆拴一塊兒了而已！」

第一百一十四章　群芳覓蹤影

將披風穿上，柳芙剛從錦鴻記的後門出來，迎面就遇上了李墨。

青藍布衣，黑髮高束，褪下官服的李墨顯得文人氣十足，讓人很難看出他其實是個比商人還要精明的讀書人。

「先生怎麼在這兒？」柳芙取下昭君套，用著驚訝的神情看著他，卻不經意間露出一抹微笑來。

「難道小姐不想早點見到在下嗎？」李墨迎上前去，拱手行了禮，看到柳芙之後，同樣面露笑意，就像兩個老朋友見面，十分隨意。

「這倒是，先生越早出現，就表示找鋪面的事兒有底了。」柳芙笑著往馬車方向而去，吩咐暖兒、真兒坐到外面，示意李墨進入車廂，邊走邊談。

因為李墨是老熟人了，暖兒和真兒也不介意自家小姐和男子獨處，乖乖取了厚實的披風裹好，和張老頭擠在車廂外面的橫座上。

雖是看著柳芙長大的，但李墨還是謹守著男女之禮，只靠在邊緣處坐著，保持了一定的距離。「小姐，若是您今日有空，不如就直接去京裡看看在下選的幾個地方吧。」

「也好，今日專程給母親告了假出來的，回去晚了她應該不會說什麼。」柳芙點點頭。

「煩勞先生把地址給張爺爺說說。」

「張伯，請駕車去京城東門的東御街，到了京兆尹府衙，我再告訴您怎麼走。」李墨隨即便撩開簾子給張老頭指了路。

「先生可準備好了離京的物品？若是有任何需要，還請把我當成一家人，隨時開口。」柳芙見李墨的精氣神都和以前有了些變化，眼神中透出一抹老道和韌勁兒來，不由得暗暗點了點頭，慶幸自己當初沒有看錯人。

李墨放下簾子，藉著透進車廂的微光看著笑顏如花、嫻靜如水、素顏如玉的柳芙，不覺心境就放鬆了下來。「獨身行天下，要的是膽識和謀略。錢財之類乃身外之物，有地方住宿，有糧食果腹就行。若太追求舒適，對我來說會適得其反。不過，還是多謝小姐的關心。也多謝……您沒有主動塞了銀子給在下。」

「你們文人的脾性我還是瞭解些的。」柳芙笑笑，甩甩頭。「再說，先生風骨高潔，還用不著我多管閒事兒。若硬塞銀子給您，豈不是自討沒趣？」

聽得出柳芙的玩笑，李墨也忍不住笑了笑。「對了，還沒來得及恭喜小姐，在元宵夜宴的賞燈會上奪魁。」

「這麼快你就知道了？」柳芙有些驚訝和意外，畢竟這還是昨兒夜裡發生的事兒。若是宮裡頭的人知道還好說，這李墨不過是翰林院裡的小角色而已，皇家書院又冬歇，他都這麼快就聽到了消息，那豈不是市井街頭人盡皆知了？

「小姐可能不知道，宮裡的內侍們每年這個時候都要專門和宮外的線人接頭，倒賣消息。」李墨解釋道：「能最快遞出來消息的內侍，最多能掙到上百兩的消息銀子，可是個肥差。」

「果真？那些內侍的腦子還真靈光。」柳芙聽了只搖頭，打趣道：「早知道，我還不如自己將消息讓人帶出去，也掙個一百兩來花花。」

「話說回來，小姐您得了魁首，還聽說您得了御賜的指婚聖旨，這件事兒恐怕在京中傳開之後，文府的大門會被媒人給踩破的。小姐還是想想怎麼應對才好。」李墨說起柳芙婚嫁之事，臉色略有尷尬，但因為是真的關心，所以也就沒有顧忌，直言不諱。

看得出李墨對自己的關切之心，柳芙報以一個柔和的微笑。「皇上也說了，讓我滿了十六歲再自尋夫君，所以倒不算是什麼要緊的麻煩。只要我乖乖地待在府裡頭，這些煩心事兒也輪不到我來操心。」

「是我多慮了。」李墨看到柳芙如此自然地說著此事，言談間條理十分清晰，毫無其他女兒家那種害羞的表情，不由得暗生佩服之心。另又聽她提及兩年後自行擇夫婿婚配，便一下子想到自己兩年後正好回京，說不定可以趕上她成親，隨口道：「希望小姐能有一個好歸宿，等在下從外地回京，也能替小姐祝福。」

「八字還沒一撇的事兒，不說了。」柳芙頷首，輕撫著懷裡的手爐，不願多談自己婚嫁之事。

約莫半個時辰後，輦子外傳來張老頭的聲音。「小姐、李先生，這李子胡同到了。」

張老頭勒馬停車，讓暖兒、真兒取了腳凳，讓李墨先下來，隨即又扶了柳芙下車。「京兆尹府衙就在巷口，咱們雖然掛了文府的牌子，但按照慣例，所有車輛到了巷口一律不得駛入。小姐您看……」

「沒關係，你駕車去那邊的酒肆歇息一下，等會兒辦完事我會過來找你。」柳芙知道此處是天子腳下，自家馬車不是隨便哪兒都能去的，也就沒有多說什麼。

李墨見柳芙給自己示意，便道：「在下看上的鋪子都分布在這李子胡同，步行倒也方便，請吧。」

於是由李墨領頭，柳芙退後三步跟在其後，身邊左右有暖兒、真兒護送，四人直接進入了這看似熱鬧繁華，卻透出一股肅穆嚴謹的胡同裡。

此處的繁華和其他街市有一些不一樣，兩邊皆為十二門的大店，賣的也多是價值不菲的古玩玉器、布疋絲綢、珍寶首飾等等。酒肆與茶樓倒也有幾家，單從門面看並無熙攘之景象，但精緻的陳設、雅致的裝潢，都透出其不同於一般市井的規格，定然暗藏玄機。

奇怪的是，這京兆尹府衙所在的李子胡同，竟還有一家妓館！

看到柳芙立在群芳閣的門口駐足不前，李墨的臉色有些尷尬。「小姐，此處雖然也是待售，但……」

「這裡是煙花之地，對吧？」柳芙倒是臉色不變，只低聲問了一句。

李墨答了，可看著柳芙的樣子，似乎對此地很感興趣的樣子，不由得額上冒出了些冷汗。「的確，所以咱們還是先去看看其他兩家鋪面吧，此處不適合小姐開設茶樓。」

「不，此處位置極好，既然已經來到了門口，咱們不如進去看看，說不定，可以撿個漏。」柳芙卻擺擺手，指了指這群芳閣門上的告示，身邊的暖兒就立馬上去揭了在手。

第一百一十五章　柳巷藏深宅

雕花的排門，水綠的綢簾，加上門邊兩只細竹的盆栽……和一般的妓館有些不一樣，這群芳閣單從外面來看，根本瞧不出一絲一毫的煙花之氣。但高掛屋簷的粉紅燈籠卻無不表明，此處就是供恩客們尋歡作樂的青樓之地。

「有人嗎？」

這下，李墨不再拘泥，直接擋在了柳芙的身前率先推門進入了這家妓館，隱隱有護住她的意思。

「我冷三娘一諾千金，你上京兆尹府衙去打聽打聽，別說三萬兩銀子了，就是十萬兩我也不會賴帳跑路。」

「三娘，不是小的不信您，而是小的上頭有人打了招呼，今日若您還不能還上一半的銀子，就立刻收了您這群芳閣抵債。」

「你……」

群芳閣的廳堂中，一男一女正在爭執著什麼。男的一看就是個跑腿小廝，但黑綢青褲卻俱是上等的料子，明顯其主人家有些權勢地位。

而那自稱為冷三娘的女子……柳葉眉、飛鳳眼，微啟的紅唇邊一顆芝麻大小的胭脂痣十分顯眼，襯托得她整個人彷彿都嬌媚了幾分。

柳芙仔細看著此女子，覺著她年紀約莫三十歲，一身撒金遍地紅的衣裙很是醒目。說話間也是眼神精明，語氣老道，果然是長年在煙花之地打滾的，和普通閨閣女子很是不一樣。

「一萬五千兩，是嗎？」

柳芙不顧李墨的阻攔，款款踱步上前，從暖兒手裡取過門外張貼的「吉鋪代售」黃紙，揚了揚。

停下爭執，冷三娘和那男子這才發現廳裡竟來了其他人，後者一看柳芙手裡的一疊銀票，更是紅了眼，衝過去就堆著笑道：「這位姑奶奶，您可是來給三娘送銀票還帳的？小的羅方，乃是羅員外家中一個小管事，這銀票，還請姑奶奶給小的就是了。」

冷三娘卻上下打量著柳芙，又再將目光掃過了旁邊的李墨，沈著臉走了過來。「你們是誰，怎麼也不打聲招呼就進來了？」

李墨上前一步，將那羅方和冷三娘都擋住，越過柳芙主動開口道：「在下李墨，之前進門的時候有開口問過，可是兩位正在爭執之中，並未聽見。」

「先生，銀票給你。幫我買下這鋪子！」柳芙在李墨身後立著，知道對方不會讓自己親自與冷三娘和那羅方打交道，也不堅持，將銀票和待售的紙交給了暖兒，示意她遞給李墨。

李墨雖然心裡有疑惑，但銀子是柳芙的，茶樓也是柳芙要開的，自己雖然擔心，卻並沒有質疑的資格，只好蹙著眉看向兩人中的冷三娘。「妳這鋪子賣價幾何？報個數，咱們今日就簽字畫押，那麼這一萬五千兩的銀票妳就能拿走抵債。」

「羅方，你在這兒等一下。」冷三娘卻並不理會李墨，直接看向立在其身後的柳芙。

「這位小姐，妳我可否單獨說話？」
柳芙主動迎向了冷三娘。「走得累了，歇歇也好。三娘，可有合適的地方，請我吃杯茶吧。」
冷三娘對柳芙第一印象還算不錯，眼見她如此爽利，也頗對自己的胃口，不由得臉上表情也放鬆了些。「好，這廂請！」
「你們都在這兒等著吧，我和三娘說說話就回來。」柳芙阻止了想要跟去的暖兒和真兒，話裡帶著幾分不容置疑的意味。
於是，在冷三娘的領路之下，柳芙跟著與她消失在了二樓的轉角之處。
百花爭芳的窗扉，櫻桃紅漸染湖水藍的綢簾，配上紅、藍兩色的繡墩和靠墊，這雅間之內的氣氛顯得鮮活而明媚，也透露出了一絲脂粉奢靡之氣來。
親自為柳芙斟了熱茶遞上，冷三娘主動開了口。「這位小姐，本店雖然叫賣，但作價幾何您未曾過問就直接拿了銀票出來，恐怕有些不妥和衝動吧。」
「妳這群芳閣僅兩層小樓，粗略看過去，也就一個大廳帶二樓的這十二個包廂，按京城地價，再算上各類裝飾，頂了天也就五萬兩銀子的賣價。我沒說錯吧？」
柳芙捏著粉蝶穿花的茶碗，透過濛濛而上的白氣，甜笑淡然地看著臉色驚訝的冷三娘，也不著急，只悠閒地啜了一口茶，等對方緩過神來。
「小姐是哪家的千金？這京城但凡有些臉面的商賈之女，我冷三娘都認識一二。可小姐偏生眼生得很……」冷三娘這下更是慎重了幾分，終於出言打聽起了柳芙的來歷。至少在她看來，能夠如此熟悉京中地價又會算計的女子，肯定是商賈人家之後，絕錯不了。

柳芙也不隱瞞，直言道：「我姓柳，乃是翰林院侍讀文從征先生的乾孫女兒。平日住在天泉鎮，不怎麼來京城走動，三娘不認識也是應該的。」

「文老先生的孫女兒？」三娘驚訝之色更濃。「真沒想到，外傳京城第一才女，剛奪得元宵夜宴燈魁的柳小姐，竟會來到我群芳閣，還要買下此地，真是太讓人意外了！」

「三娘是聰明人，有些話我也就直說了。」柳芙不想多費口舌。「我想給自己掙點兒嫁妝，所以想買下此地開一家茶樓來經營，不知三娘可願割愛？」

沒想到，冷三娘卻猶豫了起來，似乎在斟酌接下來要說的話，好一會兒才又道：「柳小姐是極合我眼緣的，這鋪子賣給您也行，別說五萬兩銀子了，就是三萬兩只要您能一下子拿出來銀票，我也賣！可只有一點要求，不知柳小姐願不願意答應？若是您不能答應，這生意不成仁義在，咱們就當交個朋友也行。」

第一百一十六章　一諾重千金

柳芙看得出這冷三娘是個胸懷寬廣之人，知道她肯定不會給自己下套，那麼就一定有她的難言之處了，於是放緩了語氣。「三娘，妳我現在是買賣關係不假，但也請三娘將我看作友人，無論買賣是否能成，就像妳剛剛說的，至少咱們仁義還在。」

冷三娘顧慮半晌，但自身處境也同樣艱難，只得實話實說道：「想必柳小姐也看得出來，這群芳閣雖然是煙花之地，卻是個清館。姑娘們賣藝不賣身，所以若是要將店結束了，必須得無條件接收願意留下來的姊妹，不知柳小姐可忌諱？」

「我當然看得出妳這兒是清館。」柳芙雖然沒逛過妓館，但單看陳設和裝潢，也能知道個大概。對於冷三娘所提，她點點頭，很是理解。「三娘放心，只要願意留下來的姑娘，她們每人有什麼特長，擅舞的、擅絲竹的、擅歌的……都一併寫清楚了交給我，到時候我會一併安排。只是有一點，我這兒必須說清楚。」

冷三娘沒想到柳芙這麼爽快就答應，臉色還在欣慰和高興之中，忙點頭。「柳小姐是個實誠人，您只管吩咐。」

柳芙就著吃了一口熱茶，這才莞爾一笑。「我這兒可以答應您，絕對不會虧待留下來的姑娘。可大家都知道，在茶樓幹活兒，肯定比在妓館賣藝要辛苦，掙的錢卻要少得多。所以，若是留下來的姑娘們掙得少了，可別找我鬧。」

沒想到柳芙說的是這茬兒，冷三娘「噗哧」笑了起來，露出兩排貝齒。「柳小姐，您放心吧，這些情況我都會給她們說清楚的。願意留下來的，都是沒有去處的，若是想多掙銀子的，早就投靠其他的妓館去了，也不會選擇留在咱們這待售的群芳閣。」

「這就好。」柳芙舉了舉茶杯。「既然條件談妥了，三娘是否與我碰杯，算是敲定了買賣？」

「一言為定！」冷三娘識趣地舉起了茶盞，主動和柳芙的一碰。

柳芙對這個冷三娘有著很濃的好感和興趣，直覺此女能夠給自己帶來一些幫助，便主動問道：「三娘，那妳呢？可有打算和去處？」

「有個老相好想讓我嫁過去做三房。」冷三娘表情一下就寥落了起來，語氣也很是無奈。

「三娘，我要妳一句真心話。」柳芙看得出冷三娘話裡的無奈。「妳是真心願意嫁，還是因為實在沒辦法想湊合著過日子？」

搖搖頭，冷三娘垂目，勉強笑了笑。「誰願意做小呢？總之，賣了群芳閣還債，安排好姊妹們的去處，我自個兒如何也就無所謂了。」

「若是……」柳芙杏目流轉，唇角微翹。「我請三娘留下，做我這茶樓的掌櫃，妳可願意？」

「這……」冷三娘知道柳芙會同情自己，可怎麼也沒想到她竟會要求自己留下來，還是做掌櫃！

世俗中，在紅塵裡頭打滾的女子都是賤籍，是那些大家閨秀千金小姐巴不得撇清關係的最底層的賤民。冷三娘也清楚，自己的身分地位和柳芙比起來差了不止一大截，兩人完全屬於不同的世界，正常情況下，不可能有任何的交集。

但現在，她親耳聽到柳芙要主動留下自己，做茶樓的掌櫃！這怎能不叫她既驚訝、又感動呢？

「三娘？」柳芙見冷三娘呆呆地望著自己，瞧不出喜怒，只得解釋道：「我知道這個要求有些意外了。妳也不用立刻就答覆我，三天吧，這三天妳好好考慮考慮，三天之後我將剩下的銀票帶過來，等去官府畫押過繼地契和房契的時候，妳再給我一個答覆。」

「不用！」冷三娘終於回過了神來，眼中透出一抹激動。「柳小姐，問個逾矩的問題，您出身高貴，地位不凡，怎麼會願意和我這樣的煙花女子扯上關係？收留咱們群芳閣以前的姑娘已是超出了我的想像，若是再留下我做掌櫃，您可知道這意味著什麼？」

相較於冷三娘的情緒激烈，柳芙卻一如既往的淡然如斯，只微笑著回答了她。「三娘，妳覺得我是出身高貴？地位不凡？妳錯了，我當年和母親入京，尋親不成，差一點兒流落街頭。幸而有文爺爺相助，不但認了我為乾孫女兒，還教我識字讀書，送我入皇家書院學習，還能有機會入宮參加元宵夜宴。想想當初，若沒有人幫我們母女一把，說不定也會流落紅塵。」

冷三娘有些愧疚，看著柳芙的眼神也帶了些不同的意味。「柳小姐，我不知道您竟有如此曲折的身世。」

「告訴妳我的身世，不是想讓妳同情，只是想說明我的態度。」柳芙嘆了口氣，又道：「所以我能夠體會身為女人，要依靠自己來謀生，來面對整個世界的艱辛和困難。我更不會帶著偏見來看待妳。留下妳，我也有自己的原因。妳長年與人打交道，練就了一身別人沒有的本事。特別是妳十分熟悉這李子胡同來往的客人，有妳這個活字典，我不怕茶樓沒有生意。」

冷三娘重重的點了點頭，眼中升起一層薄霧。「能與柳小姐這樣的人相識，是我冷三娘之幸。我在這兒保證，一定會傾盡全力助小姐經營茶樓。」

「那咱們就一言為定了。三日後我會再來，咱們將契約書簽了，這生意就成了。」

眼見目的達到，柳芙不覺鬆了口氣。今天來到這李子胡同，不但是不虛此行，還能有這樣意外的收穫，不由得讓她對將來茶樓開張也多了幾分信心和底氣。

第一百一十七章　雪中送炭難

從群芳閣出來，已是臨近午時，李墨建議柳芙在京城用過午膳再親自送她回天泉鎮，免得耽誤了飯時餓肚子。

看得出李墨是有話要對自己說，柳芙點頭，隨意挑了這李子胡同裡一家看起來還算雅致清幽只賣素食的酒樓，並讓暖兒去找到張老頭，讓他再多等等，留下了真兒隨侍在旁。

「三位客官，請進。」門口負責迎送的小廝上前領了李墨和柳芙入內，直接帶了他們去二樓的雅間。

這雅間門闌上掛了一個很具深趣的牌匾，上書「滌靈」二字。

「小二，隨意給咱們上幾樣你們店裡的招牌菜就行了。」李墨徵詢過柳芙的意見，便作主點了菜。

「兩位可要小酌？本店的桂花釀很是清甜，女子飲了可增其顏色，男子飲了可增其膽識……」

小廝熱情地推薦著，柳芙卻擺擺手。「大中午的，喝什麼酒！小二，你們這兒有什麼好茶快些上過來才是。」

「這位小姐有口福了，正好咱們店裡進回來一批新鮮的南茶，有銀針、貢眉、壽眉，皆是產於福建的福鼎、政和、松溪，還有建陽等縣的上品。不知小姐想要哪一種？」小廝趕緊細數道。

李墨和柳芙交換了一個眼神，前者開口問：「既然是福建的好茶，怎麼沒有白牡丹？」

小廝卻笑笑。「客官這是開玩笑吧，京城市面上的白牡丹可金貴著，上好的白茶中，白牡丹產量本來就極少，大多都被皇商給收入宮裡進貢，就算有流出來的，也是各家頂級的茶樓在售賣。真是對不住客官了！」

「沒關係，有君山銀針也行。」李墨看得出柳芙有所疑問，攔住她，打發了小廝出去。

等菜全都上齊，柳芙讓真兒先吃了兩個素菜包子和一碗白果蝦肉米粥，便吩咐她守住門口，這才和李墨商量著道：「怎麼回事兒？雖然白牡丹是頂金貴的茶，但除了咱們的茶行，其他有皇商在背後撐腰的茶行也在悄悄售賣中等品質的白牡丹。這樣規模的酒樓，怎麼可能沒有白牡丹買？」

「小姐可知道最近南方水患，加上今年春寒的氣候，所以白茶的產量急劇下降的事兒？」李墨替柳芙斟了茶，解釋道：「水患，加上春寒，白牡丹那樣嬌貴的茶種怎能倖免！據我瞭解，京中好些個茶行白牡丹都缺貨了，更別說今年福建貢入宮中的茶品了。能到中品就已經是挖地三尺搜刮盡了各家茶園。」

「所以，咱們的茶園若是今年能夠出產，用在茶樓裡售賣，倒是個極好的噱頭！」柳芙眼睛一亮，笑咪咪地露出了一臉喜悅。「真是天時地利人和呢，剛剛找到適合的鋪子和掌櫃，現在又聽到這個好消息，我總算可以放心了。」說著，柳芙還拍拍心口，緩了口氣的樣子。

李墨看著她露出童真的一面，也笑了。「小姐，您另闢蹊徑，竟會看中那群芳閣，在下作為男子，真是佩服得緊。可您選擇留下那冷三娘，這一招，還真有些冒險。」

兩人吃著佳餚，品著香茗，不覺氣氛大好，說話間態度也隨意了不少。

「什麼冒險？」柳芙嚥下一口素燒蘑菇，頓覺齒頰留香，絲毫不覺自己這樣的吃相在男子面前顯露有什麼不妥。

只覺得柳芙是真的把自己當作了友人和知己，李墨心底微微有些暖意，替她挾了菜。「咱們是開茶樓，小姐您留下冷三娘和那一群清倌人，叫其他人怎麼想。」

「你先告訴我，你對這冷三娘什麼印象吧。」柳芙也不作答，反而讓李墨來說。

眉頭微皺，似是在回想，片刻之後李墨才開口道：「為還債捨心血，誠信；為姊妹尋出路，仗義；言談爽快，性子俐落，拋開其原本的身分不說，倒是個適合做掌櫃的。」

「李先生想必聽過這句話吧，錦上添花容易，雪中送炭艱難。」

柳芙吃著香噴噴的素食，心情大好。「對於冷三娘來說，我不僅僅是雇主，在她心裡，也把我當作了那雪中送炭的人。所以，讓她做茶樓的掌櫃，我是一萬個放心。看她的性子，應是極為執拗烈性的。不然，掛著粉紅燈籠卻讓姑娘們賣藝不賣身，要是她狠得下心讓姑娘們就範，哪裡會缺了那三、五萬兩銀子。所以，想來群芳閣的名聲也在那些恩客裡是極好的。有了她這個活招牌，至少新開的茶樓就不愁沒有生意做。」

「還是小姐想得周到，您這麼一分析，今日所促成之事，不僅僅是一舉兩得，而是數得了！以茶代酒，咱們慶賀一番！」李墨舉起青白瓷的茶碗，作勢先乾為敬。

柳芙一口飲盡杯中茶水，這才有些不好意思地道：「只是讓先生白白受累了，之前辛苦幫我找鋪面，卻被我一下子擾亂了計劃。」

「殊途同歸，只要小姐能找到滿意的，在下的辛苦不算什麼。」李墨擺擺手，對於柳芙的細心體貼很是受用。

「也對。」柳芙也替李墨挾了菜。「若非您相中的鋪面就在這李子胡同，咱們也碰不上群芳閣急售的這檔子事兒。說來說去，還是您的功勞。這個是一點兒心意，還請先生收下。」

柳芙從腰間取下一個錦袋，放在李墨的面前。

李墨並不意外，將錦袋推了回去。「小姐視我為友，友人之間相互幫助，又豈能用銀錢來衡量？小姐還是收回去吧。」

就知道李墨不會收，柳芙卻還是將錦袋又推了過去。「先生別先下結論，你看看錦袋上面繡的和裡面裝的是什麼再推辭也不遲。」

李墨含著疑惑，將錦袋拿在手中端詳了一番，又解開繫帶，看了看裡面的東西，這才釋然一笑。「小姐如此有心，我只好笑納了。」

就知道李墨看了東西便不會再推辭，柳芙挑了挑眉，很有幾分得意勁兒。「錦袋是我特地挑的，用料不算講究，但針腳繡工卻是獨一無二。這圖樣以大鵬翱翔為主，繡以祥雲圍繞，取義『鵬程萬里』，以遙寄對先生大好前程的祝願。還有這張平安符，可是我專程去龍興寺求了，讓廣真住持親自加持的，絕對能保先生一路平安歸來！」

此時此刻，李墨的心情已經不能用感謝或者感激來形容了，深眸之中，有著一股難言的情愫在淡淡的流淌著。

柳芙正微笑著說話，並未注意李墨眼神的變化，可立在門邊守著的真兒卻在一回頭的剎那間敏銳地捕捉到了李墨表情中閃過的一抹愛慕之情，不覺抿緊了唇瓣。

第一百一十八章　上巳踏青來

薄薄的日頭，略帶潮濕的空氣，悄然吐露新蕊的花樹……正月一過，二月又極短，眨眼，便是陽春三月了。

這一個多月，京城中都在談論元宵夜宴上的那一盞絕妙花燈，直到三月三上巳節這天，老百姓們才把注意力轉向了在九華山龍興寺舉行的大廟集會。

古詩有云——「暮春者，春服既成，冠者五六人，童子六七人，浴乎沂，風乎舞雩，詠而歸」，描寫的便是上巳節這天的情形。

年輕男子會在這一天穿著春裳外出踏青，女子們更是要頭戴各色妍麗的鮮花，打扮得一如春姑娘那樣，花枝招展，引人注目。

廟會上，若是男女雙方合了眼緣，可許以對方一件信物，等回家稟報了父母，由長輩作主是否婚配。當然，這雙方除了得門當戶對之外，還要請高僧看過八字是否相合，最終才能得成良緣。

雖然自行婚配的機會極小，但大周皇朝的青年男女們就只有這一天可以放膽去尋覓未來的另一半，所以趁著上巳節去廟會逛逛，湊湊熱鬧之餘若能定下終身大事，就只是隨興而為之了。

身著母親親手縫製的柳色煙雨裙衫，那墨色漸濃的雲蒸霧繞在裙襬渲染開來，映著腰間密密匝匝而下的片片柳葉，使得步行而來的柳芙恍若江南小鎮中款款顯露真容的仕女，恬靜嫣然，猶若一株綻放初蕊的綠楊柳枝，是那樣的窈窕動人，勾人心魄。

廟會的人群自然分開兩邊，男男女女都用著與眾不同的目光悄然打量或審視著踱步而來的柳芙。任誰都看得出，她絕非普通市井小民家的碧玉，定是高門大戶裡深閨嬌養的千金。

「小姐，您看看，您非要這個時候來湊熱鬧。」暖兒和真兒守護著柳芙，儘量想要隔開群眾放肆的目光，前者更是埋怨起了自己的主子。

「小姐，雖然民間有上巳節踏青覓良人的習俗，但以您的身分，恐怕在此露面有些不妥。」真兒眼見有兩個膽大的男子準備上前給柳芙獻殷勤，趕緊擋在了前頭，繃住臉狠狠地瞪了那兩人一眼，將他們暫時給嚇退了。

柳芙也覺得這些目光大刺刺地往自己臉上身上掃來掃去有些不舒服，於是無奈地抱怨道：「我也不想啊，前日裡接了廣真住持的帖子，邀我三月初去一趟寺裡。可誰知馬車到了山腳驛站就不能繼續向上了，這才知道今日是龍興寺上巳節的大廟會。」

「柳施主，總算找到您了。」

正巧這個時候，幾個灰袍小僧從人群中擠出來，將柳芙三人圍住，隱隱形成了一個單獨隔絕的空間相護。

帶頭的小和尚朝柳芙施了一禮，唱了句「阿彌陀佛」，邊走邊解釋道：「住持讓小僧一早就在山下驛站候著接您，就知道今日香客眾多，怕唐突了柳施主和兩位女施主。可沒想到寺裡的馬車也出不來，小僧們只得步行下來，卻是錯過了柳小姐上山的時間。還好在這兒遇上了，總算可以回去給住持一個交代。」

「師父您客氣了。」柳芙笑著道了謝，眼看著有了這些僧人，前行的路果然順暢了許多，這才鬆了口氣。

「對了，廣真師父有說招我前來何事嗎？」柳芙隨口又問道。

僧人想了想。「聽住持這幾天在唸著什麼鳳眼什麼蓮花的開了，有說這塊山地是柳施主您的，小僧想來，多半是住持要向您打聽這方面的事兒吧。」

竟是鳳眼蓮開花了！

柳芙心底一樂，抿唇含著笑意，步子也就越發輕快了起來，不一會兒就來到了龍興寺大門前。

沿著寺中僧人專行的路徑，避開香客和遊客們，柳芙很快就被僧人引入了廣真所修行的佛堂。

一身灰白的僧服，外罩一件月牙白的輕綢袈裟，雖然頭上光潔可鑑沒有一根頭髮，但含笑而立的廣真卻猶如這三月明媚的春光，燦爛中帶著一縷溫暖和柔軟，彷彿能照進人心裡最陰暗孤獨的角落。

「住持安好？」柳芙入境隨俗，也雙掌合十給廣真行了禮。

「看到施主安然無恙，貧僧就放心了。」廣真點點頭，當真上下將柳芙仔細地打量了一番，見她容顏如玉，笑顏如花，身姿動人若扶柳迎春般，不覺暗暗地鬆了口氣。

要知道三個月之前，粥棚發生的那一幕凶險彷彿還歷歷在目。廣真從小就與柳芙相熟，簡直不敢想像，若是柳芙在粥棚施粥遭遇不測，他該怎麼面對！

幸而當時裕親王領了影衛親自負責龍興寺的安全，救下了柳芙。雖然他自己因此負傷，但對於廣真來說，對他的傷勢還真沒有放在心上。

「聽剛才那位師父說，住持看到鳳眼蓮開花了？」柳芙朝廣真眨眨眼，意欲明顯。

「是啊，前日裡貧僧去山裡照看藥園新苗，無意中看到施主地界中的別致景象，所以邀施主前來，想要商談一些事項。」廣真收到柳芙的暗示，便將想好的說辭道出。

柳芙聽了，故作明白的點點頭。「那就有勞住持您親自帶路了，先讓我去看看那邊的情況再說吧。」

說完這句，柳芙又朝引路的小和尚道：「這位師父，還請安頓我的兩個隨侍，有熱茶、有清靜的歇腳地方就行。」

「小姐！別！」暖兒趕緊開口道：「今日廟會如此熱鬧，奴婢和真兒出去一邊逛一邊等小姐吧。」

「暖兒，妳去吧，我不想去。」真兒卻拒絕了，向柳芙望去。「萬一小姐出來需要人伺候，咱們都在外面湊熱鬧沒個人怎麼辦？還請師父領我在寺裡方便的地方休息吧。」後一句話，是對著那領路的小師父所說。

「也好，真兒喜靜，讓她湊熱鬧還不如給她一本佛經讀讀來得對胃口。」柳芙不強求，便依了她的意思。

「走吧，早點出發，還能回來享用寺裡的素齋。」廣真擺手，將想要跟隨的另一個小和尚攔住，竟獨自帶了柳芙，兩人在眾目睽睽之下入山去了。

若是前兩年，寺裡的僧人都還覺得沒什麼。畢竟廣真是住持，柳芙只是個未及笄的小姑娘罷了，也不會有人說什麼閒話。可柳芙如今出落得水靈靈嬌滴滴，怎麼看，怎麼也覺得兩人單獨相處有些彆扭了。

但柳芙是寺裡的老熟人了，僧人們都很喜歡她，知道她又是半個「鄰居」，便也不做深想，各自該幹什麼幹什麼去。

第一百一十九章　飛雲掠白鶴

一頭青絲被綰緊了藏在灰白的蓋帽裡，原本一身鮮綠的衣裙也換作了同色的尼姑袍，此時的柳芙看來，就像尼姑庵裡走出來的小姑子，清肅且靜若天雲。

「妳這身衣裳倒是合身，從哪裡搗騰來的？」

走在身邊的廣真仍舊是灰白的僧服，外罩一件月牙白的輕綢袈裟，只是頭上加了一頂沿帽遮住過於驚為天人的容顏。

「讓你去幫我找相熟的尼姑庵要一件，你偏臉皮子薄開不了口。我只有親自去扯了料子悄悄裁了一套來穿，不然哪裡能這樣合身呢。」柳芙雙手合十，掛了串玉佛珠在腕上，走動間晃晃悠悠，配上她故意裝出來的沈靜表情，倒是有幾分以假亂真的感覺。

「只可惜，妳這帽子沒準備好。」廣真語氣有些調侃，笑道：「得像我這樣遮住臉的才行。不然，誰人見了都會驚豔於妳這個過於水靈嬌豔的小尼姑呢！」

「住持大人，您可是出家人，怎麼說話如此不鹹不淡的！」柳芙噘了噘嘴，真想伸手搶了廣真頭上的沿帽給自己戴上。「不過啊，比起您的絕色姿容，我這樣的庸脂俗粉哪裡需要遮面呢？還是您這樣沈魚落雁閉月羞花的美男子，要小心些比較好。」

「真是說不過妳！」廣真臉上露出一抹寵溺的笑意，伸手極為自然地點了點柳芙的額前。「妳這張嘴真是鐵打的，只是以後可別這樣數落未來的夫君才是，小心被休！」

柳芙被滿山絢爛吐蕊的鮮花映得滿眼桃色，兩頰生春，一副心情大好的模樣，忍不住又和廣真繼續打趣玩笑著道：「被休了正好，我這身尼姑袍就能派上用場了，到時候在龍興寺旁邊修一個龍女庵，咱們做鄰居，豈不樂哉！」

「說到夫君，妳真的願意嫁給太子為妃？」廣真卻臉色稍顯嚴肅了幾分，直接問道。

「怎麼，你覺得太子不好嗎？」柳芙側眼望了望廣真，反問道。

搖搖頭，廣真淡然一笑。「太子為人謙和有度，容貌性情皆為上品，自然是極好的夫君人選。只是……」

「只是什麼？」柳芙見路面有一枝黃色的小野花落在泥裡，忍不住停下腳步，將其拾起。

廣真也隨即停下步子，嘆道：「只是，在我看來，妳似乎和另外一個男子有些糾纏不清啊！」

「和誰？」柳芙驚了一下，不慎又將手裡的花枝落在了地上。

廣真沒有立即回答，彎腰將柳芙落在地上的花枝重新撿起在手，遞給了她。「臘八施粥那天，我都看到了。四哥為了救妳，親自擋住射來的冷箭不說，還忍住傷勢用了飛雲掠鶴之功將妳帶去他的秘密書房安置。但憑他此舉，難道妳就不曾心懷感激之情？」

柳芙耳裡捕捉到一個稍顯陌生的詞彙，不由得打岔問道：「什麼是飛雲掠鶴？」

廣真直言道：「是武林中常用的一種逃命功夫，消耗全身八成內力，飛身縱起的速度一如雲中仙鶴，轉瞬即消失在原地，所以俗稱飛雲掠鶴。妳想想，以他當時身受重傷的情形，能以飛雲掠鶴逃走已是極限，更何況肩上還扛了一個妳！他為妳如此不顧自身安危，保妳周全，就算是看在我的眼裡，也多少有些感動和愧疚，更何況妳這個當事人？可別告訴我妳一點兒感覺也沒有。」

「我說廣真你這個花和尚，怎麼和我討論起這些來了！」柳芙心裡像是堵了顆石頭一般，難受得不行。她和姬無殤周旋，最想達到的目的就是讓他欠自己的，以後好找他要回報。可如今看來，其實是自己欠了他許多才對。兩人這樣的相處方式，著實違背了自己當初的籌劃啊！

「怎麼了，說到這事兒妳反而翻臉了，真是……」廣真與柳芙多年交情，如兄妹，亦如友人，說話間總是十分隨意和自然。看到柳芙臉上的表情如此介意，便不再多說什麼，只搖了搖頭。「妳取了燈魁，接下來免不了會被人推到風口浪尖。只要是覬覦太子妃位置的人家，都會將妳視作頭號敵人來對待。妳不能不小心點兒。最好的法子，就是早早定下婚事，這樣才能保得清靜。」

「廣真，你怎麼就吃準了我不會嫁給太子？」柳芙有些不樂意，反問道：「太子對我還不錯，人也挺好，嫁給他倒也不算是什麼難事兒。」

「妳既然不願將眼睛擦亮，我在一邊說什麼也是白費力氣。」廣真看出柳芙在和自己打太極，便就此停住了。「但妳要知道，我只想妳能過得好，過得愉快就行，其他的，我都不擔心。」

柳芙抬眼，朝廣真柔柔一笑，臉上不免露出一抹感動之情。「我真是沒有白交你這個朋友。廣真，謝謝你關心我。」

「說到我這個友人，妳還真得好好感謝才是！」廣真故作神秘的眨眨眼，伸手指了指前方不遠處的山壁。「走吧，等妳親眼看了再謝我也不遲。」

「不就是鳳眼蓮開花了嘛！」柳芙不服氣地嘟了嘟嘴，有著別樣的可愛淘氣。「我頂多同意你採上一株回去插在床頭欣賞，那還不行？」

「誰告訴妳鳳眼蓮開花了？」廣真卻目露狡黠之色，唇角微微翹起，忍住得意的笑容，加快了步伐。「妳自己去看了便知。」

「可去年我來的時候，明明看到好些鳳眼蓮包了花苞，這春天一到，不是應該開放了嗎？」柳芙遲疑間跟隨著廣真往前而去，不由得也加快了步伐。

等繞過了山壁，一個春色盎然的山坳便出現在了眼前。

大片的鳳眼蓮將山坳妝點成了綠色的海洋，春風過境，波濤起伏，讓人心境不禁也隨之開闊起來。

只是等柳芙仔細往那鳳眼蓮的中心望去，卻隨即露出了一抹含著驚異與驚喜的雙重表情，不為別的，只因那中心的位置，足有一丈方圓的水面沒有一株鳳眼蓮生長。取而代之的，則是汩汩往外噴湧，冒著熱氣的溫泉眼！

第一百二十章 冰心鑑玉壺

「又東合溫泉水，水出西北暄谷，其溫若湯，能癒百疾，故世謂之溫泉焉。」緩緩唸出這句《山海經》中關於溫泉的描寫，廣真眼中閃過一抹激動的神色。「柳芙，妳可知道這意味著什麼嗎？有了這一眼溫泉水，姬家皇室中的女兒們就能在大周朝的國土中調養寒疾，不必每年花費百萬兩白銀送給西域的異族，只為了一年一次送嫡系血脈的公主們過去泡溫泉水。」

「我當然知道。」柳芙的眼裡，激動之色更甚。

她自重生之後就在期待著發現「女神之眼」，可這一片山坳實在太過寬廣，又長滿了鳳眼蓮，想要一寸土地一寸土地地找過去，實在是太難了。

如今，這「女神之眼」竟自動地從地下升起來，就在眼前噴湧著，熱氣蒸騰，如夢似幻，怎能不叫人激動呢！

但柳芙的激動原因，卻與廣真完全不一樣。

有了這「女神之眼」，柳芙便能大興土木在此修建一處溫泉莊子，僅憑著溫泉泉眼所帶來的收益，她就能一輩子尊享榮華，無憂無慮了。

「妳在想什麼？」廣真似乎看出了柳芙心底所繫，試探著道：「難不成，妳想以此地之天賦行生意之買賣不成？」

「為什麼不行？」柳芙挑挑眉，看向廣真。「九華山這塊地乃是我文家祖產，更是官府記了名字文爺爺過繼給我的。所以說，我便是這溫泉眼的主人。我想用來做什麼，恐怕別人還干涉不了吧。」

「天哪，妳果真有這樣的想法！」廣真直甩頭，連連勸道：「天下之大，莫非王土。即便此地界妳是契主，只要天家一句話，收為皇室所有是極為簡單的。妳甚至連一丁點兒反抗的資格也沒有。最多，皇家給妳補償另一塊出產差不多的山地，就是極限了，難道妳還能有申訴的機會嗎？相信我，這溫泉眼妳最好趕緊通過文先生向朝廷稟報，主動進獻，說不定，還能討得點兒好處。」

「皇家雖然有權，但總不能像強盜那樣明搶豪奪吧！」柳芙搖搖頭，語氣很堅定。「我先悄悄地修建一座莊子，再慢慢把這裡有溫泉的消息放出去，等京中各位朝臣貴族們來享用過，皇家想要獨占，卻已經失了先機。畢竟大周朝是有自律之諭的，那就是皇家不得與民爭利。若是在眾目睽睽之下，想要占為己有，恐怕會失了民心在先。」

「難道妳想和皇家翻臉不成？」廣真有些急了，再勸。「以妳個人之力，和皇家奪利沒有任何優勢。莫非等妳為了這溫泉莊子賠了夫人又折兵，妳才心甘情願地交出去？這樣，對妳可沒有任何好處，最後反倒什麼都沒了，妳可要想清楚。」

「我想清楚了啊。」柳芙很是認真地點點頭。「等我修好莊子，會專門闢一塊地方，僅供皇室親眷使用，不收取任何費用。他們隨時想來，便來，想走，也走就是了。我主動示好，皇家難道能倒打一耙給自己討沒趣？引百姓百官來嗤笑？我想，只要腦子稍微正常一點兒的人都應該能衡量孰輕孰重吧！」

「妳……」廣真被柳芙認真的樣子逗得忍不住發笑起來。「妳這道理，表面上說起來容易。可其中時機的把握，還有借用朝野的輿論之力等等，都不是那樣簡單的。柳芙，妳都是要嫁給皇家子嗣的人了，不若乾脆賣個好，就當嫁妝一起嫁入姬家，到時候，反而能多些好處。」

擺手，柳芙堅定得很，也極有自信。「只要廣真你這個和尚不走漏風聲給皇家知道，我就一定能好好把這個溫泉莊子建起來！」

「好！」廣真很是有些感興趣，俊顏之上流露出淡淡的微笑來。「我倒要看看，妳一個弱女子，以一人之力，如何力敵這大周皇朝的主子，如何翻手為雲覆手為雨，和姬家打贏這場仗。」

「不試試，怎麼知道不成？我雖是個小女子，但皇家的人，除了裕親王我顧忌些之外，其他人還真沒有多害怕。」柳芙歪了歪頭，也不示弱。「當然了，前提是你這個姬家的『內奸』不會出賣我才是。」

「唉，真是……五年多的交情，妳還不相信我？」廣真甩甩頭，故作痛心狀。「真是白費了我這片丹心啊。」

柳芙被廣真誇張的模樣逗笑了，吐了吐舌頭，也調皮地打趣他道：「丹心也要映在玉壺之上才行，可不能映在白眼狼身上。」

「好了，但是有些話我還是不得不說。」廣真收起玩笑的神色，帶了幾分認真。「妳要修建莊子，最起碼的銀子要充足才行。另外，這溫泉莊子比不得那些林子裡的別院或者水田莊子一類，不但修建的格局要根據泉眼的分布，其地下水道的輸送和掩埋，機關玄妙之處更是需要這方面的行家裡手才能把關。我這裡有個人選，想給妳推薦推薦。」

「銀子倒是不用太發愁，倒是人選……」柳芙也認真了起來，忙問：「我本想去工部找一個合適的匠人，用銀子將他收買過來為我所用。若是廣真你有知根底的介紹給我，倒更好。」

「前任工部侍郎劉長恩的兒子，劉若鈞。」廣真也不隱瞞，直言道：「因為從小耳濡目染，劉若鈞在建造一事上很有些造詣。若是說舉國上下，有誰能修出來溫泉莊子，非此人莫屬。」

「你和他可相識？」柳芙睜大了眼，她對此人早有耳聞，只是沒想到廣真會推薦他而已。

「何止相識！」廣真雙手合十，故作神秘地微微一笑。「他三個月前剛剛剃度，如今法號了塵，正在寺中修行。只需本住持一句話，妳且放心，他一定會無條件地幫妳修建這溫泉莊子，而且絕不會向外洩漏一句這其中的隱秘。」

「出家人不打誑語，廣真，我可全靠你了。」柳芙簡直要笑翻了，這完全就是天時地利人和的大好時機，此時不開動修建這溫泉莊子，還等什麼時候呢？

只是，這銀錢上，恐怕還得再想想辦法才是！

第一百二十一章　萬般皆無奈

皇城內宮，御書房。

姬奉天身著明黃龍袍，高坐在寬大的書案之後，透過桌面層層奏摺看向下首垂目端立的兒子，不由得唇角向上，一抹笑意出現在眼底。

「你可真有意思，要父皇幫你弄這個丫頭入宮為女官。只是你若不告訴朕真實原因，就免談了。」說完這句話，姬奉天臉上玩味的笑容越發濃了起來。

「父皇，兒臣不是說了嗎，想讓柳芙入宮為女官，為的，只是找機會接近坤寧宮那邊，刺探胡氏的動靜。」姬無殤扯扯唇角，臉色有些古怪。「您直接答應便是，為什麼還要追問兒臣的真實原因。」

「你是朕的兒子，朕還不瞭解你嗎？」姬奉天悶哼了一聲。「你領導影閣這些年，至少有上百位的影衛在負責刺探胡家的動向和消息。朕就不信了，胡氏那邊非要柳芙那個女娃才能成事！或者，你有非要她入宮為女官的理由，否則……」

「父皇，您這話是什麼意思？」姬無殤不解地抬眼，倒真的流露出一抹對柳芙十分關心的樣子。

「前些日子胡氏專程來御書房找過朕說話。」姬奉天蹙了蹙眉，臉上表情從輕鬆變得有些凝重。「她說，這次北疆戰事恐越演越烈，想徵集一批合適的閨秀入宮，待學習宮中禮儀之後，挑選出一人賜封公主稱號，送其北上和親，為兩國戰事得以和緩出力。」

「公主和親！」姬無殤微瞇著眼，眼底掠過一抹精光。「還是用朝臣們的女兒去和親……這一招，真是絕了。」

「你也看得出這裡頭的貓膩吧！」姬奉天冷冷一笑，似是在嘲諷胡皇后。「胡家在朝野的關係網，你那邊影閣已經掌握得差不多了。無論是哪一家的女兒被選中送去和親，是否與胡家有關係，一查便知。之前朕聽見她的提議，就想到了這一茬兒。可沒想……她卻提了一個人的名字。」

「誰？」姬無殤剛問出口，卻已經知道了答案，臉上有些苦苦的，辨不明滋味的表情。

「莫非，她推薦的人選裡有柳芙。」

「她力證此女溫婉賢良，機敏聰慧，作為和親的公主是再合適不過的人選。」姬奉天沒有否認。「她這樣做，無非是兩個目的。第一個，把胡家從和親裡頭能夠獲得的好處摘出去，以此讓朕消除些對胡家的戒心；第二個，藉由這個機會卻能多挑一些閨秀入宮，其中，不免就會摻雜胡家的勢力，以攪亂後宮格局。無論是哪一個，朕都覺得，可以考慮她的提議。」

「父皇，還有一個原因，難道您沒有察覺？」姬無殤緊抿薄唇，蹙起眉頭，臉上表情十分沈重，甚至還帶了一絲憤怒。

「當然，還有一個可能。」姬奉天看到疼愛的兒子這個表情，不覺有些心痛。「胡家想借公主北上和親，拖延戰事。等朕駕鶴西去，她作為皇太后，便有了掌握天下的權力和籌碼。畢竟以胡家多年的部署，亂世來臨越晚越好，將來改易天下，也算是順理成章了。」

「父皇！」姬無殤目中透出一抹冷冽和嗜血來。「父皇您的隱疾也不知胡氏是如何知曉的。這後宮裡已經布滿了胡家的內線，無從摘除！現在胡家蠢蠢欲動，想要保住太子的位置。畢竟太子和胡家關連甚深，加上胡氏為皇太后，太子就只有任其擺佈的下場。若這次任憑胡氏送公主北上和親的打算成真，那對於我們的籌劃實在很不利，還請父皇慎重！」

「皇兒啊，所以父皇才想要知道你心裡對柳芙那個丫頭到底是怎麼個想法。」

姬奉天臉上露出了疲態，抬手揉了揉額邊的太陽穴。「你若是捨得，父皇想將計就計，把柳芙召入宮中。畢竟，柳芙是你的人，有她去和親，反過來對咱們確實有很大的好處，最重要的，咱們也能以柳芙為暗箭，打胡家一個措手不及。」

姬無殤沒有立即回答姬奉天的話，只怔怔地看著他，看著自己敬重和愛戴了這些年的父親。

二十年來，父皇對自己的栽培，對自己的信任，對自己的諄諄教誨無不歷歷在目，難以抹去。

身為一國之君，父皇卻要時時刻刻提防他的妻子謀反，提防他的嫡長子被人利用，提防朝野中過半的大臣存有異心……同時，他的生命還在被隱疾一步步蠶食，無時無刻，身心都在煎熬之中。

自己本無心帝位，可面對父皇的厚望，面對姬家三百年基業的傳承恐被取代的險境，他除了封閉情感投入到那個沒有硝煙卻腥風血雨更勝戰場的朝政中去，便再沒有其他任何選擇了。

想到此，姬無殤重重的搖了搖頭。「父皇放心，柳芙本就是兒臣養在身邊的一顆重要棋子。棋子的作用，便是出其不意攻其不備，完成她身為棋子的作用。比起讓她入宮做女官刺探坤寧宮的消息，送她北上和親的確更有價值。兒臣相信，以她的心智，將來到了塞北，還能和咱們互通消息，說不定，更能將北蠻一舉殲滅。所以父皇不用考慮兒臣了，您直接讓胡氏來操辦甄選閨秀入宮之事。兒臣會提前和柳芙談一談，告訴她我們這邊的安排。相信，她也會配合的。」

「孩子……難為你了……」姬奉天一聲嘆息，顯出了老態來。「將來你登基，天下女子，挑一個真心喜歡的為后吧。她可以是毫無背景，甚至來自於最底層的平民百姓都無所謂。最重要的是，與你能夠琴瑟和鳴，攜手餘生。別再像父皇和之前的歷代先皇一樣，為了江山，只能娶胡家的女子為妻，日防夜防，終其一生，也沒有得到過真正的幸福。」

「孩兒……知道了……」難以抑制的心酸從胸口蔓延開來，姬無殤原本破冰緩和的臉色也逐漸被一抹冷靜和無情所取代。

或許，他心底曾經對柳芙有過一絲別樣的情愫，但面對更大的責任，他只能選擇將個人的情緒深深掩埋。畢竟，他肩上所負擔的，是大周皇朝和姬家三百多年的基業，他無法，也無能去考慮個人的感情了。

第一百二十二章　突如其來爾

盯著面前明黃的錦盒，柳芙有種千般無奈、萬般心酸的感覺。

重生前，她就曾經接到過這樣一個錦盒。刺眼的明黃色，上頭繡了五爪飛龍，象徵無上的皇權。不用打開，她就知道，又一次，歷史的軌跡還是按照上天所安排好的，一步步，將自己逼進了那個不願去面對的境況之中。

「芙兒，宮裡怎麼突然召集十二名閨秀入後宮接受宮規特訓呢？」沈氏並沒有讀懂這聖旨之下所隱藏的另一層意思，臉上有些意外和疑惑，卻並無過多的擔憂。

苦澀，和說不清的疲憊都一起湧上了心頭，柳芙搖搖頭，只垂首一言不發。

「滿朝文武都在私下議論，說是皇后按捺不住，要親自為太子挑選合適的太子妃人選。」文從征卻蹙緊了眉頭，伸手點了點桌上的錦盒，沈聲道：「可老夫總覺得，就算要替太子選妃，也不用大張旗鼓頒下聖旨徵集適齡未婚的官家女子入宮，直接以皇后懿旨邀請一些閨秀作客坤寧宮便是。如此正式，就恐背後是否有其他的因由？」

「老爺子，您別嚇我。」沈氏臉色一下就不好看了。她自從見過姬無殤，就打心眼兒裡想要撮合自己女兒和他成事。如今突然冒出來個太子，能不嚇到嗎？

「妳也別急，既然這聖旨已經接了，就不得不入宮去接受這所謂的『特訓』。芙兒，且按捺住心情，到時候該幹什麼幹什麼。爺爺會為妳打聽打聽，若是真為太子選妃，便想辦法讓無殤知會妳一聲。」安慰了沈氏，後一句話文從征又開導起了柳芙來。

點點頭，柳芙強忍著心裡的難受，擠出一抹笑顏來，不想讓母親和爺爺擔心自己。

「娘、爺爺，芙兒先回去收拾一下東西，畢竟三日之後就要進宮，聖旨上頭也沒說要待多久，還是多準備些物什好些。」

「娘替妳張羅吧，畢竟是入宮住著，不能隨了妳平日裡的性子，衣著打扮都太簡單。」

沈氏見女兒並沒有抗拒的意思，上前攬了她一起向文從征告辭，這才出了養心堂而去。

一路上，柳芙沈默無話，心裡和腦子裡都亂哄哄的。

沈氏看在眼裡，很是有些心痛。「之前妳得了燈魁，娘還高興了好一陣子。至少有了皇上賜婚的詔書，妳的將來也有了保障。可這突然召妳入宮，也不說清楚為什麼。萬一真的是為太子選妃，妳又跟娘說過，不願與太子成婚，這又該如何是好呢？」

柳芙清楚明白，這次甄選閨秀入宮，說為太子選妃不過是個幌子罷了。按照她對重生後歷史的瞭解，加上這時間正好是在自己即將滿十五歲的當口，毫無疑問，這是胡皇后在為北上和親的「公主」挑人！

雖然知道歷史始終是歷史，自己得以重生再活一次，也很可能躲不過命運的安排，但突如其來的消息，還是讓柳芙有種措手不及的挫敗感。

溫泉莊子還未動工，茶樓剛剛才確定了鋪子，茶園子又傳來消息，今年的春寒不但影響了南茶北上，扶柳院那邊的收成也銳減了幾乎三成……現在又必須得入宮！

之前所有的籌劃打算、辛苦部署，難道就這樣放棄了嗎？

捏緊粉拳藏在袖口之內，柳芙忙亂之中，唯一能想到的人卻只有姬無殤了。

正月十六見面那次，他不是說要自己入宮為女官一陣子，幫忙打探胡皇后那邊的消息嗎？兩個月沒有回覆，柳芙沒有主動問他，這個時候，若是有選擇，自己倒寧願做女官。不出意外，一年後就能出宮，實在不行，耗到二十五歲再放出來，也比就此北上和親的結果好太多太多了。

命運，真的是無法改變嗎？自己面對老天爺的安排，只有就此作罷嗎？到底，自己該如何面對再一次的困境呢？

各種無奈充斥心間，柳芙只覺得慌亂無比，像是一下子被人丟到了天上，一直不停的下墜著，找不到可以腳踏實地落下來的地方。

「芙兒，妳別沈著臉不說話，不要嚇娘啊！」看著柳芙眼神無光、臉色蒼白的樣子，素來熟知女兒脾氣的沈氏趕緊道：「沒關係，妳若不想嫁太子，等入宮了故意表現得愚笨些，不要太出挑。讓其他小姐引起皇后的注意不就行了？相信，就算是皇后親自點人，也不會不顧妳們自己的意願的。」

「娘，若只是為太子挑未來的太子妃人選，女兒倒不擔心。畢竟強扭的瓜不甜，在作決定之前，至少也會徵詢一下女方的意見。」想起前生的教訓，柳芙不忍心瞞著沈氏，只用著委婉的方式低聲道：「女兒只怕，這裡面或許有其他的原因也說不定。」

「這三年一屆的選秀不是還有兩年才到嗎？總不會是給皇上安排人吧！」沈氏倒是直接想到了這一茬兒，表情卻更害怕了。「皇上該有五十多了吧，天哪，要是……」

「娘，您別瞎想。」柳芙反過來握住沈氏的手。「雖然朝廷規定三年一次選秀，以充盈後宮，但已經十多年後宮都沒有進過新人了。原因也很簡單，皇上子嗣眾多，不愁皇室血脈後繼無人。再加上素妃娘娘一人獨獲恩寵，皇上也沒有納新人的心思。每次選秀，也只是走走過場，給宗室子弟挑人，再者，就是選一些合適的女官和宮女留下來而已。」

「妳這樣說，我就放了一半的心了。」沈氏拍拍心口，鬆了口氣。

「娘，女兒可沒有一絲一毫的放心。」柳芙臉色極苦，甚至帶著濃濃的哀怨之氣。「因為女兒知道，這次徵集閨秀入宮所謂的特訓，很可能是為了平息北疆戰事，皇室想要挑一位和親的公主北上送嫁。」

「什麼！」沈氏原本鬆懈下來的臉色「唰」地一下就變了，變得驚恐莫名，變得無所適從，根本沒辦法立即就接受這太過驚人的消息。

第一百二十三章　背水迎一戰

一陣穿堂風涼颼颼地掠過，原本有著一絲暖意的春天似乎又回到了隆冬時節，讓人從骨子裡透出寒意來。

猶如一聲悶雷在腦中炸響，沈慧娘緊咬著唇瓣，伸手拉住女兒。「芙兒，妳怎麼知道？妳告訴娘，妳這消息可真實？」

「雖不確定，但十有八、九，這才是胡皇后的真實目的。」柳芙看不過沈氏為自己操碎了心的樣子，又緊接著解釋。「正月十五那一夜，女兒越過胡家女兒奪得燈魁，那個胡清漪就帶著她的女兒連夜覲見了胡皇后。雖然不知她說了些什麼，但娘，您最好有個心理準備，很可能，她向胡皇后透露了我們母女的存在，想依託胡皇后的勢力，陷女兒於不義。」

「怎麼辦，芙兒，咱們要不然連夜離開京城，回到蜀中去，躲開這裡的一切！」沈氏並非傳統意義上的深閨婦人，她在文府這些年也對朝中之事有些瞭解，深知北疆戰事並不像表面那樣簡單，朝廷一直在粉飾邊界太平，但這樣並非長久之計，加之那次在臘八施粥時的遭遇，她心裡已經有了底。

北蠻是什麼樣的地方，沈氏也有所耳聞。他們茹毛飲血，居無定所，在苦寒之地掙扎著生存……如此艱難的環境，中原的女子怎麼可能適應？怎麼可能毫髮無損地活下去？

沈氏的惶惶模樣讓柳芙有著說不出的心痛，可有些話，她現在卻不得不說明白，免得到時候留下母親一人擔心流淚，無法釋懷。

一邊走，柳芙一邊刻意放緩了腳步，放鬆了語氣。「娘，天下之大，莫非王土。聖旨已下，咱們就算逃到天涯海角也躲不開官府的追捕。所以，這宮是必須得進，逃不得。」

「可是，妳說胡氏連夜密會皇后，很可能是想要借挑選和親公主的機會拔出心頭那根刺。若是咱們坐以待斃，入宮參加那特訓，為娘……為娘怎麼能捨得……」說著，沈氏的雙眼已經濡滿了淚水，像斷線的珠子一般，簌簌而落，濕了一片衣襟。

「娘，其實做和親的公主也沒有您想像中的那麼不好。」柳芙勉強地擠出來一抹笑容，輕輕拍了拍母親的手背，安慰道：「北地不過寒冷些，和親過去的公主又不是去做苦力，生活上自然是沒有問題的。而且，兩國交戰不殺來使。作為和親的公主，至少在戰爭中能保住性命。再者，若是北蠻戰勝，和親的公主自然性命無憂。若是戰敗，北蠻更不敢拿和親的公主來洩憤，畢竟，作為戰敗國，哪裡還敢觸怒天顏呢。」

「芙兒，妳別勸娘了。」沈氏看到女兒為了勸解自己，竟將那般凶險的境地說得如此輕描淡寫，使勁搖了搖頭，淚水不停的滑落而下。「娘絕不能看著妳往火坑裡跳！」

「若是女兒承諾您，不出三年，就能從北疆想辦法回到中原，回到您的身邊，您……可會放心一些？」柳芙沒有他法，只能出了這一招。

「什麼？」沈氏暫時收起了眼淚，張口便問：「芙兒，妳是什麼意思？娘可不是無知婦人，這和親的公主怎麼可能再回國呢？妳別誆騙我了，我……」

柳芙抬起衣袖輕輕為沈氏拭淚，一字一句地道：「女兒早就和裕親王達成了協定，這下您總算可以信我了吧。」

「不，娘只聽妳一人的片面之詞，不敢去相信。」沈氏卻態度十分堅決。「除非，妳讓裕王殿下親口告訴我，他會護妳周全，三年之內接妳回到大周皇朝，否則，芙兒妳北上和親之日，便是娘自我了結之時！」

「娘，您這又是何必呢？您這樣，女兒就算離開，也會走得不放心的。」柳芙被沈氏的話所觸動，想到重生前上吊的那一幕，一種恐懼襲上了心頭，一把將沈氏給抱住。「我這就去找裕王殿下，請他過來一趟，給您一個保證！」

換上一身水藍色的輕綢衫子，外罩桃花紅的對襟小襖，柳芙就此匆匆出門而去，以事先商量好的暗號，給姬無殤送去了信函，邀他在錦鴻記見面。

令柳芙沒有想到的是，姬無殤竟早就到了，正端坐在二樓的房間裡，臉上表情很是有些晦暗不明。

「裕王，民女時間不多，只想和您做一樁買賣。」

柳芙直入主題，甚至連肩頭的披風也沒來得及卸下就走到了姬無殤的面前，垂首行了禮。

揮揮手，示意一旁的陳妙生和常勝都退下，姬無殤起身來，突然間竟伸出了手，親自為柳芙將領口的繫帶給解開。「妳已收到聖旨，以妳的聰明才智，應該知道這次入宮並非本王安排。」

「裕王您放心，民女不但知道這是皇后的主意，還知道所謂的特訓，所謂的親自為太子選妃，都不過是障眼法罷了。」柳芙知道這個時候已經不是打馬虎眼和打太極的時候了，直言道：「民女還知道，這次挑選十二位閨秀入宮，接受的特訓，乃是為了將來戰事不穩時，為和親做準備的。」

「妳怎麼知道？」姬無殤表情中有一絲驚愕，他怎麼也想不到柳芙竟如此清清明明，將這一紙聖旨之後的諸多籌謀安排一眼就識破！

「現在不是討論這個的時候。」柳芙不可能告訴姬無殤她為何會知道這件事情背後的秘密，上前一步，連肩頭滑落的披風被自己踩在腳下也渾然未覺。「民女要和裕王殿下做一個交易。交易的內容很簡單，我答應你的請求，儘量爭取越過胡家安排的小姐，成為和親的人選。我會在北疆通過信鴿想辦法傳回情報給您，您憑藉我這個安插在北疆裡最深入的內應，一定能在三年之內揮師北上，踏平草原。以此為代價，民女只有一個要求！」

第一百二十四章 前路皆躊躇

柳芙表情中帶著幾分急切，言談間卻保持著異常的冷靜。因為她知道，和姬無殤談條件可不是那麼容易的事。不僅需要鬥智鬥勇，還必須在氣勢上與其不相上下，這才能引發他的興趣。不然，他目空一切的眼中，恐怕根本容不下一個女子和他在同等的地位上做任何的交易。

微微泛紅的面頰，卻冷若冰霜的眼神……姬無殤盯住眼前的女子，不由得將眉頭蹙得極深。

很顯然，柳芙的目的達到了，姬無殤微瞇著眼，很是想不通。「妳怎麼知道本王有安排妳去和親的打算？還有，妳怎麼知道本王想要妳做密探，傳回北疆情報？」之前柳芙的話一字一句，無不言中了那一天他和父皇在御書房密會之內容。她若真是僅憑一紙聖旨來猜測，那也實在是太過令人驚訝了。

柳芙抿了抿唇，直視姬無殤，從他深黑的眸子中看到了自己的臉，是那樣的清晰，甚至比攬鏡自照還要分毫畢現。「這個時候，您是想聽民女怎麼分析這些千絲萬縷的聯繫，最後找到正確答案的，還是想聽民女的要求到底是什麼？」

姬無殤愣了愣，他突然有些明白了。

柳芙這些年來跟隨在自己身邊，之所以乖乖地幫自己做事兒，所謂身世之謎的威脅也好，還是自己作為親王對她的震懾也好，不過都是浮雲罷了。可笑，自己竟以為慧眼識人，找到了一個可以隨意操縱的好棋子。真實的情形，恐怕自己這個王爺才是她想要操縱的棋子吧！

冷意席捲而上，姬無殤深沈的眼底透出一抹暗色的光芒來，讓柳芙在他的目光之下又有了前生記憶中的窒息感。

這種感覺已經很久不曾回到柳芙的身上了，但此時此刻，面對醒獅般的姬無殤，她不得不表現出足夠的強韌和無懼。

「裕王，民女只能說，這是一個兩贏的交易。一旦你我達成協議，這未來大周皇朝天子的寶座，您才能真正的坐穩。」

隨著柳芙話音落下，轉瞬間，一柄帶著妖異雪光的薄刃已經抵在了她如雪般滑膩的頸間，哪怕姬無殤的手只微微一動，刀下的人兒也會隨之殞命於此。

看到姬無殤如此反應，柳芙知道這是一步險棋，險到要用生命去下賭注才行。但所謂富貴險中求，若是自己下對了這步棋，成功便能在望，她一定不能放棄。「裕王要殺民女，不過是易如反掌之事。但您也請仔細考量一下，是活著的柳芙對您有用些，還是死了的柳芙對您有用些。裕王您是個聰明人，應該能想出一個最好的答案。」

「真是可笑，難道妳想說服本王，本王籌謀了多年的大計，缺了妳就無法成事？還是妳想憑藉所謂的一點點才智，想要本王明知妳是個死人之後才能保守秘密，還選擇讓妳繼續活著？」姬無殤話音冰冷，臉上的笑意更是猶如從深潭之中照映而出，讓人面對他，根本無法保持冷靜。

但這時，柳芙才真的平靜了下來。

北上和親，若沒有姬無殤暗中相護，自己同樣只有死路一條。所以，若不能現在就說服他與自己合作，不過是殊途同歸，早赴黃泉罷了。

心頭的清明使得柳芙臉上神色也隨之變得從容。緩緩閉上眼，深吸了口氣，旋即又睜開眼看向了離得自己不過三寸距離的姬無殤，薄唇微啟。「民女的性命何足掛齒，王爺您不用如此謹慎提防。若是能以死明志，民女倒願意先死一回，以贏得您的信任。」

仔細地看著柳芙，看著她清澈水眸中流露出來的點點光彩，姬無殤好半晌才吐出一句話。「妳若巧言令色，耍任何花招來迷惑本王，本王這柄迷離刃便絕不會再留情！」說罷，反手將柳芙一推，一個回身那閃著幽藍冰紅光芒的薄刃便又在他手中消失了。

倒退幾步，柳芙下意識地抬手捂住了頸間，只覺那種冰涼和危險的氣息彷彿還縈繞在那兒不曾消散。

不過眼看姬無殤放開了自己，柳芙知道他已經妥協了一小半。

抓住機會，柳芙沒有更多的鋪墊，直言道：「三百年來，胡家以外戚身分植根朝野。如今，恐怕其暗中的勢力比三百年前大周皇朝建國初期的『半壁王』還要強了三分！太子與胡家瓜葛極深，胡皇后也暗中與胡家互通有無。這次北疆戰事，很可能將會是大周皇朝這三百年來最大的一個坎兒！」

說到這兒，柳芙連一口氣也不敢歇，又繼續道：「這次皇上下旨召閨秀入宮特訓，絕非是為太子選妃那麼簡單。唯一的可能，便是胡家想要送一個內應進入北疆，與北蠻內外勾結，好一舉成就他們百年來的篡朝大計。皇上不可能看著胡家利用這次機會，但胡家的觸角已經深入朝野，更何況還有胡皇后坐鎮後宮。若是任憑他們挑出合適的人選北上和親，那姬家就只有坐以待斃。所以，這一次，北上和親的人必須是民女，民女可以答應裕王殿下，無論採用什麼手段，我一定可以取代胡家安排的人選。而且……」

「而且什麼？」姬無殤微抬了抬下巴，對於柳芙在自己面前還能如此冷靜地分析，心底也有了一絲佩服，漸漸對她所言更是感興趣起來。

「相信這些年的相處，裕王您對民女應該已經有了一定的瞭解。」柳芙看到姬無殤鬆口，終於還是同樣的在心底鬆了口氣，語氣稍微放緩了一些。「以民女的心智，一定能在北疆套取您所需要的任何情報。而且，有了掃平北亂的戰功，裕王您也有了取而代之，成為儲君人選的最大依仗和最好的理由。」

看著姬無殤側耳傾聽時的表情變化，柳芙幾乎沒有喘息，緊接著說出了最重要的，也就是她所要求姬無殤回報的條件。「助裕王您成事，民女只有一個要求。三年，三年之內，您必須揮師北上，滅了北疆亂首，將民女接回大周皇朝。」

「妳若有如此自信，本王依了妳又如何？」姬無殤挑挑眉，早已猜到了柳芙會有此要求。「但僅僅接妳回來，恐怕沒那麼簡單吧？妳不求其他？」

「當然有！」柳芙也揚了揚下巴。「若是成事，民女要裕王以長公主儀仗將我從北疆接回來，還要同樣的賜封我母親沈氏為一品鎮國夫人。從此，我們母女就賴在您身上了，得好吃好喝，榮華富貴，供養我們一輩子。當然，最重要的，還有保證我們母女不會被胡家人陷害，不被柳冠傑那廝糾纏。如此，您可願意與民女達成交易？」

柳芙一口氣說完，帶著幾分緊張的情緒，只等姬無殤開口——答應，或否決！

第一百二十五章　約定三年期

走出錦鴻記，柳芙緊繃了許久的神經終於放鬆了。

有了姬無殤這個大助力，面對即將到來的狂風暴雨，二世為人的自己絕對不會再任其摧折。暴雨梨花，只有洗淨鉛華，勇於面對，才能一枝獨秀於林……

深吸了一口氣，柳芙沈下心境，換上如常的表情，登上了等在側門外的馬車。暖兒和真兒雙雙坐在車廂裡，一旁，還有臉色焦急的李墨。

「妳們出去吧，天氣暖和了，陪張爺爺坐坐，我有事和李先生說。」柳芙對一雙婢女報以微笑，示意她們迴避一下。

讓暖兒先出去候著，真兒卻雙膝跪坐，手捧從懷裡掏出來的契書，語氣懇切，表情真誠地央求道：「小姐，真兒想趁著您去李子胡同的時候，把賣身契約的手續完善了。」

「真兒……有件事，我還真想當著妳和李先生的面說說。」柳芙卻伸手讓她將契書放下，並投以一個柔和的眼神，復又望向了毫不知情的李墨。「先生即將出行，在外走動，身邊沒個照顧的人可不行。正好我要入宮，不再回書院上學，用不上伺候筆墨的侍書，所以想請先生帶上真兒，一路上也好有個伴。」

「這怎麼行！」

真兒和李墨雙雙齊聲，聽得出兩人驚訝之餘都有些不願意接受柳芙的這個「好意」。

「真兒，妳先聽我說。」

柳芙抬抬手，示意兩人稍安勿躁，先勸起了真兒。「妳不是普通的女孩子，性子堅強，心思細密，又在書院待了那麼久，懂得不少。難道妳真的甘願為了報恩自賣其身？說實話，若我真的為了妳好，就絕對不會收了妳的賣身契。我若真的為妳好，就會好好幫妳打算妳的將來。妳告訴我，妳孤身一人，無依無靠，將來不願被人安排命運。可我這樣的安排，恰恰是給了妳一個可以掌握自己命運的機會。跟著先生行走萬里，開闊的不只是眼界，還有胸襟。告訴妳吧，若是有可能，我寧願陪在先生身邊的人是我自己。至少，不用困在那一方小小的宮闈，日夜去思考著如何保得性命。」

看到真兒流露出了一絲遲疑，柳芙知道她是個聰明的女子，一定能想通其中關鍵，便轉而望向了李墨。

「我馬上就要入宮，身邊放不下的人就是母親和她們兩個跟在我身邊多年的姊妹。暖兒我是沒辦法了，必須讓她陪在母親身邊，幫我照顧著。只有真兒，我不能困她在京城，所以只能煩勞先生，答應帶了她在身邊。真兒能吃苦，又勤快，性子也溫和，腦袋更是聰明機靈。有了她，雖然或許會拖累一些先生的行程，但一方面也能幫我照顧先生。至少，知道有人照料你衣食冷暖，我在京城也不用太過掛念。」

面對柳芙殷殷的目光、央求的語氣，李墨又怎能說一個「不」字。權衡了半晌，的確這小姑娘或許會拖累一下自己的行程，但另一方面，身邊有人照顧，有人幫忙在他記錄書寫的時候打個下手，也是自己所需要的。於是，重重地點了點頭，李墨才道：「在下答應小姐便是。只是真兒，妳可願意跟著我吃苦？」後一句話，卻是對著真兒說的。

李墨的話聽在耳裡有些歧義，真兒不免臉上微微有些發燙，但她也很清楚，這對於自己一個籍籍無名又孤苦無依的小女子來說，跟在李墨身邊無疑是一個再好不過的機會。藉著這個機會，至少自己能想清楚這一生到底該如何走下去。

所以同樣重重的點了點頭，真兒語氣堅毅地道：「先生願意收留，真兒感激不盡。只是小姐，真兒若此時離去，心中卻怎麼也放不下……」

「妳一定要放下。」柳芙笑著輕拍了一下她的肩頭，打斷道：「我入宮去而已，又不是往火坑裡跳。再說了，母親那邊有暖兒看著，還有文爺爺幫忙照顧，也不需要那麼多人。倒是妳，今年才十三歲，就能跟隨將來的翰林院大學士周遊山川，這個機會，看在我眼裡都是羨慕極了的。妳識字，記得在照顧李先生生活之餘也幫他做一些案頭的工作。將來《周史》地理一篇修成，也能有妳的一份功勞了。」

「小姐，我……」真兒眼裡已經含滿了淚水，向來不怎麼懂得表達情緒的她此時此刻已經完全說不出話來。

「傻姑娘，哭什麼哭。不過兩、三年的時間，等妳回來了，可記得要細細把在外遊歷的見聞都講給我聽才好。」柳芙掏出手絹遞給真兒。「好了，妳收拾一下情緒，等會兒回文府後就動手收拾東西，明兒個一早就去李先生的府上，替他準備出行的行李。」

「是！」真兒知道多說無益，心底的感激也只有牢牢地刻在那裡，終有一天，一定有回報之時。

看到真兒懂事地退出去了，柳芙這才朝著李墨抱歉一笑。「對不起，讓你幫了那麼大的忙。我這廂，卻是實在放心不下真兒，放不下先生。」

「她不是普通的女孩子，跟在身邊還真能幫上一些忙，在下反而要感謝小姐考慮周到了。」李墨擺擺手，示意不用再說真兒的事，又道：「我接到消息，小姐三天之後就要入宮接受特訓，茶樓那邊雖然已經辦得差不多了，可缺了您這個主心骨，恐有諸多變數。小姐還是好好想想怎麼辦吧。」

「咱們這不就是去李子胡同嗎？」柳芙笑笑，因為解決了心頭的大患，此時表情無不輕鬆。「有銀子就好辦事兒，再說，冷三娘又是個靠譜的，交給她我也算放心。」

「那好，且不說這個。外界盛傳這次召了十二名閨秀入宮受訓，是皇后想要親自為太子選妃，小姐怎麼看？」李墨沒有任何的試探或者遲疑，直接問出了想要問的話。

「命運的軌跡，從來都是凡人無力回天的。」柳芙有些感慨。「所以真實的情況到底如何，我也只能走一步看一步。總之，先生你放心，三年後，你我一定能在京城重逢。到時候，咱們泡上一壺頂級的白牡丹，述說這幾年分別時遇到的有趣之事，暢談所遇之見聞，豈不大好！」

被柳芙勾勒出的情形所觸動，李墨也笑了起來。

「君子一言，一諾千金！三年後，一定和小姐把酒言歡，哦，不，是以茶代酒，訴盡衷腸。」

「什麼訴盡衷腸！」柳芙「噗哧」一聲笑了出來。「先生可是翰林院高才，怎麼用的詞兒呢！」

看著柳芙「咯咯」直笑，花兒一般的容顏綻放出了比春色更濃的美好，李墨並未再反駁什麼，只是跟著她也笑了起來，想要將她的笑容牢牢地印在腦海之中。

第一百二十六章　以茶賜芳名

當馬車駛近李子胡同的時候，李墨讓柳芙戴上了遮面的紗沿帽，免得被人認出其身分。聖旨已下，柳芙已非普通的閨閣千金，身負皇命卻在外遊走，若是被知情人士撞見，傳入宮中，那對柳芙來說是一件極不好的事情。

雖然覺得自身坦蕩，無懼流言，但李墨的小心卻讓柳芙心底暖暖的，也不拒絕。畢竟這李子胡同馬車無法進去，一路步行，靠著紗沿帽遮遮也能免去些不必要的麻煩。

正好今日是與冷三娘約定的十日之期，柳芙捏了捏袖兜裡的銀票，這兩萬兩銀票到底能不能放心託付給她，今日一見也就能揭曉了。

綠植猶在，但高掛房簷的粉色燈籠已經不見了蹤影。原本雕花門欄內隨風而動的柔綠色輕紗薄簾，也被一水兒的細布藍綢簾子所取代。

單從門面望去，這原本隱隱透出幾分脂粉之氣的群芳閣已然絕了那尋歡之地、煙花場所的味道，顯出幾分清冷來。

「看來這冷三娘是個上道的。」就連對冷三娘保持著懷疑態度的李墨也忍不住用市井的俗語評價了一句。

「進去看看吧，面子好換，還得表裡如一才行。」柳芙笑了笑，倒也有了幾分期待。

一俱沈黑雞翅木的家具擺件，沒了繡墩珠簾等俗氣之物，這群芳閣內看起來敞亮通透了不少。只是散落在一個個茶桌間距的花盆中開滿了各色的時令鮮花，看起來雖然鮮活，卻未免顯得凌亂了不少。

「這個冷三娘，什麼大紅大紫的都往堂子裡擺，真是表揚不得！」李墨看著這些要嘛大紅，要嘛粉紫的花有些無語，忍不住低聲在柳芙耳邊抱怨了一句。

「這花兒怎麼了？」

說話間，冷三娘的身影在二樓階梯上出現。

仍舊纖細不盈一握的腰身，仍舊抬眼間似水柔情的脈脈眼神……一身桃紅掐絲柳綠裙衫的冷三娘踱步而下，眼睛盯著李墨，彷彿仇人一般。

「三娘，妳不覺得『萬紫千紅，不如一綠是春』嗎？」柳芙擋在了李墨身前，笑著和冷三娘打了招呼。

看到柳芙，冷三娘的臉色總算緩和了，甚至有幾分崇拜。「東家，您是三娘的東家，怎麼說都行。這李先生可不是三娘的什麼人，憑什麼在這兒指指點點！」

「李先生是這茶樓的半個東主，所以，三娘妳這話說得可不討巧了。」柳芙卻擺擺手，突然說了這樣一句話。

「什麼？」

「小姐！您！」

面對冷三娘的驚訝、李墨的不解，柳芙不理會前者，只看著李墨，眼神中有著一抹不容置疑的堅定，和隱隱流露的央請之意。「先生，難道您不願意和芙兒一起承擔這茶樓的責任？」

以李墨對柳芙的熟悉，定然知道她說什麼話做什麼事都有她自己的理由。面對那樣倔強中帶著一絲懇請的目光，他唯一能做的，也只有點頭默認。無論有什麼疑惑需要解答，等會兒私下再慢慢提問便是。

有了李墨的默許，柳芙心頭打定，轉而向著冷三娘點了點頭。「沒錯，現在妳也知道了他的身分，以後見了李先生可不能如此了。」

不知為何，冷三娘一個年屆三十的女子，在不過十四、五歲的柳芙面前顯得竟特別乖巧，聽話的望向了李墨。「二東家，先前嗆了您的話，對不起。」

「什麼二東家，妳只喚我一聲李先生就行了。」李墨也不好冷著臉，只淡淡地擺了擺手，就此揭過不提。

「好了，三娘，我與妳約定十日之期，單從這面上來看，妳將群芳閣改得也差不多了。就是不知妳那些姊妹如何？」

柳芙點到了正題之上。「因我有些事情，三日之後要出一趟遠門，所以今日必須把該交代的交代了。」

「姑娘們正好都在，我這就叫她們過來給東家行禮請安。」冷三娘好像盼著這一刻似的，連連便應諾著退下了。

不一會兒，一水兒柔綠色衫子的女子款款從樓梯而下，單從容貌氣質上來看，絲毫找不出一點兒青樓女子的感覺，這讓柳芙和李墨都不約而同地暗自點了點頭。

「來，給大東家和李先生見禮。」

看得出冷三娘有些緊張，原本俐落爽朗的臉色繃得緊緊地，生怕自己這群姊妹入不了柳芙這個新主人的眼。

「我是胭脂。」打頭的女子高眺些，年紀約莫二十一、二上下，薄施粉黛，桃腮櫻唇，倒是個俏麗的，正合了名兒。

「我是水粉。」第二個女子看起來年紀差不多也是二十出頭，身段纖細，卻玲瓏有致，氣質上倒與胭脂很有些契合，俱是帶著些嫵媚的。

「我是黛眉。」

「我是鵝黃。」

「我是紅鈿。」

接下來的三個女子卻要小些，只有十七、八歲的年紀，黛眉清麗，鵝黃嬌俏，紅鈿則像個小家碧玉似的，有些害羞。

「妳們的名字倒是有意思，全是脂粉頭兒上的。」柳芙看過五人，倒也滿意，不由得打趣了一句。

冷三娘有些不好意思，給柳芙解釋道：「三娘我沒什麼文化，覺著胭脂水粉一類的名字又簡單又好記，還合適姊妹們拿來做花名兒，所以就胡亂用了。」說到這兒，突然又覺得有些話不吐不快。「不過以後姊妹們都脫離了那下賤的行當，所以原來的名兒最好都不用了。小姐和李先生都是有文化的人，不如在這兒給她們五個另賜名兒吧！」

說著，三娘給旁邊的五人打了個眼色，大家都齊齊向著柳芙和李墨的方向福了福禮。

「請東家賜名！」

「也好。」柳芙在這種事兒上也不推辭，上前一步，笑道：「我以後是開茶樓，各位可就是茶樓的女博士了。原本的名字雖有意趣，但不太適合今後在茶樓裡用。這樣吧，三娘以女人家的胭脂粉頭兒取名，我便以茶來為大家重新改個名兒。」

不過是轉念間，柳芙已經想好了。「胭脂水粉，看得出妳們應該是有血緣關係的親姊妹，妳們就分別改名為峨蕊和雪芽。黛眉，妳改名為碧螺，另外鵝黃、紅鈿，妳們分別改名為玉露和雨花。這五個名字，正好契合了茶中的峨眉峨蕊和峨眉雪芽，還有碧螺春，恩施玉露和雨花茶。如此，大家可滿意？」

第一百二十七章　所託乃良人

五個水靈的美人兒聽了柳芙的賜名，都忍不住互相看了看，且不說滿不滿意，就是這其中意趣自然比胭脂水粉兒一類脫胎而來的要高雅太多，齊齊都露出了喜歡的神色。

看過五個願意留下來的姑娘，柳芙又交代了她們幾句好好在茶樓做事，若茶樓生意不錯，銀錢上也絕不會虧待，便讓她們都下去了。

雅間內，柳芙、李墨、冷三娘三人入座，開始了最重要的商議。

「三娘，我也不瞞妳，三日後我便要入宮，所以很多事情只能直接交代給妳。」柳芙說著，從袖兜裡拿出了一個荷囊來，招手讓立在身後的暖兒上前，給了她。「這裡有兩萬兩銀子的銀票，我交給暖兒了。妳必須在一個月內讓茶樓開門迎客，所需花費，直接去文府找暖兒支取便可。但必須把所有的一應票據都準備好，以備我方便的時候查證。另外妳也別覺得勢單力薄，錦鴻記的大掌櫃陳妙生先生是我合作多年的老相識。他那裡我去打了招呼的，妳有任何經營打點上的困難，都可以去向他求教，他會盡力相助的。」

「東家如此信任我，三娘這條命就押這兒了，保准您從宮裡出來的時候，咱們的茶樓賓客如雲！」

冷三娘聽得柳芙所言，其中信任居多，防備幾乎沒有，以她爽利的性子，當即便一拍桌子就表了決心。

「小姐，您還沒給茶樓取名呢。」李墨見不得冷三娘的粗俗，瞥了她一眼，轉而問向柳芙。

「對，咱們的店招還是個空的，請東家賜名！」冷三娘看得出李墨對自己有些輕視，卻也不放在心上。

「我姓柳，《詩經》中有〈齊風〉一則。裡頭有這樣一句——青青河畔草，鬱鬱園中柳。」柳芙略思考了一下，便說出了心中想法。「所以，我想將茶樓命名為鬱園，兩位覺得可好？」

「鬱園……」冷三娘不懂，只聽著柳芙文謅謅的一通說法，最後這兩個字聽著倒是挺雅致，只點點頭。「鬱鬱蔥蔥，和東家的柳姓也合，三娘我沒什麼意見。」

「先生覺得呢？」柳芙看向李墨，含笑徵詢他的意見。

李墨仔細推敲了一下，搖搖頭。「在下倒是覺得不如沿用小姐的扶柳院為名，反過來，正好合了小姐的閨名，倒是合適。」

「扶柳院？」冷三娘眼前一亮。「這個好！雖然鬱園也好，但比較像是私家的庭院一類之名。但是可不能用『院』字，太小氣，得用『園』才好。」

「我本就是這個意思。」李墨見冷三娘挑自己的刺，有些不喜地抿了抿唇。

「既然兩位都覺得扶柳園好，那就用這個吧。三娘妳回頭取了李先生的墨寶，去找工匠做一個沈穩大氣些的牌匾掛上即可。」柳芙倒沒什麼大的意見，畢竟店招只是一個噱頭名字罷了，和生意的影響倒也關聯不算大。」頓了頓，柳芙又想到一茬兒。「對了，還有園林設計上，我回頭給妳出一個草圖和想法，妳按照我說的一一落實便好。爭取一個月內將群芳閣改頭換面，咱們也好開門迎客！」

「東家，開茶樓倒是比酒樓好說，不用什麼廚子之類。但茶葉的供應和品種的挑選，這個還得您來決定才行。」冷三娘趁著這十日的時間仔細去摸了摸京城各家茶樓的底，倒是主動提出了這個關鍵的問題。

「這是自然。」柳芙對冷三娘的上心很是欣賞，點點頭。「這本來就是最重要的，我便放到最後來交代給妳。」

看了一眼李墨，柳芙似乎是在和他交換意見，兩人眼神對望之後，柳芙才對冷三娘道：「明天我會讓一個叫陳瀾的茶園管事過來一趟。他那裡有極好的南方白茶貨源，供給咱們的茶樓是絕沒有問題的。前頭半年，可以賒帳，後面就必須按市價的八成收銀子。所以，三娘，妳只有半年的時間，必須讓茶樓的經營走向正軌。只要妳不殺人放火，不用見不得人的手段，我就將這茶樓的經營全權交給妳這個掌櫃的了。妳可敢接下這個重任？」

被柳芙一席話說得有些氣血上湧、血脈賁張，冷三娘紅著一張臉，重重地，懇切地，無比慎重地點著頭。「東家看得起三娘，三娘就絕不會讓東家失望！」

「好了，記得有什麼拿不準的事情就去找陳妙生大掌櫃商量，他那邊會有辦法與我在宮裡通氣的。」

柳芙見事情達成，便也不多留，畢竟時間寶貴，她還得去一趟扶柳院交代茶園的事情，最後還得走一趟錦鴻記，讓陳妙生分心幫忙照看一下自己的茶樓。

她心裡已經有了一個法子，卻需要廣真點頭答應並配合才行。而且這一招棋很有些險，一個不小心暴露了「女神之眼」的存在，自己打算了許久的溫泉莊子恐怕就要易主，所以必須謹慎，馬虎不得。

茶園和陳妙生那邊都好說，有李墨陪著，只花去了小半天時間便安排妥當。

特別是錦鴻記那邊，畢竟柳芙是姬無殤的人，加上和陳妙生交情匪淺，讓他幫忙照看一個茶樓而已，他滿口就答應了，很是爽快。

倒是扶柳院耽誤了些時間，柳芙給馮嬤還有劉老頭都解釋了入宮之事，但輕描淡寫，叫他們都不要擔心，有任何問題直接去文府找沈氏即可，實在不行，還有文從征可以幫忙解決。柳芙還專程和陳瀾說了一會兒話，交代了給茶樓供給白牡丹的事兒，並讓他定時從錦鴻記那邊取從海上運過來的南茶。這兩樣事情算是極簡單的，陳瀾接了吩咐，並向柳芙保證一定把事情辦得穩妥，讓她安心入宮。

安排穩妥了茶樓、茶園還有錦鴻記那邊的各項事宜，另外還有最為重要的一件事情，那就是溫泉莊子的修建了。時間緊迫，柳芙讓李墨先行回去，自己帶著暖兒、真兒踏著夕陽趕到了龍興寺，讓劉婆子回文府去通報一聲，直說她想在入宮之前為母親和文爺爺祈福，要在寺裡暫住一夜。

第一百二十八章　夜深言無心

夜風拂過，帶著春天特有的青草氣息，也帶著山中長年不曾消散的潮濕和淡淡的涼意。

「咚——咚——」

聽到門響，柳芙緊繃的神經終於鬆了口氣，示意暖兒過去開門，自己則順手關上了半開的窗戶。

一身青灰僧袍的廣真立在門外，一抹月色灑在那張過分俊美的臉上，讓暖兒羞得埋下了頭，不敢直視，只側身迎了他進屋。

示意暖兒在門外守著，柳芙起身親手給廣真斟了茶遞上。「如何，你讓我先住下，只說天黑之前給我答案。這個時候月亮都掛在頭頂了，你才姍姍來遲，難道答應我的請求讓你那樣為難嗎？」

無奈的苦笑在臉上浮起，廣真接過柳芙遞上的杯盞，甩甩頭。「妳要我瞞著朝廷，幫妳悄悄修建溫泉莊子，這難道是件小事兒？」

「龍興寺向來地位尊崇，修建一個山裡的莊子而已，朝廷應該不會有人來過問此事才對。」柳芙故意輕描淡寫地接了話。

廣真卻埋怨似地看了柳芙一眼。「妳若願意將發現溫泉一事上報朝廷，並將那片山坳主動獻給皇室，那龍興寺來修建莊子並無不可。但現在妳要一切都悄悄私下進行，到時候面對皇室的質疑，我又該如何回答？妳明知道我也是姓姬的，雖然已經是方外之人，可有些塵緣，是想割也割不斷的。」

柳芙循循善誘，忙又道：「所以我才說給你五萬兩銀子，你只需要悄悄讓了塵去探查地形後繪出一張圖紙，再幫我召集寺中低階的弟子來修建莊子。我也不著急，三年之內能修好就可以了。你想想，一個溫泉莊子而已，三年時間，頂多只需要派十來個弟子每天去工作半天就能完成活計。龍興寺三百多個僧人，少了十來個弟子，也不是那麼容易被發現的。而且有你這個住持做監工，他們的嘴巴也會閉得緊緊的。任誰也想不出我文家名下山地的產業，會是龍興寺在幫忙打理。」

「妳倒是掐中了我的軟肋。」廣真很是無奈，嘆了口氣。「寺裡雖然進項多，但消耗也太過龐大。普通人根本難以理解！每年單單是接待皇室一項就要花費近三萬兩銀子。偏偏內務府一年只撥給我們一萬兩例銀，其餘的讓我們自己想辦法。龍興寺是百年古剎，雖然香客如雲，可也耗不住這樣給皇家白填銀子。妳這五萬兩倒是能解我的燃眉之急，只是……」

聽得廣真口氣有些鬆動，柳芙知道離事成不遠。「你放心吧，每年我都會額外拿出一萬兩銀子讓暖兒送過來。五萬兩銀子你慢慢用，若三年下來有結餘，就當我捐給寺裡的香油錢就行了。」

「妳哪兒來的銀子？」廣真憋了一口氣，最後還是忍不住問了出來。畢竟他從柳芙八歲起就與其相識，對於她的來歷身分雖然從未過問和懷疑，但這些年來的相處，她就像一本永遠也翻不完的經書，讓人無法猜到結尾。

「不是偷來搶來騙來的。」柳芙看到廣真一臉憋不住的樣子，笑了。「所以你放心地接受就行。」

「妳不願意說明，我也不強迫。但這件事的關鍵，還得看了塵答不答應。若是他那兒過不了，我也沒有其他辦法了。」廣真起身來，嘆了口氣，那意思明顯已經妥協了。

柳芙揚了揚眉。「了塵雖然出家，但他醉心於園林設計是不會改變的事實。你只要告訴他溫泉泉眼的存在，他便沒有拒絕的可能了。」

「妳算盡天下事，可算準了自己的命運？」

沒來由的，廣真突然說出了這樣的一句話，和之前兩人所商量的毫無關係。

柳芙不明白。「你這是和我打什麼禪語機鋒嗎？」

搖搖頭，廣真似乎有些欲言又止。「妳可還記得我師父無常？」

「自然記得，他怎麼也不願意見我。」柳芙仔細看著廣真，總覺他話中有話。「你為何突然提起無常大師？他不是雲遊去了嗎？」

「師傅坐化了。」廣真雙手合十，閉眼暗唱了聲「阿彌陀佛」，復又睜眼看著柳芙，眼中有著一抹深沈和凝重。「他走的時候，給我留了一句遺言。」

「可是關於我的？」柳芙心底一陣震顫，腦中浮現出了無常的一雙眼睛，好像能洞察世間一切。他若是能看破自己的來歷，或許也說不定！

「師父讓我好好與妳相交，因為……」廣真頓了頓，似乎不願意說出接下來的這句話。

「他說，因為妳將會是改變大周朝命運的關鍵人物。」

這樣一句不明不白的話，柳芙聽在耳裡鬆了口氣。「無常大師說笑的吧。我一介女子而已，怎麼可能改變大周朝的命運。」

「妳這次入宮，難道沒有懷疑什麼？」廣真好像也不怎麼相信無常的話，揭過不提，反問道。

「你難道知道些什麼？」柳芙眨了眨眼，看著廣真，想看出些端倪來。畢竟姬無殤和廣真私交甚好，他會告訴廣真一些自己不清楚的事情也說不定。

廣真笑了。「我本想從妳身上打探些消息，妳卻反過來套我的話。算了，妳即將入宮，我這裡，以友人身分祝妳好運吧。其他的，就不多說了。」

「廣真，我視你為友，但有些話不說透卻是為了你好。」柳芙有些愧疚，廣真之於自己，這些年沒少幫忙。自己卻要隱瞞和親之事，不知到時候他從其他地方知道了，心裡會是什麼滋味……那種被親近之人欺瞞的感覺，她十分清楚，絕不會好受。

「我也視妳為友，所以我只希望妳能一帆風順，平安就行。」廣真看著柳芙，那張熟悉的嬌容之上流露出來的沈穩和內斂之情，竟比幾十歲的人都還要濃，讓他心底禁不住一陣疼惜。

一個不過十四、五歲年紀的女孩子，該是承受多大的壓力才會有那樣冷靜的表情呢？那雙眸中透出來的清澈，彷彿一汪深潭，清澈，卻無法見底，讓人永遠也讀不懂她心底最真實的想法。

「深更半夜，妳守在這兒幹什麼？」

突然間，一陣熟悉的聲音響起在門外，廣真和柳芙都齊齊露出了驚訝之色。前者更是有些尷尬，主動過去將屋門打開來。

「阿彌陀佛，施主深夜前來，怎麼不給貧僧提前打聲招呼。」廣真看著門外神色嚴肅、表情冷然的姬無殤，下意識地護住了身後的柳芙。

第一百二十九章　滋味個人知

夜色中，小婢女神色驚惶，美和尚護花心切，只有站在門外臉色冰冷的姬無殤，和門內神色訝異的柳芙才真正明白，今夜兩人的相遇，應該是徹頭徹尾的巧合而已。

廣真似乎知道姬無殤對柳芙有著極為特殊的關注，下意識地竟開口解釋了起來。「柳施主想要入宮前在寺中歇息一晚，以靜身心。身為住持，貧僧不過前來探望一下。」

可話一出口，廣真又覺得十分不妥。天上明月已經高掛，如此深夜他身為住持卻在女香客的房中單獨密會，又讓他的解釋顯得很有些滑稽和無法讓人相信。

一旁被姬無殤突然出現給嚇到的暖兒，見廣真神色尷尬，只能憋著一口氣也跟著解釋了起來。「奴婢只是覺得屋裡憋悶，想在門口透透氣，裕王您可千萬別誤會了小姐和廣真大師！」

直接忽略姬無殤那雙幾乎要射出冰刀的凜冽眼神，柳芙走上前去，先輕輕拍了拍暖兒的肩頭，示意她放鬆，這才回頭對廣真柔柔一笑。「我這兒已經安頓好了，香火錢不會少一個子兒的，住持您不用擔心，請回去休息吧。」

廣真正要開口，卻聽得姬無殤那冷入骨髓的聲音又響起在耳邊。「廣真，你為了討香火錢就夜半三更待在女香客的屋子裡，傳出去，恐怕這香油錢會堆積成山了吧！」

姬無殤不痛不癢地接了柳芙的話，聽在廣真和暖兒的耳裡，都感覺牙酸得很。柳芙當然也聽出了姬無殤語氣中的不善，心裡覺得很是彆扭。

他突然出現，那表情、那語氣，就像自己私會和尚被情人抓了個正著似的！

回首掃過姬無殤的冷臉，柳芙忍住心底的不適，有意輕描淡寫地用著先前輕鬆的語氣道：「裕王，民女與廣真大師私交，好像與您並不相干吧。您這樣說話，壞了大師的德行名聲，民女可擔不起如此重大的責任。」

「哦？」姬無殤挑挑眉，在他看來，柳芙竟會在自己面前主動為廣真開脫，肯定有什麼緣故，於是臉上的懷疑之色更濃了。「既然妳擔不起這個責任，又為何要開門讓廣真進屋？孤男寡女共處一室，難道柳小姐不知道這個忌諱？」

「好了好了，都是貧僧的錯，兩位施主不要再爭執了。」

廣真哪裡不清楚這裡頭的彎彎繞，只是這兩個當局者迷，看不清自己的心罷了。聽得姬無殤的語氣，廣真覺著他應該不會拿柳芙怎樣，只擺擺手，唱了一聲「阿彌陀佛」，故作正色地道：「天色已晚，柳施主您先休息吧，貧僧這就陪裕王殿下去廂房。」

以姬無殤的性子，哪裡會任憑廣真就這樣糊弄過去，正要開口，卻被柳芙給打斷了。

「裕王殿下身分特殊，他應該一到寺中就有師父為他安排了住處吧。」柳芙直視著姬無殤夜色中漆黑如墨的眸子，總覺得心底有一簇暗暗燃燒的火苗被點燃的怪異感覺，所以搶在他開口之前，轉而對廣真道：「他既然跟來了此處，想必是有話要對我說。住持，您還是先回去吧，這裡是龍興寺，想來也不會有什麼危險的。」

聽到柳芙有意將「危險」二字加重了語氣，廣真釋然一笑，也不多言，只朝著她和姬無殤都行了佛禮，便主動退下了。

「暖兒，妳去備些熱水，我回來要沐浴。」柳芙勸走了廣真，又準備支開暖兒。

「可是……」暖兒張口，卻說不出任何話，最後還是只得點了點頭。「小姐早些回來，太晚了怕著涼。」說完，又怯怯地看了一眼姬無殤，總覺得平日裡似乎很是彬彬有禮的裕親王怎麼現在突然變得讓人不敢直視，那眼神，也只有自家小姐才能招架得住。

柳芙見暖兒步子遲疑，上前輕輕推了推她，示意她快些走，同時又朝姬無殤笑了笑。「月色正濃，民女知道山腰處有一個地方賞月正好，裕王若無睡意，就陪民女移步過去吧。」

姬無殤抿了抿唇，看不出喜怒。

其實今夜他只是突發奇想要到寺裡來住住，想一想最近發生的一些事兒，理一下思緒。卻沒想一到寺中就聽負責守夜的和尚說文府小姐也來了，是住持在親自接待安排。

對於廣真和柳芙為何會私交甚好，姬無殤本來就有些不明白，當時看天色已晚，兩人竟還在一起，便想去看看怎麼回事兒。可等他來到廂房的門口，見暖兒竟守在外面，那廣真和柳芙便是孤男寡女獨處一室，沒來由地，心底一股莫名的酸意就湧了上來。

再後來，便是廣真一副護花使者的樣子，讓姬無殤更是有些氣惱，忍不住釋放出了久久不曾外露的冷冽本性。

「裕王殿下？您聽見到民女的話了嗎？」

柳芙見姬無殤竟走神了，有些意外，小聲地提醒了兩句。

「嗯，走吧，正好之前妳告訴本王的那個計劃，本王還想再多問妳一些細節。」姬無殤回神過來，看著月色之下柳芙那張比皎月還要晶瑩的嬌顏，點了點頭，示意她帶路。

一路無話，踏著夜色，柳芙和姬無殤齊齊來到了龍興寺後山的山腰處。

此處有一平臺，挑空而出，視野極其寬闊，倒是正好可以賞月。

「妳和廣真，到底是什麼關係？」姬無殤忍不住還是開口詢問。「之前妳每年臘八都過來施粥，本王就懷疑過妳有什麼目的。但表面看來，廣真不過是這龍興寺的住持而已，妳接近他，也得不到什麼好處。可今夜，為什麼會是今夜？妳後天就要入宮，為什麼妳會在這個關鍵的時候花費時間過來和他見面？還住上一晚？妳到底還有什麼是瞞著本王的？」

一連串的問題質問而出，姬無殤的表情也隨之變得有些激動起來，那一如蒼穹般深沈卻散發著邪魅光芒的目光緊緊將柳芙鎖住，似乎想要分辨出她每一個表情，每一句話後面是否有所隱瞞。

第一百三十章　不知心底事

春天的夜晚本就有些涼意，被姬無殤這樣步步逼問，柳芙只覺得心底那股莫名搖曳滋生的火苗似乎已經被澆熄了，只留了淡淡的、說不清道不明的一點愁緒還殘留在心。

於是柳芙的語氣也不由自主帶了些倦意。「民女與裕王之間的交易已經達成，其餘的，難道連民女的私人生活也要一一向你報告嗎？」

蹙著眉，姬無殤仔細地看著月色下的柳芙。

只齊胸高的她氣勢卻絲毫不讓自己這個親王，如玉般剔透的肌膚，如水般沈靜的眸子……看起來雖淡漠如常，可是那倔強抿起的唇瓣，那隱隱含著一抹疲憊之神色，卻出賣了她此時心底的真實感受。

「怎麼？不高興了？」姬無殤迎上了柳芙暗藏的鋒芒，表情之中帶著一絲不容反抗的意味。

「民女不過是裕王的一顆棋子罷了，哪有資格高興，或者不高興的。」柳芙別過眼，只覺得被他那樣一睨，連神經都有些刺痛了。

「那妳乖乖地告訴本王所有的實情，乖乖地履行作為一名棋子的職責。」姬無殤說話間，右手緩緩抬起，卻是不經意地輕輕拂過了柳芙的臉頰。

感覺側臉上殘留的觸覺，溫熱中又帶著一絲涼意，柳芙不禁身子一顫，眉頭蹙起。「請裕王殿下自重！」

「自重？」姬無殤冷冷一笑，卻反手將柳芙的下巴給扣住。「妳深夜私會龍興寺住持，難道就自重了？」

「我沒有。」柳芙被他捏得生疼，卻擺脫不開，只能垂目躲開姬無殤帶刺的目光。

「再說一句妳沒有……」俯下身子，姬無殤已經靠得柳芙極近，嗅著鼻端淡淡縈繞的熟悉香氣，讓他原本就深不可測的眸子變得迷離起來。

「我從小與廣真相識，多年相交，已成知己。就算深夜私會有些不好，但卻並未有任何逾矩之行為！」柳芙被姬無殤的言語所激，忍不住抬眼頂撞了回去，卻發現姬無殤近在咫尺，下意識扭動頭頸，側過了臉頰。

「自小相識，已成知己？」姬無殤眼底的怒火一下子就被柳芙的這句話所挑燃，不自覺的又逼近了些，鼻尖幾乎都觸到了柳芙粉頰。

看到柳芙竟連一眼都不願意看自己，姬無殤唇角逸出一抹冷笑，只一用力一捏，便將她強行扭了過來，抬頭面對自己。「妳入京那年八歲，廣真不過是個龍興寺的小和尚妳就盯上了他？莫非，妳早就知道他將來會繼承無常的住持之位不成？就像妳早就知道本王有意大位……」

自重生，柳芙還從未有過這樣心慌的感覺，就像自己所盡力隱藏的秘密被人從外面撕開了一道裂縫，窺探無疑！

冷靜，一定要冷靜！

柳芙在心底暗暗告誡自己。姬無殤不可能知道自己重生的秘密，一切不過是他的揣測而已，只是不能讓他對自己再有任何的「懷疑」了。

於是深吸了一口氣，柳芙藉著夜色將慌亂深深地掩藏在內心，只對著幾乎要觸到自己臉頰的姬無殤無奈地一笑。「或許是上天眷顧我吧，讓我所遇見的人都有著不凡的未來。」

「本王知道妳只會打太極，不會告訴我妳心底的秘密。」

姬無殤突然笑了起來。「但有一樣東西，本王卻能找到方法，弄清楚妳的真實想法！」

「什麼真實的……」柳芙脫口問了出來，粉唇微張，一股濃濃的危險感隨著姬無殤的笑容而蔓延到了全身上下。

邪魅中帶著無邊挑釁的目光在眼底浮起，正當柳芙粉唇微啟間，姬無殤那張俊顏便直接欺了下來，用嘴唇封住了她想要說出口的話。

震驚，混合著濃濃的慌亂，還有那一波又一波湧上心頭的恐懼感佔據了柳芙此時此刻所有感受，她根本不敢相信姬無殤竟會強吻自己！

可事實是對方略帶涼意的唇瓣正狠狠地覆蓋著自己的，那直驅而入的舌尖甚至在試圖挑開自己的貝齒，想要進一步索取……

像是一抹悶雷在腦中炸開，短暫的暈厥之後，柳芙終於回過神來。屈辱感席捲而來，淹沒了原本的各種複雜感覺，伸出雙手支撐住姬無殤，想要用力地將他給推開。

但對方是高出自己一個頭的男子，柳芙無論怎麼掙扎，也只是被他反手摟得更緊而已。唇瓣上的壓力更是有增無減，那霸道的帶著特有男子氣息的滋味已然侵入，舌尖的糾纏更是讓柳芙根本無法喘過氣來。

或許是感覺到了柳芙的反抗，更加激起了姬無殤佔有懷中人兒的慾望。唇齒相依，舌尖相纏的莫名觸感，也越發讓姬無殤想要不斷地再索取那讓人欲罷不能的柔軟和芳澤……

於是一個吻得更加用力，一個也不放棄地掙扎著想要擺脫，兩人糾纏間，竟是越發地難捨難分，氣氛，也漸漸變得有些異樣起來。

柳芙無法推開姬無殤，慌亂之中睜大了眼睛，卻清晰地看到了姬無殤眼底所蘊藏的火熱。那一雙被月色照映得無比清晰的眸子中，竟還有一絲莫名的眷戀隱藏其中，讓她一愣之下，突然忘記了抵抗和掙扎。

他為什麼會用那樣的眼神看著自己？不是佔有，不是欺壓，甚至不是調戲……而是眷戀和不捨！

他還是自己所熟悉的姬無殤嗎？他怎麼可能用那樣的眼神看著自己？難道，他對自己已然有了別樣的心思？或者，他對自己動了心？

亂如麻的思緒糾纏在腦中，這讓柳芙也漸漸放鬆了下來。

但此時此刻，姬無殤的吻卻遠遠沒有結束，隨著柳芙放棄抵抗，他原本霸道的強吻竟也漸漸變作了輕柔的觸碰和吮吸，流露出一絲淡淡的溫柔意味，就像是戀人之間，那種自然而然的情意彷彿是天經地義，毫不做作。

可姬無殤的溫柔，卻讓柳芙心底一刺。

不行！自己絕不能和這個男人有除了合作之外的其他關係！絕對不能！

他本性冷酷，毫無人情味可言，就算此時流露出了對自己的一絲眷戀，那也絕不可能會長久。待在他的身邊，想要平平安安地活命，自己必須保持頭腦的冷靜，才能和他周旋到底。若是有了哪怕一丁點兒男女之情摻雜在兩人之間，都會讓她無法看清形勢。

更何況，他會是將來大周皇朝的君主，他會有後宮佳麗三千。而自己，絕不可能和任何人分享自己的夫君……

想到此，柳芙沒有一絲一毫的猶豫，趁著姬無殤忘情溫柔的這一刻，狠狠地咬了下去！

第一百三十一章　情動未曾知

舌尖的刺痛就像一道雷電直擊而下，讓短暫迷失在那片柔軟芳澤中的姬無殤突然清醒了過來。腥甜的滋味蔓延入候，幾乎染紅了那雙原本漆黑如墨的眸子，映著皎潔的朗月，在夜色中閃出了一抹妖異而邪魅的暗紅光芒……

抬手捂住嘴唇，柳芙被姬無殤如刀刃般鋒利的眼神刺得生疼，不敢直視，只側過了頭，大口的喘著氣。

同樣抬手，姬無殤將唇上的血跡抹去，看得出他在隱忍著，手背上一根根青筋都凸起了，卻沒有對柳芙怎麼樣，只從口中緩緩擠出了幾個字。「好，很好。看來，妳連自己的心也一併禁錮了。這樣本王也就放心了，相信妳至少能在宮裡存活下來。」

「什麼意思？」聽不明白姬無殤的話，柳芙抬眼看著他。

「本王的寒毒最近發作頻繁。」姬無殤對自己中毒之事語氣中很是輕描淡寫。「此毒天氣越濕熱，越是無法輕易壓制。所以，妳這次入宮……」

「我要接近太子，從東宮找到火龍朱果呈給裕王您，對嗎？」柳芙這才明白，他所謂的試探真實的自己，竟是為了這件事兒！

心裡別有一種滋味漂浮而上，酸澀不明，晦暗不清，在夜色的掩蓋之下，卻還是在柳芙的臉上顯露出了一絲嘲諷的笑意來。「所以，裕王您要測試一下，看民女能否擔此重任，是嗎？」

接連兩句問話，再看柳芙表情上的變化，姬無殤原本如舌尖傷口般燒灼的心突然就舒服了幾分。「怎麼，妳難不成以為本王要探明的是其他？」

「沒有，裕王您多心了。」柳芙別過眼，長長的睫羽被月光照映出一層薄薄的影子覆蓋在臉頰之上，別有一種婉約愁緒的淒美之姿。

雖然心底有種想伸手替眼前人兒拂去眉間愁緒的衝動，但姬無殤卻壓抑了下來，取而代之的是從懷中取出一個錦囊在手。「這個妳隨身帶好，一定不能讓任何人看到此物。」

接過姬無殤遞來的錦囊，上面還留有溫熱的觸感，柳芙看了看，毫不猶豫地便打開了。錦囊裡，是一張薄如蟬翼的白絲絹帕，一層層將摺疊之處展開來，足有兩尺見方。

柳芙借著月色，只看了一眼這絲帕上的內容，就已經驚訝得合不攏嘴了。「這……民女若是沒有看錯，這是皇宮的地圖！」

「不然還有什麼。」

姬無殤挑挑眉，對柳芙這樣大驚小怪並不意外，唇角微揚。「有了這張地圖，妳就能在後宮穿梭無虞。不用害怕被守衛和過往的太監、宮女發現蹤跡。」

「天哪，這上面連東宮的每一道門、每一間房屋都標注得清清楚楚！」柳芙伸手指著絲帕上的某一處，臉上顯出了一抹疑惑之色。「裕王，您執掌的影閣高手如雲。有了這個地圖，東宮不被您掘地三尺，也能被翻個底朝天吧！只是找一個火龍朱果而已，不是輕而易舉手到擒來嗎？」

「妳以為太子東宮是我姬無殤的後花園，可隨意進出踐踏？」姬無殤冷冷一笑，似乎很是不滿的感覺。「東宮防衛森嚴，甚至比父皇的正儀殿更甚。若只有幾個高手，本王倒不懼。可妳知道嗎？胡家為了保全太子安危，足足派了四十多個高手駐紮在東宮。甚至連守門的太監和伺候的宮女，也都是精挑細選出來的練家子。銅牆鐵壁一般的防衛，牽一髮而動全身，若非太子信得過的人，和胡皇后本人，連靠近東宮十丈之內都不可能。」

「原來如此。」柳芙點了點頭，睨了一眼姬無殤。「所以，民女必須先取得太子的信任，有了進入東宮的資格之後，才能圖謀盜取火龍朱果之事？」

「本王相信以妳的心智，完成此任務應該不成問題。」姬無殤點點頭，表情收斂，變得嚴肅起來。「本王花費了三年時間好不容易安插了一個人進去太子東宮，妳不需要知道是誰。如果妳遇到了危險，他會通知本王，本王會親自來救妳。妳放心吧！」

「我還以為，你不會擔心我的安危……」低低的，柳芙自語著，聲音極小。

可以姬無殤的耳力，又是有武功底子之人，自然聽得是一清二楚。

但面對柳芙，他無法表達出任何其他的情緒或者情感出來，只能聽了便放在一旁，儘量讓自己保持無所謂的態度，不介懷，不上心。

「好了，若無其他吩咐，民女也該告退了，不然暖兒會擔心的。」柳芙見他並無任何觸動，知道自己也越界了，再多說更是無益，便主動告辭了。

姬無殤牽動了唇角，卻還是沒有說出任何挽留的話，看著她單薄的衣衫在夜風中飄然而動，只冷著臉將肩頭的披風取了下來。「妳穿回去吧，春寒極傷身體，妳要是在入宮之前病了，那可不是一件好事。」

原本已經轉身要走，沒想到他會主動給自己披風，還說出了這樣一句「噓寒問暖」的話，柳芙只能停步，回頭朝姬無殤笑了笑。「我沒事兒，站了這麼久，若是春寒料峭不能抵擋，這時候再穿上裕王您的披風也沒什麼大用了。」

說完，柳芙便提了裙角，準備離開。可剛一動步子，卻覺得肩頭一沈，下一刻，一股帶著熟悉味道的溫熱感覺便包圍了全身。

面對姬無殤執意要為自己穿上披風的行為，柳芙沒有再拒絕，卻也沒有再說一句話，哪怕是「謝謝」兩個字。

長長的吐出一口氣，柳芙輕輕扯了扯肩頭的繫帶，就那樣一步一步的，踏著月色，任厚厚的披風將自己完全罩住，漸漸消失在了山腰細長蜿蜒的小道盡頭。

看著柳芙的背影逐漸被夜色所吞噬掩沒，姬無殤也做出了柳芙離開時幾乎一模一樣的動作，長長的吁了一口。

兩人自從相識，每一次的相處都猶如箭在弦上，那種緊繃感，那種莫名而生的躁動，姬無殤從未在其他人身上體會過。

如今，柳芙將走上一條連自己這個親王、這個男人都不敢想像的艱難之路，不知不覺的，姬無殤竟有了一絲不捨，和淡淡的心痛。

第一百三十二章　心若已倦了

獨自走在夜色之中，山裡春天的冷空氣迎面而來，刺得肌膚生疼，也讓柳芙徹底地清醒了。

淚痕猶在，淚水卻已經被夜風帶走。柳芙很想知道自己是什麼時候陷進去的，卻始終無法去仔細地回想著五年來和他相處的畫面。

在他面前，自己始終順從地扮演著棋子的角色，去做一些對他有利的事情。他看中自己，不過也是因為自己有利用的價值罷了。

而自己呢？

他何曾知道，她是重生而來，掌握了未來的走向，她幫他，同樣的，更是在幫著自己。

利用，與被利用。兩人之間的關係，一直以來都應該僅止於交易和買賣才對！

可事實呢？

臘八施粥那天，他寧願以身擋箭，也要忍著重傷將自己救走，毫不顧忌自己染上了寒毒。

在錦鴻記總店的大堂中，面對胡氏和柳嫻的欺壓，他竟當著所有人的面為自己出頭，毫不避諱流言的接踵而來。

他讓自己取得太子信任，花費力氣奪得元宵夜宴的燈魁，最後卻反悔不讓她去和其他女子爭太子妃之位，毫不考慮這會讓大家之前的努力因此白費。

還有今天，他竟然將皇宮的地圖拱手送上。雖然自己只是一介女流，但手握內宮詳細地圖，無疑是一個可以反手就傾覆掉大周皇朝的極大威脅。可他，卻只是想要自己憑藉此圖在太子東宮可以輕易進出！

而白日裡她與他達成的交易……他明知自己會北上和親，這份地圖給了自己，萬一讓北蠻得到……

他到底，還是不是自己所知的那個姬無殤啊！那個精明、冷靜，毫無人情味可言，將一切都算計於心的未來天子，又怎麼可能會犯這樣的錯誤？

柳芙走著，腳步不由得放緩了，思緒卻飛快地轉著，想要找出所有問題的答案在哪裡。但無論怎麼想、怎麼思量，姬無殤今夜所為，都無法用任何合理的理由來解釋。唯一的……只有他對自己動了心，才能成為一切疑問的最好答案。

可是他會愛上任何一個女子嗎？

柳芙臉上浮起了一抹苦笑，是啊，就算他一時間迷失，對自己動了心，可最後的結果仍然不會有任何改變。

算了吧，看清楚他的心，好好約束自己的心，將來才不會被傷心。至少，這是自己能做到的。其餘，還是等自己能平平安安從北疆回到中原之後，再說吧。

想到此，柳芙的雙眸逐漸變得清明起來，嬌顏之上，神情也越發地堅毅如冰，堅韌如蒲，堅硬如石。

伸手輕輕拉緊了肩頭的披風，這最後的溫暖，也成為了她和他之間最後一點殘留的連繫。過了今晚，疑惑不在，有的，只能是一顆毫無破綻的心。否則，這重生後的一切又算什麼呢？有了再活一次的機會，無論面臨怎樣的艱難，她都必須更加的堅強，戰勝曾經打敗過自己的命運才行。

最重要的是，自己的一顆心已經倦了、累了，再也經不起折騰了。將來要面對的考驗和艱難還有太多太多，再考慮感情，恐怕對自己來說實在太過奢侈和虛妄吧。

「小姐！您可回來了！奴婢擔心死了，又不敢去找您！」一直守在院落門口的暖兒，遠遠看到柳芙踱步而近，一顆懸著的心終於落了下來，直接就衝了上去。

耳邊突然響起了暖兒又驚又急的聲音，柳芙收回神思，朝她安慰地一笑。「我這不是安然無恙的回來了嗎？」

「小姐，妳嘴唇怎麼腫腫的？」暖兒仔細看著柳芙，發覺她除了臉色有些蒼白，其餘並無什麼異樣，趕緊扶住她。

臉上劃過一抹尷尬之色，柳芙擺擺手，略側了側臉避過暖兒的目光。「走吧，我累了，早些沐浴，早些休息，明兒個一早還得回府去。」

「奴婢這五年裡，還從未見過裕王殿下發那麼大的火。」

似乎是想起之前的情形，暖兒還有些心有餘悸，吞了吞口水，不由得放低了聲音，怕被姬無殤聽到。「小姐您不知道，您之前和住持在屋裡，奴婢一個人在外頭守著的時候，裕王殿下的眼睛裡幾乎都要冒出火來了。若是眼神能殺死人，奴婢恐怕已經變得千瘡百孔了吧。天哪，奴婢之前還在夫人跟前說好話，說裕王殿下為人謙和有禮，又是錦鴻記背後的東家，身分地位不說，還很有錢。說得夫人心花怒放想要撮合小姐和他呢。看來，奴婢這沒讀過書的果然不知道什麼叫做知人知面不知心，今晚總算見識了裕王的真身，小姐，以後咱們還是退避三舍比較好，不然哪天引火焚身了，哭都來不及呢……」

聽著暖兒在耳邊絮絮叨叨地唸著，柳芙卻笑了。

暖兒雖然囉嗦，一字一句卻是大實話。

「小姐，您這披風？」暖兒這才察覺到柳芙身上的穿著有些不對。「看起來有些眼熟呢。」

「夜冷，風大，裕王怕我著涼，借給我穿一下的。」柳芙語氣很是隨意，不想讓暖兒誤會什麼。

「噓寒問暖，這倒是有些君子風度的。」暖兒嘟著嘴，似乎在仔細考慮該如何看待姬無殤對待自家主子的態度，臉上很是搖擺不定。「難道，之前裕王那樣生氣，是因為嫉妒小姐和住持單獨待在一起？」

「好了，妳別瞎猜了。裕王殿下是什麼身分，我又是什麼身分，他不過是體諒一下我罷了。」柳芙打斷了暖兒的猜度，也加快了步子，只想早些回到屋子裡，趕緊將身上的披風卸下來。畢竟，那濃濃的、屬於姬無殤特有的男子氣息實在太過霸道，至今還殘留在自己的一呼一吸之間，難以抹去。

第一百三十三章　依依情難捨

離開龍興寺之時，柳芙終於得到了廣真的回話。不出意外，他默許了自己的提議，也唱著「阿彌陀佛」，有些忐忑不安地收下了裝有銀票的荷囊。

短短不到兩天時間，先後安排好了茶樓和茶園，還有修建溫泉莊子之事，柳芙突然覺得肩頭上背負的包袱輕了不少，面對即將入宮後的風波詭譎，也多了幾分把握和底氣。再加上姬無殤也願意主動去文府，給沈氏吃一顆定心丸，承諾三年之內助她回到京城，這唯一心中的掛念也釋然了許多。

回到文府，柳芙先回房間更衣，之後才去見了沈氏。

按照柳芙的請求，沈氏這兩天來全都在做一件事，那就是幫她準備入宮的行李。

滿滿三口大箱子，裝的全是頂級衣料裁製的各色衣裳衫子，以及珠寶首飾，還有些金銀錁子，打造成了小花生、小南瓜、小果子等各色樣式。這種錁子既體面，又有趣，是富貴人家專門打賞用的。

看著母親事無鉅細，辦得極為妥貼，柳芙有些心酸。「娘，難為您兩天時間就要幫女兒準備好這些東西。肯定又沒來得及休息吧！」說著，親手斟了茶遞給沈氏。

沈氏卻擺擺手，臉上有些複雜的神色。「娘本不想讓妳為難，但一想到妳有可能會被選中北上和親，娘心裡就發慌。所以，這三口箱子裡的東西，就當成了嫁妝在為妳準備。芙兒，妳答應娘，能不去，就不去，咱們回頭找一個老實的人家嫁了，也別多想其他的，好嗎？」

「娘，明日女兒一旦入宮，萬事就非女兒所願能如意的了。」柳芙勉強一笑，知道這個時候勸什麼，身為母親的沈氏還是會擔心，不如實話實說讓她能早有心理準備更好。「這中間，有些隱秘，有些玄機，並非以女兒一人之力可以對抗的。所以……」故作輕鬆，心底卻滿是不捨，柳芙語氣極是柔和。「娘，如果女兒果真被選中北上和親，您答應女兒，一定不要胡思亂想。反過來，女兒也答應您，三年之內一定能平平安安地回來。好不好？」

「娘不信妳，卻還是信裕王殿下的。」沈氏抬手抹了抹眼，不願讓女兒看到自己落淚的樣子。

「裕王來了？」柳芙有些驚訝，本想今天收拾停當再請他過來，好和母親見面。卻沒想，他竟提前主動來了。

「一大早，天沒亮就來了，細細和我說了會兒話，連早飯也沒有吃一口就又走了。」沈氏點點頭，語氣很是惋惜。「那樣好的一個人，芙兒，妳若是嫁給裕王為妻，也不至於……」

「娘，」柳芙打斷了沈氏，走過去輕輕挽著她，將頭順勢靠在了她的肩上。「我和裕王緣分未到，感情一事，卻是強求不來的。」

「可為娘看他提起妳時候的語氣……」沈氏嘆息著，表情滿是惋惜。「分明，對妳亦是關心的。女兒，若有可能，也考慮一下吧。」

不想讓沈氏太過操心，柳芙只能愣了愣之後，低聲答應道：「女兒答應娘，無論將來面對任何一種選擇，女兒都會讓自己幸福地生活下去，絕不委屈，絕不受傷，好嗎？」

「乖女兒，娘知道妳主意大，和其他人家的閨女不太一樣，有些事娘也插不上手。」沈氏嘆了口氣，抬手反過來輕輕摩挲著靠在自己肩頭的女兒。「原本，娘是不想讓妳和那些太子、王爺什麼的牽扯上任何關係。但人心不足，現在看來，總比北上嫁給北蠻子要好太多。所以，妳若是真想讓娘放心送妳入宮，妳就答應娘，真有北上和親的那一天，一定要回來，讓娘再看妳一眼，好嗎……」

說著，沈氏的眼淚忍不住又落了下來，正好滑在柳芙的鼻尖。順勢而下，柳芙口中便嚐到了淡淡的鹹味兒。

心酸得難以抑制，柳芙卻知道此時此刻自己不能哭，更不能露出哪怕一絲一毫的怯意，只有在母親面前堅強，才能讓她放心地送自己離開。

於是深吸了口氣，柳芙揚頭，臉上的笑容雖然是擠出來的，卻十分溫和、十分柔緩。「娘，您這樣，豈不是讓女兒進宮了也擔心家裡嗎？」

「乖女兒，娘不是想讓妳擔心，只是……捨不得妳啊……」掏出手絹，沈氏用力地擦著眼睛，大口的喘著氣企圖讓自己平靜下來。

「女兒知道，女兒知道……」柳芙趕緊反手將沈氏牢牢地抱住，死死咬著唇，感覺到懷中母親的抽泣，腦子裡卻已經將這筆帳算在了胡家人的身上。還有，那個已經在自己記憶中幾乎被遺忘的生父，柳冠傑。

若不是柳冠傑貪戀權勢，棄糟糠之妻如敝屣，娶了國丈之女胡氏，母親又怎麼可能獨自帶著自己充滿希望地入京尋親，卻又帶著絕望和不解留在了這片傷心地呢？若不是胡家人想要和姬家奪取天下，自己又怎會成為一顆棋子，再一次面對北上和親的絕境呢？

一切的一切，歸根結柢，還是前生未曾了卻的仇怨。今生，自己不得不親手將這罪惡的輪迴給了斷，所有，才能歸於平靜。

進宮當天一大早，柳芙穿戴一新，和文從征還有沈氏磕過頭，告別後，便帶著三口箱子獨自一人登上了宮中前來接引的馬車。

於此同時，十一輛相同的馬車也從京城不同的方向齊齊出發，最後匯集到了皇城宮門外。

透過窗隙，柳芙看到了那一扇宏偉的大紅朱門，門上，被摩挲得發亮的銅釘幾乎比一個人的腦袋還要大。在清晨衝出薄霧的陽光照耀之下，反射出了極為刺目的光芒。

最終，還是走上了這一條相同的道路啊……

柳芙閉上眼，心底卻是暗暗地發誓。雖然自己還會再一次面臨曾經的艱難困境，但重生之後的她，已非前生那個懦弱可欺的鄉村稚女，是困境，還是機會，只有勇敢地去面對挑戰，最後才能得到自己想要的結果，不是嗎？

再次睜開眼，柳芙臉上的表情越發顯得堅毅和沈穩起來。似乎這是上天有意要給自己一個考驗，那考驗之後呢？咱們走著瞧吧！

第一百三十四章　來之即安之

大周皇朝建國三百餘年，皇宮幾經修繕，表面上看起來恢弘大氣，富麗堂皇，實則許多宮殿因無主，長年未有人居住，反而十分老舊，比之京中許多富庶人家的宅院來還不如。

當柳芙帶著行李進入這常挽殿的時候，第一印象就是如此。

雖然牆面是剛粉過的，但薄薄一層白灰下仍舊可見早先的斑駁和潮濕。立柱的紅漆猶在，卻毫無光澤，晦暗蒙塵。裡頭的家具擺設也透著一股淡淡的黴氣，顯得很是陰冷。那淡黃挑水綠紋的幔簾更是看不出原有的顏色，風一吹，竟還有細細的灰塵揚起在空中，透過射入的陽光一照，是那麼的分明。

「柳小姐可別嫌棄，如今宮裡能夠一人獨居一殿的，除了素妃娘娘幾個妃位的主子，其餘小主們都還擠著，好幾人住一個院子呢。」

說話的是一個老年太監，看服色，那鮮亮的錦蘭袍子、挑高的蒼青色頂冠，應該是副總管一級的。

他側面打量著柳芙，見她眉頭微蹙，自知是不滿意此處的環境，所以臉上堆了些笑容，解釋起來。「若非您出手闊綽，老奴還真不敢應下來您這差事兒。十二個閨秀，若人人都通關係想要單獨住，宮裡也沒那麼多地方安置不是！還好老奴想起這常挽殿還空著，但有些話得給柳小姐說明白。」

眼珠子轉了轉，這太監幾乎沒歇口氣，又繼續說道：「此殿以前住的是一位太妃娘娘，因過世的時候有些犯忌諱，所以此殿一直沒有被其他主子看上遷過來。要是柳小姐看不上，老奴也沒有其他辦法了，只能讓您和另一位柳小姐還有公孫小姐她們一起住進卿榮殿。」

柳芙自然清楚明白這後宮裡的貓膩。

前生裡，雖然她只在這兒待了約莫一年，可卻知道後宮之中，這些太監和宮女中的管事們才是握有實權的人，比之那些不受寵的妃嬪和一般小主可更能曉事兒。無論是後宮之人的吃穿用度，還是各類所需，都要靠他們一一經手。所以一進宮，柳芙就塞足了銀子給負責安排她們這些閨秀的太監管事，讓他一定想辦法給自己找一個單獨的宮殿居住。

當然，她也想到了能夠容自己一介平民所居的宮殿定然不會有多好。所以看著眼前的常挽殿，倒覺得除了沒什麼人氣之外，其他還好。特別是能離得柳嫻和公孫環這些千金小姐們遠遠的，就是再差的環境，對於柳芙來說也不算什麼。

於是收起環顧打量，柳芙轉而柔柔一笑。「任公公說笑了，您花費心思給我找了這樣清靜的地方，我感謝您還來不及呢，哪裡會嫌棄呢？」說著，又順手塞了裝有金錁子的荷囊在他的手上。「多謝公公帶路了，只是之後送來伺候的宮女和內侍，還請公公多費心。」

「柳小姐真是個實在人！」這任公公目中精光一閃，將金子納入袖口，連連點了頭。「素妃娘娘讓老奴撥出三十個宮女、二十個小太監出來伺候您和另外十一位入宮的小姐們。老奴作主，直接帶人過來給您先挑了，可好？」

「不用的。」柳芙可不想出這個風頭，只擺了擺手，低聲避過後面抬行李的兩個小太監道：「我喜靜，煩勞任公公只挑一個小宮女一個小太監過來伺候就行了。人嘛，老實最重要，不需要太機靈的。另外，年紀不要太大，越小越好。怎樣？」

聽了柳芙提的需求，任公公只覺得這金子實在太好掙了，當即就應了下來，只說包在他身上。

臨走，這任公公似是想起了什麼，轉身又來到柳芙的身邊低聲道：「柳小姐，此處離得冷宮有些近，晚上侍衛們巡邏得也比較勤，若沒有其他事兒，您還是儘量待在殿裡頭，免得招惹到不乾淨的東西。」

柳芙點點頭，示意自己明白了，又道了聲「多謝」，便親自送了他到殿門口。

果然有錢好辦事兒，在任公公離開後不過一炷香的時間，就來了一男一女給柳芙請安磕頭。

「不必多禮。」柳芙虛扶了兩人一下。「都起來吧。各自報一下名諱和年紀，還有曾經當差的地方。」

兩人中那個宮女稍大些，主動上前一步，回話道：「奴婢名喚巧紅，今年十二歲。之前在御花園跟著師傅專司四季牡丹。」

小太監見宮女說了話，也上前挪了挪步子，小聲道：「奴才名喚小常貴，今年剛滿十一歲。之前在御膳房跟著師傅專門做點心的。」

柳芙暗暗點了點頭，這兩人一個是伺弄花草的粗實宮女，一個是御膳房裡做點心的底層太監，年紀小，地位差，不會含了不好的心思，更不會和宮裡頭任何一個主子娘娘有什麼牽扯。而兩人因為一個在御花園司職，所以熟悉宮裡頭的路，可以幫忙跑跑腿。一個又是從御膳房這個消息庫裡出來的，要打聽什麼絕對十分容易。

想到這兒，柳芙翹了翹唇角，只覺得自己銀子沒有白花，這個任公公辦事兒極為妥貼，免去了自己許多的麻煩。

「我雖暫居此殿，但好歹與你們倆相識一場也算緣分。」柳芙和顏悅色地走向了兩個矮自己小半個頭的人，一人手裡給塞了一個裝滿銀錁子的荷囊。「這些小意思，你們且收下。我在宮裡的這些時日，你們若盡心照顧，等我離開，也絕少不了你們的好處。」

捧著荷囊，巧紅和小常貴都歡喜地使勁點頭。他們之前司職之處，雖說不算太差，但畢竟沒有在主子們跟前伺候，所以外水幾乎沒有。如今一來到常挽殿就遇上個大方的主子，哪裡會不高興呢！

「好了，巧紅妳就跟在我身邊貼身伺候生活起居。小常貴，你負責殿裡的外務，一般情況下，沒有我的點頭，殿門不許打開，任何人都不許隨意進出。且聽清楚了？」

分別交代了兩人簡單的事項，柳芙便讓他們一個幫忙整理行李，一個取了笤帚抹布開始打掃殿裡。

等小常貴清掃乾淨屋子，巧紅麻利地鋪好內務府新送來的被褥床套，柳芙便梳洗更衣早早上了床休息。

而她重生後再次進入後宮的生活，也正式地宣告開啟。

——未完，待續，請看文創風081《絕色煙柳》下卷

重生裡無情似有情・機巧鬥智中藏纏綿悱惻／

一半是天使

想要獲得救贖，只能依靠自己。不想愚昧地懷著悔恨再活一次，
她要穿著美麗的外衣，智慧機巧地為自己推轉命運之輪……

絕色煙柳

文創風 079 上

既然天可憐見，讓她重生一回……
她再不是那個任人欺凌的懦弱女子，
纖纖若柳、絕色之姿成了她的掩飾，
堅強的心志才是她扭轉命運的後盾……

那年，十五歲的柳芙，
從軟弱可欺的相府嫡女成為皇朝的「公主」，被迫塞上和親。
絕望的她在踏進草原的那一刻，
選擇自盡以終結即將到來的噩夢。
她奇蹟似地重生，回到八歲那年，
她開始明白，死亡改變不了自己的命運；
「前世」那些教她恨著的一切人事物，照舊來到她的面前；
為了獲得真正的「新生」，
她必須善用我見猶憐的絕色之姿，必須費盡心機、步步為營……
然而，姬無殤……成了她重生路上最大最洶湧的暗潮，
他那蘊藏著無盡寒意的眼眸，那看似無心卻能刺痛人的淡漠笑意……
總能將她帶回「前世」那些噩夢中，驚喘不已……
她愈想避開，他偏愈來糾纏；
他究竟意欲為何，連才八歲的她也緊迫盯人……

文創風 080 中

姬無殤，這個天底下她最該防的男人，
時時刻刻放在心底怕著又躲著男人，
居然開口要跟她交易，
她竟傻得與虎謀皮……

柳芙這不到十歲的小人兒，心思玲瓏剔透，姿色猶如出水芙蓉，
想他姬無殤從不把任何一個女子看在眼內，
但這小小女子竟勾惹起他的好奇心，對她出乎尋常的在意。
然而就算對她上了心又如何，她不過是他計劃裡的一顆棋子，
她要是乖乖聽話，他可以容許她那些小小心眼兒、私心籌劃；
倘若她膽敢拒絕了他的交易，哼，她再沒一天好日子可過了……
這可恨又可惡的姬無殤，懂不懂得男女之別？
說話就說話，老愛貼得這麼近，那霸道氣息就快讓她窒息了。
雖然這副身子還只是個不到十歲的女童，
但她的心智已經是十五、六歲的少女了，
前生的她何曾和男子如此靠近過？更何況姬無殤還是她最怕的男人！
在他威逼的態勢之下，她哪有拒絕跟他交易的餘地……
她的生、她的死、她所在意的一切，無一不在他掌握之中啊！

文創風 081 下

願得一心人，白首不相離……
這是她唯一所願，
卻無法奢望她唯一所愛的男人能承諾實現……

皇上跟她要一句真心話，只要她願意，便讓她做裕王姬無殤的妃子……
她想起姬無殤那個霸道的吻，勾起的並非只是他心底的慾火，
更讓她正視了那顆掩埋已久、悄然生根發芽的懵懂情種。
一天天的，情意蔓延，愛了卻不敢真的去愛；
那種只有彼此相屬的感情，平淡相依、真實相守的日子，
是她想要的，卻不是姬無殤給得起的……
既然如此，不如就深埋起這段情，
為了他和親出嫁，這是她唯一能為他做的、真心真意……
姬無殤終於懂得情之一字有多折磨人！
在國家大事之前，他與柳芙只是兒女私情。
他能怎麼選擇，根本無從選擇！
眼看著自己唯一愛上的女子，穿上大紅嫁衣，和親出嫁……
他第一次嘗到剜心的痛，
他誓言，要在最短的時間內底定大局，迎她回朝……

重生報仇雪恨＋豪門世家宅鬥

同人不同命，同樣重生，

怎麼她就是比別人心酸又辛苦?!

步步為營　佈局精巧／禾晏

獲2010年第一屆晉江文學城&悅讀紀合辦

「女性原創網路小說大賽」**古代組第一名**

春濃花開

文創風 074 **上**

可恨哪！
只因愛了個虛情假意的男人，
她葬送了自己的性命，
雖獲重生，卻有家不能回，
有仇不能報，有子不能認……

前生，她是一品大官的掌上明珠，才情學識都不輸男兒，
雖然容貌平庸，加上自小腿殘，但憑藉著娘家的權勢，
她得以嫁給芳心暗許的男人，帶著滿腔喜悅，一心與子偕老。
沒想到卻是遇人大不淑，夫君勾搭上她的好姊妹已是殊可恨，
竟還眼睜睜看著小三殺害她，將她推入荷塘……
再睜開眼，她成了同一日裡投湖的柳府五小姐柳婉玉，
可幸的是，如今換了具健全的身子，還擁有絕色嬌顏，
可悲的是，身分卻換成小妾之女，在家不受待見，在外受人非議，
眼下她只能忍氣吞聲，日日看人臉色，處處小心討好，先掙扎著活下來，
再來想方設法報仇雪恨，讓那對奸夫淫婦血債血償！

文創風 075 **中**

可笑哪！
四年結髮夫妻，他對她始終冷冷淡淡，
末了還見死不救；
如今她只是換了個好皮囊，
才見幾次面，他竟這般溫柔體貼……

如今大仇得報，又與爹娘相認，柳婉玉心願已了了大半，
原想這輩子就守著兒子、侍奉爹娘到天年又有何不可？
可兒子雖然沒了親娘，畢竟是堂堂楊府的嫡重孫，貴不可言，
她一個未出閣的閨女，能護得了一時，卻顧不到一世，
而且還壞了家裡的聲譽，讓爹娘操心，也累得他們無顏面。
看來只能先嫁作人婦，再一步一步來進行認子計劃吧！
說來可笑，那殺千刀的前夫貪她如今嬌容嫵媚、丰姿綽約，
竟然不知恥的搶著來大獻殷勤，妄想娶她做填房，
但讓她再嫁這個人面獸心的畜生，不如讓她再死一次！
倒是那前生不起眼的小叔——庶出的三少爺楊晟之，
對她不但情深義重，又三番兩次的危急相助，
若嫁了他，是不是便能名正言順的成為孩子的娘？

＊隨書附贈 上、中 卷封面圖精緻書卡共二張

文創風 076 **下**

可歎哪！
再世為人竟又再次嫁人，
而且是嫁入同一個家門，
不同的是，
這次她絕不再委屈自己了……

重生後的婉玉憑了美麗容貌與嫻雅品格，絕色冠金陵，
加上有梅府權貴的身家相傍，要再訂一門好親事很容易，
但俗話說：易求無價寶，難得有情郎，
爹娘中意的人選雖然斯文倜儻、文采風流，又是親上加親，
可聽了些閒言碎語，便跑得不見人影，這樣的人怎堪託付？
唯有那英俊威猛的楊晟之始終相護，不論大小急難都毫不猶豫相幫，
只是有了前車之鑑，爹娘萬萬不肯再將她許配楊家了……
他是楊家不受待見的庶子，連有些頭臉的奴才也都給他臉色看，
原本一心考上功名後，娶個賢妻再討個美妾，人生便已圓滿了。
偏偏老天爺讓他看見了柳婉玉，那感覺好像一下子撞到胸口上，
即便知道她將要訂親，明知自己高攀不上，但他就是不能死心，
從這一刻起，他不再忍氣吞聲、裝傻扮呆，定要想個法子娶到她……

＊隨書附贈 下 卷封面圖精緻書卡

文創風 057 4

她深知自己總是看不透周十九，
便不費心猜他，睜隻眼閉隻眼地過了，
而他，卻時不時透露些自己的小事、喜好，彷彿在引她親近，
彷彿對她說，既然成了親，
便有很長、很長的時間，與她慢慢磨……

文創風 058 5

成親前，從未想過這個狡猾如狐狸、
狠如虎豹的男人能如此呵護自己，
但關於他的事，真真假假、假假真真，
或許有時也要由她「出擊」，
讓他明白，他想讓她心裡有他，
她也想他心中擱著她這個妻子……

文創風 062 6

曾幾何時，
她對周十九的猜疑及不確定淡了，
取而代之的是相信他的許諾，
從前，總覺得相識開始，
他便要將自己掌握在手，
連她的心也要算計，
但如今，
她明白結了婚不是誰拿捏了誰，
誰要主內主外，
卻是累了有個溫暖懷抱可倚靠，
傷心了能放心地落淚……

文創風 072 7 完

人只有一生一世，
真正存在的便是當下；
這一生，他既能為她感情用事，
她也能為他要跟上天拚一次，
搏一個將幸福留在身邊的機會——

文創風 071 4

相公生得俊美無比又腹黑無敵，
她孫錦娘也不差，
宅鬥速速上手，如今更能使計設陷阱，
一步步靠近幸福將來……

文創風 073 5

才剛過一陣子舒心日子，
陰謀詭計又接連而來，
當真是應接不暇，
不過他們小倆口也不能任人欺凌，
如今也要將計就計，反將一軍……

文創風 077 6

王府掩藏了十幾年的秘密，
終於一一水落石出，但傷害依舊，
因此她更堅定地要愛，
愛相公、愛家人，
用愛反擊一切陰謀！

文創風 078 7 完

終於能見到相公站起來，
玉樹臨風、英姿凜凜，
教她這個做妻子的多驕傲，
等了這麼多年，經歷各種離別，
他們總算能看見
最終的幸福日子……

文創風 080

絶色煙柳 中

國家圖書館出版品預行編目資料

絕色煙柳 / 一半是天使著. --
初版. -- 臺北市 : 狗屋, 民102.04-
冊 ; 公分. --（文創風）
ISBN 978-986-328-036-1（中冊：平裝）. --

857.7　　102004459

著作者　一半是天使
編輯　王佳薇
校對　黃薇霓　黃亭蓁
發行所　狗屋出版社有限公司
地址　台北市104中山區龍江路71巷15號1樓
電話　02-2776-5889～0
發行字號　局版台業字845號
法律顧問　蕭雄淋律師
總經銷　知遠文化事業有限公司
電話　02-2664-8800
初版　102年4月
國際書碼　ISBN-13　978-986-328-036-1
原著書名　《绝色烟柳满皇都》，由起點中文網（www.cmfu.com）授權出版

定價250元
狗屋劃撥帳號：19001626
網址：love.doghouse.com.tw　E-mail：love@doghouse.com.tw